I0733149

LES MENSONGES QUE TU TISSES

MADDISON KINGS UNIVERSITÉ

TRACY LORRAINE

CHAPITRE UN

Letty

« Kane, » je crie en dévalant les escaliers après lui.

Des larmes coulent le long de mes joues, ma poitrine se serre à cause de ma confession et des souvenirs qui menacent de me faire sombrer.

« Kane, arrête. S'il te plaît. » Mes jambes bougent plus vite que mon corps et je trébuche au bas de l'escalier, en m'écrasant contre le mur.

La douleur irradie dans mon épaule alors que j'entre en collision avec les briques apparentes, mais je ne m'arrête pas.

Je ne peux pas.

Je dois lui dire la vérité.

« Kane, » je crie une fois de plus en courant vers le parking, mais c'est trop tard. La voiture est déjà en train de sortir du parking avec les pneus qui crissent.

« Noooon, » je crie, en enroulant mes bras autour de

mon corps, en essayant de me maîtriser pour ne pas m'écrouler sur le trottoir devant tous les étudiants de MKU comme témoins.

Un sanglot secoue ma gorge mais juste au moment où mes genoux sont sur le point de céder, des bras puissants me rattrapent.

« C'est bon, Let. Je t'ai. »

En entendant sa voix, l'inquiétude de sa voix anéantit le peu de contrôle que j'avais sur mes émotions et je m'effondre, en éclatant en sanglots et en laissant de grosses larmes couler sur mes joues.

Leon me prend dans ses bras, en sentant clairement que je ne vais pas pouvoir marcher, et avec ma tête contre le creux de son cou, il me ramène à l'intérieur jusqu'à mon dortoir.

Je n'ai aucune idée de si les gens l'arrêtent ou lui disent quelque chose quand nous passons devant eux, la seule chose sur laquelle je peux me concentrer est la douleur. Le deuil. Le chagrin. Le vide que je n'ai réussi que récemment à oublier un peu.

Un autre sanglot me secoue alors que la raison de cette perte me frappe.

C'était lui.

Il l'a fait disparaître.

Je m'accroche plus fort à Leon alors qu'il ferme la porte d'un coup de pied et nous fait nous asseoir sur le lit.

Il ne dit rien alors qu'il me tient contre lui et frotte doucement sa main de haut en bas contre mon dos pour me soutenir en silence.

Son corps tremble sous le mien. J'imagine ce qu'il doit penser, ressentir, après m'avoir vue courir après Kane comme ça.

Je sais à quel point ils le détestent tous les

deux. Mais ce qu'ils savent n'est que la partie émergée de l'iceberg, et je ne doute pas que lorsqu'ils découvriront la vérité, leur colère ne fera que devenir plus violente.

Je n'ai aucune idée du temps qui passe pendant que je suis dans ses bras. Je suis reconnaissante que personne d'autre n'essaye de venir me voir. Je ne veux voir personne en ce moment et je n'ai pas envie de parler. Je veux juste disparaître.

Il pense que je... je sanglote encore.

« Cupcake, tu me fais peur, » dit Leon en murmurant pour ne pas me faire sursauter.

« Je vais bien, » je renifle.

« Me mentir ne va pas améliorer les choses. »

En relevant ma tête de son épaule, je finis par regarder ses yeux inquiets.

Il sursaute à la seconde où il regarde mon visage.

Je ne peux qu'imaginer à quoi je ressemble.

J'avais l'air d'une loque avant même que Kane n'entre ici.

Ses yeux quittent les miens pour regarder mon cou et ma poitrine.

« Putain de merde, Let. Qu'est-ce que cet enculé t'a fait ? »

Sa prise sur moi se resserre alors que sa colère refait surface.

« Non, non, ce n'est pas— » Je commence à dire, mais je me rends vite compte que je n'ai aucune idée d'où je veux en venir.

« Il a fait ça. » Ce n'est pas une question. Je suppose que ce n'est pas la peine. Nous connaissons tous les deux la réponse. « Qu'est-ce qui se passe, Cupcake ? Parle-moi, s'il te plaît. »

J'avale nerveusement pendant que Leon mordille sa lèvre inférieure en attendant que je parle.

« Je... » Mes yeux retrouvent les siens, avant de retomber sur ses lèvres.

« Letty, » prévient Leon, en sentant clairement à quoi je pense.

Je me déplace pour le chevaucher, et ses yeux s'assombrissent quand il me voit bouger.

« Fais disparaître tout ça, » je marmonne en écrasant mes lèvres contre les siennes.

« Letty, ce n'est pas... nous ne devrions pas... putain, » marmonne-t-il contre mes lèvres alors que j'attrape celle du bas avec ma bouche et y enfonce mes dents.

Sa main se pose sur mes cheveux alors qu'il perd le contrôle, sa langue plongeant dans ma bouche pour s'emmêler avec la mienne.

Je porte toute mon attention sur lui, sur chaque mouvement de ma langue, sur le roulement de mes hanches alors que je me frotte contre lui. Tout le reste se dissipe jusqu'à ce que je ne sois plus consumée par tout ça, que je ne sois plus brisée en mille morceaux.

Le désir me submerge alors qu'il répond à l'intensité de chacun de mes mouvements jusqu'à ce que soudainement, il ne soit plus là.

« Qu'est-ce que— » Je lève les yeux et je réalise que j'ai été déposée sur le lit et je vois Leon en train d'arpenter ma petite chambre avec ses mains dans ses cheveux, avec une expression qui montre qu'il est tiraillé et un renflement apparent au niveau de l'entrejambe de son jean.

Le froid m'envahit et je remonte mes genoux contre ma poitrine et les entoure de mes bras, tout à coup très consciente que je ne porte qu'un débardeur et un short.

« Lee ? »

Il s'arrête au son de ma voix cette fois et se tourne vers moi, ses yeux balayant ce qu'il peut voir de mon corps meurtri.

« Je suis désolé. Je n'aurais pas dû... »

« Non. Ce n'était pas toi. Je suis désolée. C'est juste que... » Je pousse un long soupir. *Je voulais juste que tout s'en aille.*

L'agitation dans le salon nous fait tous les deux lever les yeux avant que la porte ne s'ouvre et qu'un Luca paniqué apparaisse dans l'embrasure de la porte.

« Que se passe-t-il ? J'ai eu un message vocal qui disait — » Ses yeux se posent sur moi. « Putain. »

Je suis emportée dans une autre paire de bras, mais cette fois, je suis plus forte et j'arrive à maîtriser mes émotions.

« Je vais bien. Tout va bien. »

Il me remet sur pied et regarde mon corps.

« Carrément pas. Regarde-toi. »

« Je vais bien. »

Il lève la main et éloigne mes cheveux de mon cou.

« Dis-moi que ça n'est pas ce que je pense, » prévient-il, la voix terriblement basse.

J'avale nerveusement et c'est toute la réponse dont il avait besoin.

« Enfoiré, » rugit-il en s'éloignant de moi et en plantant son poing dans mon mur.

« Luca, » je crie, en plongeant vers lui et en enroulant mes mains autour de ses bras musclés. Qu'il se blesse et se fasse mal au bras n'est pas la solution à tout ça. « Arrête, s'il te plaît. S-s'il te plaît. » Ma voix se brise quand je vois le sang sur ses articulations et il se détend immédiatement dans ma prise.

« Putain de merde, Letty. Dans quoi t'es-tu embarquée ? »

Il m'enveloppe à nouveau dans ses bras, en me serrant plus fort que jamais.

L'ambiance devient pesante et je gigote un peu pour qu'il me lâche.

« J'ai besoin d'un verre, » je marmonne, en tendant la main vers la chaise pour prendre mon sweat à capuche pour me couvrir.

« Je vais te chercher quelque chose, » dit Leon.

« Quelque chose de fort. »

Il hoche la tête avant de se glisser hors de la pièce.

Je porte ma main à mes lèvres, et je me souviens de notre baiser.

C'était une erreur. Je l'ai su à la seconde où je l'ai fait, mais putain.

Je baisse la main, et j'appuie ma paume contre ma poitrine juste au-dessus de mon cœur qui me donne l'impression qu'il va se briser en mille morceaux.

Luca regarde chacun de mes mouvements alors que je me recroqueville sur mon lit une fois de plus.

Je ne lève pas les yeux vers lui, mais je sens son regard, je sens son inquiétude.

« La blonde avait du whisky dans sa chambre, » dit Leon en rentrant avec une petite bouteille.

« Ella, » dis-je, bien que ma voix soit morne. « Elle s'appelle Ella. C'est avec elle que tu dansais vendredi soir. »

« Ouais, ouais, c'est celle-là. Tiens, » dit-il en me passant la bouteille.

Je dévisse le bouchon, je porte la bouteille à mes lèvres et avale une énorme gorgée.

Mon lit penche un peu alors que Luca s'assoit à côté de moi tandis que Leon prend la chaise en face de moi.

Le whisky brûle jusqu'à ce qu'il commence à me réchauffer l'estomac. C'est plus que bienvenu mais ça me soulage à peine.

L'image du visage dévasté de Kane quand je lui ai avoué ce qui s'était réellement passé après la fête de Skye il y a dix-huit mois me hante. C'est la raison pour laquelle ma vie a implosé et qui a fait je me suis retrouvée ici au lieu d'être à Columbia.

« Let, j'imagine que tu n'as probablement pas envie de parler maintenant. Et si tu veux juste rester assise ici en silence, alors on peut totalement le faire aussi longtemps que tu en auras besoin, mais... » Je lève les yeux vers les yeux verts et doux de Luca. « Est-ce qu'il t'a fait du mal ? Genre... vraiment fait du mal ? » Sa mâchoire tressaute lorsqu'il pose la question.

« Non, » je murmure. Toutes les marques et ecchymoses sur mon corps étaient plus que consenties. « Pas physiquement. »

« Qu'a-t-il fait, Let ? », demande Leon, ce qui lui vaut un grognement d'avertissement de la part Luca qui fait étonnamment preuve d'un peu plus de patience.

« R-rien, » j'admets, en laissant tomber mon front sur mes genoux alors que je me souviens des minutes avant qu'il ne s'enfuie de ma chambre.

« Mais— »

« Il y a des choses qu'il— que personne ne sait. » Je grimace parce que je déteste admettre que je leur cache des secrets.

« OK. »

« Mon Dieu, c'est un tel bordel. Je ne sais même pas par où commencer. »

« Par le début, » insiste Luca.

J'ouvre la bouche pour dire quelque chose, bien que je ne sois pas tout à fait sûre de ce qui allait en sortir quand ma porte s'ouvre à nouveau à la volée.

Nous levons les yeux tous les trois pour trouver Zayn qui se tient là. Les yeux écarquillés et sa poitrine se soulevant comme s'il venait de traverser le campus en courant pour venir ici.

« Ton portable est cassé ou quoi ? », marmonne-t-il.

« Qu'est-ce qui ne va pas ? »

Il jette un coup d'œil à Luca et Leon.

« C'est bon. »

Il hoche la tête. « C'est Kane. Il est à l'hôpital. »

« Quoi ? », je couine en sautant du lit. « Que s'est-il passé ? »

« Je ne sais pas. Harley vient de m'appeler pour me dire qu'elle et Kyle étaient en route pour les urgences de Maddison. Son portable a coupé avant que j'aie plus de détails. »

« Putain de merde, » je dis dans un souffle. Mon corps se déplace en mode pilotage automatique alors que je prends une paire de Converse et attrape mon sac à main, pour chercher mes clés de voiture. « Putain. Je n'ai pas ma voiture. » Je les regarde tous les trois tour à tour, en m'attendant à moitié à ce qu'ils refusent catégoriquement la demande que je m'apprête à faire. « Est-ce que l'un de vous peut m'emmener à l'hôpital ? »

« Tu veux aller le voir ? » Luca demande, l'incrédulité évidente sur son visage.

« Je dois y aller. C'est de ma faute. »

« Je pense que ce n'es— »

« C'est de ma faute, » je dis sur un ton ferme.

Il était tellement en colère. Il n'aurait jamais dû prendre le volant.

J'aurais dû l'arrêter.

S'il m'avait laissé le temps de lui expliquer.

« Je t'accompagne, » dit Leon, « Je suis venu en voiture. » Il jette un coup d'œil à Luca en sachant qu'il est venu à pied. « Mais tu dois mettre un pantalon. » Il fait un signe de tête vers mes cuisses nues, ses lèvres se pressant en une fine ligne en les regardant.

Je regarde mes jambes nues. Le sweat à capuche couvre quelques-unes des marques les pires, mais ils peuvent tous clairement voir les preuves que Kane et moi avons passé du temps ensemble.

Si je n'étais pas si sidérée, je pourrais me sentir gênée.

« Putain de merde, Let, » marmonne Zayn, en voyant mes marques.

« Laisse tomber, Zayn, » j'aboie. En étant vraiment pas d'humeur à parler de ça avec mon frère.

J'enfile un legging, mes Converse et me dirige vers la porte.

« Viens alors, » je lance à Leon.

« Euh... » Il regarde Luca et Zayn.

« Laisse-les. Je dois y aller maintenant. »

Je sors de ma chambre sur des jambes tremblantes.

Chaque paire d'yeux se tourne vers moi, mais je garde les yeux concentrés vers l'endroit où je marche. Ce n'est que lorsque je commence à dévaler les escaliers que je me rends compte que Leon me suit.

Il s'approche de moi et passe ses doigts dans les miens.

Silencieusement, nous descendons vers le parking mais je m'arrête brutalement avant que nous n'arrivions à sa voiture.

« Quoi ? Qu'est-ce qui ne va pas ? », demande-t-il au moment où il se rend compte que je me suis arrêtée.

« Ma voiture. » Je lève la main et la pointe du doigt comme si ce n'était pas flagrant.

« Euh... donc ? » Je lui jette un coup d'œil et vois son front plissé.

« Cela n'a pas d'importance. Elle devait être réparée et je ne m'attendais pas à la trouver là si vite. »

« O-OK. »

« Allez. » Je marche jusqu'à la voiture de Leon et me laisse tomber sur le siège passager.

Heureusement, l'hôpital n'est qu'à quinze minutes en voiture, même si le trajet a semblé durer quinze heures lorsque Leon se gare finalement sur une place de parking.

À la seconde où la voiture s'arrête, je saisis la poignée de la porte.

« Let, attends, » dit Leon précipitamment.

Je lui jette un regard en arrière, en le suppliant de dire ce qu'il a à dire rapidement car maintenant que je suis là, je dois savoir ce qui se passe.

« Quoi qu'il se passe. Je veux juste que tu saches que je ne te jugerai pas. Tu peux tout me dire, OK ? »

L'émotion me serre la gorge alors que je fixe ses yeux vert foncé.

« Je ne te mérite pas, » je réussis à dire malgré la boule coincée dans ma gorge.

« Oh, Cupcake. C'est moi le plus chanceux de nous deux. Allez, allons voir ce qui se passe. »

Je sais que c'est probablement le dernier endroit où Leon a envie passer son jeudi soir, mais sa loyauté envers moi l'emporte sur sa haine contre Kane et ensemble nous courons vers les urgences.

Je me dirige directement vers l'accueil dès que les

portes s'ouvrent devant nous mais je n'ai pas le temps d'y arriver.

« Letty, » crie une voix familière et quand je me retourne, je trouve Harley, ma petite sœur, qui court vers moi.

Elle se jette contre moi et passe ses bras autour de ma taille.

« Est-ce qu'il va bien ? Que s'est-il passé ? Où est Kyle ? » Toutes les questions sortent en même temps.

En prenant ma main, Harley me conduit vers l'endroit où elle était assise lorsque nous sommes entrés.

« Il va s'en sortir, » m'assure-t-elle, et j'ai l'impression de pouvoir respirer pour la première fois depuis que Zayn est arrivé et a largué cette bombe tout à l'heure. « Il a eu un accident de voiture. »

Mon cœur se serre. J'avais raison. Tout cela est ma faute.

« Il était du mauvais côté de la route apparemment. »

« Mon Dieu, » marmonne Leon en passant sa main sur son visage.

J'apprécie le fait qu'il s'en soucie réellement et qu'il ne soit pas en train de lui souhaiter le pire.

« Et voilà Kyle. » Harley fait un signe de tête vers des portes derrière nous. « Il pourra t'en dire plus. »

« Salut, » dit-il.

« Est-ce qu'il va bien ? », je demande précipitamment même si Harley vient de me dire qu'il allait bien.

« Viens avec moi et vois par toi-même. »

CHAPITRE DEUX

Kane

Tout semble flou quand je reviens à moi.

La dernière chose dont je me souviens est de partir de l'entraînement et de faire un doigt à Luca et Leon alors qu'ils sortaient du bâtiment.

Tout après cela est une espèce de brouillard.

Je sais que j'étais épuisé, mais putain.

Je tourne la tête sur le côté et une douleur vive s'abat sur ma colonne vertébrale. C'est si aigu que ça me fait haleter.

« Il se réveille, » dit une voix familière.

Est-ce que je rêve encore ?

« Kane ? Frérot, tu m'entends ? »

« K— » Ma gorge est si sèche que je ne peux rien sortir de plus.

« Tu veux boire ? Tiens. » Une paille est pressée contre mes lèvres et j'aspire de l'eau. Mes yeux refusent toujours catégoriquement de s'ouvrir.

« M-merci, » je murmure alors que tout recommence à devenir brumeux.

L'obscurité m'envahit et la réalité que j'essaye de comprendre s'évanouit une fois de plus.

J'entends sa voix et je me bats pour me réveiller, la voir, la toucher.

Quand j'arrive à faire fonctionner mes yeux, nous sommes dans ma chambre à la maison et elle se tient dans l'embrasure de la porte de la salle de bain avec juste ma serviette enroulée autour d'elle.

Mon corps se réchauffe alors que je regarde les marques sur son corps.

Les bleus autour de sa gorge, les marques rouges le long de sa poitrine et celles qui dépassent du bas de la serviette sur ses cuisses.

Ma bite gonfle alors que je la regarde.

C'est tellement beau, putain.

« Princesse, » je grogne, en lui tendant la main et en jetant les couvertures en arrière pour qu'elle puisse me rejoindre. Je ne suis certainement pas rassasié.

Un mouvement sur mon bras m'éloigne de mes pensées concernant Letty. Ce contact n'est certainement pas le sien et le sang qui coule dans mes veines se refroidit presque immédiatement.

« Est-ce que vous allez vous réveiller, jeune homme ? », dit une voix étrange, même s'il semble qu'elle soit à des millions de kilomètres. « Votre frère et votre petite amie vous attendent. »

« Oh non, je ne suis pas— »

En entendant le son de sa voix, je me bats comme un diable dans le brouillard mais l'obscurité est trop forte et rapidement je m'éloigne à nouveau.

Est-elle ici ? Où que je me trouve.

« Frérot, calme-toi. Tout va bien. » Une main chaude se pose sur mon avant-bras. « Kane. Tout va bien. »

Kyle.

Sa main glisse vers ma main et il la serre. Mais ce n'est pas sa main que je veux.

En rassemblant le peu d'énergie que j'ai, je force mes yeux à s'ouvrir.

La lumière fluorescente d'en haut me brûle les yeux et ils commencent immédiatement à se remplir de larmes, en rendant tout encore plus flou.

« Kane. » L'espoir dans sa voix me pousse à me battre pour revenir à moi. « Hé, » dit-il, et mes yeux finissent par voir suffisamment bien pour le regarder me fixer.

Il a une mine affreuse, comme s'il n'avait pas dormi depuis une semaine.

Cette pensée me fait détourner le regard.

La chambre stérile apparaît avec la perf qui disparaît dans le dos de ma main.

Putain de merde.

« Où suis-je ? » Chaque mot me donne l'impression que ma gorge se déchire.

« Tiens. » Il avance un gobelet vers moi et presse la paille sur mes lèvres sèches.

Je vide le gobelet, en le forçant à le remplir à nouveau pour que je puisse boire plus.

« Tu es à l'hôpital. »

« À l'hôpital ? »

« Kyle, tu devrais appeler le docteur. »

Mon corps tout entier se crispe au son de sa voix.

J'essaye de la voir mais Kyle me bloque la vue.

Je tends la main, et j'appuie faiblement contre son ventre, en le tapotant pour le faire reculer.

Dès l'instant où il le fait et que mes yeux se posent sur elle, j'expire tout l'air de mes poumons.

Elle est recroquevillée sur une chaise dans un coin. Ses cheveux sont relevés en chignon, son visage est démaquillé, ses yeux cernés à cause du manque de sommeil et ses dents mordillent sa lèvre inférieure. Elle serre une tasse de café à emporter dans sa main comme si elle en avait besoin pour survivre.

Elle détache ses yeux de mon frère, et ils atterrissent sur les miens et s'écarquillent de surprise malgré le fait qu'elle vient de m'entendre parler et qu'elle a été celle qui a dit à Kyle d'aller chercher le médecin.

Pendant un bref instant, je suis soulagé de la voir.

Puis tous mes souvenirs me reviennent au galop.

Ils me frappent comme un putain de tsunami, et si je n'étais pas déjà allongé, alors je jure qu'ils me projetteraient par terre.

« Sors. » Mes mots sont si bas que je doute que quiconque les entende réellement.

Kyle est toujours à côté de moi.

« Sors ! »

Ses lèvres s'entrouvrent comme si elle allait argumenter, et ses yeux sont épuisés et remplis de larmes.

Je me fous de ce qu'elle ressent là tout de suite.

C'est elle qui a fait ça.

« Fous. Le. Camp, » je crache, les poings serrés. La canule dans ma main gauche me pique et les muscles de mes épaules sont douloureux à cause de mon mouvement. Je n'ai aucune idée de ce qui s'est passé exactement ni de ce que j'ai mais pour le moment, la seule chose dont j'ai envie est qu'elle sorte de cette pièce.

Elle se lève de la chaise.

« Non, reste, » insiste Kyle.

Elle hésite et nous regarde tour à tour.

« Si tu savais ce qu'elle a fait, tu ne dirais pas ça. Je veux qu'elle sorte de cette pièce. » Je ne prends même pas la peine de la regarder pendant que je prononce ces mots. « C'est une menteuse et je ne veux pas d'elle ici. »

Son halètement de choc résonne dans la chambre silencieuse.

Kyle veut argumenter, je peux le voir sur son visage mais il garde sagement la bouche fermée alors qu'il regarde Letty avec un air désolé.

Le bruit de ses pas me fait détourner l es yeux de mon frère et je la regarde sortir de la pièce et s'éloigner de moi.

Mon cœur bat comme pas possible dans ma poitrine, et j'ai l'impression qu'il se déchire à nouveau, comme lorsqu'elle m'a finalement dit la vérité.

Elle s'immobilise devant la porte et je panique.

Mes mains tremblent et ma poitrine se soulève, en essayant d'inspirer l'air dont j'ai besoin.

Une petite machine à côté de moi se met à biper mais je n'y prête pas attention alors que ses yeux se fixent enfin sur les miens.

« Ce n'est pas ce que tu penses. Tu dois me laisser t'expliquer. »

Je secoue la tête, tandis que le bip insistant continue. « Je ne suis pas intéressé par ce que tu as à dire. Dégage et ne m'approche pas. »

Elle est forcée de s'écarter alors qu'une infirmière arrive en courant.

« M. Legend, aussi bon soit-il de vous voir éveillé, vous devez vous calmer. »

En plissant les yeux vers Letty en signe d'avertissement, elle comprend enfin ce que je pense et se précipite hors de la pièce.

En retombant sur le lit, je ferme les yeux et prend quelques profondes inspirations pendant que l'infirmière vérifie mes signes vitaux et me réprimande parce que je me suis énervé.

« Vous avez été très, très chanceux, jeune homme. Mais cela ne veut pas dire que votre état vous permet de vous énerver. Vous avez besoin de vous reposer, votre corps a été très éprouvé. »

Je ne dis rien, je ne la regarde même pas car j'imagine qu'elle continue de vérifier mes signes vitaux puis elle promet de revenir plus tard.

« Qu'est-ce qui s'est passé ? », je demande une fois que je sais qu'il n'y a que Kyle et moi dans la pièce.

Il baisse la tête, passe ses doigts dans ses cheveux et me fixe.

« Tu étais du mauvais côté de la putain de route, Kane. Qu'est-ce qui s'est passé, bordel ? »

Je secoue la tête. « Je ne faisais pas attention. »

« Ah ouais, tu penses ? Putain. Tu as failli rentrer tête la première dans un putain de camion. »

« Ma voiture ? »

« Putain de bordel de merde. Quelqu'un devrait revenir pour vérifier ce qui ne va pas dans ta putain de tête. Tu devrais être content d'être en vie, putain. » Sa voix devient plus forte alors que sa peur commence à prendre le dessus. « Si tu y étais passé, alors je— »

« Je suis désolé, » je murmure, la culpabilité inondant mes veines devant l'expression de son visage. « Je suis désolé, les choses sont parties en vrille et je n'ai pas réfléchi. Je n'aurais pas dû monter dans ma voiture. »

Il lève un sourcil vers moi comme pour dire 'ah bon, tu crois ? Putain'. Mais je devais m'éloigner d'elle.

Alors que je repense à ces quelques minutes avant de m'enfuir, ma colère commence à prendre le dessus.

« Elle n'a pas quitté cette pièce depuis qu'elle est arrivée ici. »

« Je m'en fiche, » je lui balance. « Je ne veux pas penser à elle. Ni parler d'elle. Elle n'est rien pour moi. »

« D'accord. Donc j'imagine que c'est elle qui est responsable de tout ça ? »

« Elle n'aurait jamais dû revenir ici, » je marmonne.

« C'est chez elle, Kane... en quelque sorte. »

« Je m'en fous. J'ai travaillé trop dur pour tout ça pour qu'elle foute tout en l'air. »

Il prend une chaise et s'assoit à côté de moi.

« Tu te sens bien ? »

« Non, » je réponds honnêtement. « Putain, j'ai mal partout. » Bien que je ne lui dise pas que la pire douleur se trouve dans ma poitrine et que des tonnes de médicaments n'y changeraient rien.

« Tu as réussi à échapper à une commotion cérébrale et à des fractures, mais tu es plutôt amoché. Les médicaments t'ont laissé inconscient pendant près de vingt-quatre heures. »

« Tu es là depuis tout ce temps ? »

« Yep, Letty aussi. »

« Arrête, » je marmonne. Le simple fait d'entendre son nom est trop pour moi en ce moment. « Je suppose que ça explique pourquoi tu ressembles à une loque. »

« Merci, frérot. » Il lève les yeux au ciel, se réinstalle confortablement dans son siège et pose ses pieds sur le bord de mon lit. « Alors, vas-y, je veux en savoir plus sur la fac, vu que tu y es depuis presque deux semaines et que j'ai à peine échangé avec toi depuis. »

« Ne prétends pas que tu n'étais pas trop occupé avec Harley pour discuter avec moi. »

Ses joues rougissent un peu et un sourire se dessine sur ses lèvres.

Aussi heureux que je sois pour lui, ça me tue un peu au fond de moi. Je serai toujours connecté à Letty, que cela me plaise ou non. Quelque chose me dit que mon petit frère ne va pas laisser partir sa petite sœur de sitôt.

« Déménager à Rosewood était la meilleure chose qui pouvait arriver, » admet-il.

« C'est drôle, tu aurais dû voir ta tête le jour où je t'ai récupéré en prison et que j'ai largué cette bombe sur toi. Je pensais que tu allais y retourner directement pour meurtre. »

« Hé, j'avais confiance en toi. »

« Ah bon ? » Je lève un sourcil vers lui.

« Eh bien, maintenant oui. J'aurais juste voulu que tu n'aies pas à mettre ta vie entre parenthèses pour moi. »

« C'est du passé, » dis-je, bien que le mensonge ait un goût amer sur ma langue. « Nous sommes tous les deux là où nous sommes censés être. » J'articule plus difficilement alors que mon épuisement refait surface. « J'ai besoin de... » Je retombe dans les vapes avant même d'avoir fini ma phrase. Et à la seconde où l'image de Letty tenant un bébé dans ses bras apparait dans mon esprit, j'aurais souhaité pouvoir lutter plus longtemps.

« **T**u es sûr que tu ne préfères pas rentrer à la maison ? », demande Kyle en marchant lentement à côté de moi vers la maison des Harris.

« Je vais bien. » C'est un mensonge. Chaque putain de centimètre carré de mon corps me fait mal mais je ne retournerai pas à Rosewood. C'est ici que je dois être. En plus, pas moyen que je lui dise que juste l'idée de rester assis dans la voiture pendant qu'il nous ramène à Rosewood me donne envie de pleurer. Le trajet de l'hôpital à ici était déjà assez pénible.

« J'ai ton sac, » dit une voix douce derrière nous.

Je grimace, en sachant qu'à la seconde où je la regarderai, ça me fera à nouveau l'effet d'une batte contre ma poitrine. Les yeux de Harley ressemblent tellement à ceux que je ne veux plus jamais voir que ça fait mal.

« Merci, Petit chat. Je vais le prendre. »

« OK, je vais chercher un verre pour qu'il puisse prendre ses médicaments. »

« Il est ici et plus que capable de s'occuper de lui-même, » je dis sèchement.

« Nous le savons bien, frérot. Laisse-nous simplement t'aider, d'accord ? »

« Peu importe, » je marmonne, en enroulant ma main autour de la rampe et en l'utilisant pour traîner mon corps dans les escaliers.

Pourquoi diable ma chambre est-elle au premier étage ?

Kyle hésite derrière moi, je peux sentir son envie de m'aider mais heureusement, il reste en arrière et me laisse me débrouiller.

Au moment où j'arrive dans ma chambre, j'ai l'impression d'avoir couru un marathon. Je tombe sur mon lit et souhaite que la douleur qui envahit mon corps s'atténue.

Le lit bouge à mes pieds et je m'appuie sur mes oreillers pour le regarder.

« Tu dois lui parler. »

« On recommence vraiment à parler de ça ? »

« Oui. Harley est inquiète. »

« Ce n'est pas mon problème, frérot. Désolé. »

« Si, carrément, et tu le sais. Elle est restée là toute la putain de nuit à attendre que tu te réveilles. Tu n'as pas vu à quel point elle était terrifiée. »

« Je m'en fiche. Elle n'a pas le droit de s'inquiéter pour moi. »

Il gémit, se lève de mon lit et marche dans ma chambre.

« Tu es vraiment incroyable, » marmonne-t-il.

« Nos chemins n'étaient pas censés se croiser à nouveau. »

« Donc, ça veut dire que tout est OK ? »

« On arrête de parler de ça. »

« Tu sais, je te déteste vraiment parfois. »

« Tu t'inquiètes juste que Harley soit sur ton dos parce qu'elle m'en veut. »

Le visage de Kyle devient rouge d'exaspération.

« Ça n'a rien à voir avec moi et tout à voir avec toi. Tu fais du mal à Letty. Tu fais du mal à ma copine. Tout ça parce que tu es trop entêté pour lui parler, pour mettre le passé derrière toi. »

« Ce n'est pas vraiment du passé, hein ? » Je referme mes lèvres au moment où les mots sortent de ma bouche.

« Comment je pourrais le savoir, putain ? Tu me dis de fermer ma gueule chaque fois que je mentionne son nom. »

« Je la déteste. Il n'y a plus rien à dire. »

« OK. Bien sûr. » Il secoue la tête dans ma direction avant qu'un léger coup ne retentisse à la porte et qu'Harley ne nous rejoigne.

À la seconde où elle entre dans la pièce, ses yeux nous regardent tour à tour.

« Qu'est-ce qui se passe ? », demande-t-elle, en ressentant clairement la tension autant que nous.

« Rien. Il est borné, comme d'habitude. »

« Pfff, vous n'êtes pas frères pour rien, » grogne Harley, en récoltant une fessée de la part de mon frère.

« Vous pouvez partir tous les deux, » dis-je en fixant le plafond.

« Ouah, tu es vraiment un connard, tu le sais ça ? »

« Yep. Ça serait con de ruiner ma réputation. »

Heureusement, après m'avoir fait savoir qu'ils avaient demandé à Devin et Ellis—qui sont tous les deux en bas—de me surveiller toutes les heures et de s'assurer que j'avais pris mes médicaments, ils s'en vont.

J'aime mon frère plus que tout. Chaque chose que j'ai faite était pour lui et pour notre avenir, mais maintenant, j'ai vraiment besoin d'être seul.

Je lui suis reconnaissant de son soutien, mais je n'ai même pas eu une minute à moi depuis que je me suis réveillé dans cette chambre d'hôpital tard vendredi soir et j'ai vraiment besoin de respirer.

Je regarde le plafond, en me rappelant les événements qui m'ont amené à monter dans ma voiture et à avoir ce putain d'accident.

Je n'ai peut-être rien de cassé ni causé de gros dégâts, mais je sais déjà que j'ai merdé en ce qui concerne le fait de jouer le premier match de la saison. Il me faudrait un putain de miracle pour être en forme d'ici samedi.

Je parie que Luca et Leon sont aux anges.

Mes poings se serrent en pensant à eux. Est-ce qu'ils étaient au courant ? Est-ce que tout le monde savait ce que Letty cachait ? Étais-je le seul à ne pas savoir ce qu'elle avait fait ?

Mon corps se réchauffe alors que la colère que j'ai ressentie dans les minutes après que les mots sont sortis de sa bouche me consume à nouveau.

Elle est tombée enceinte le soir de la fête de Skye.

Enceinte.

De moi.

Mon cœur s'emballe.

J'ai toujours été prudent. J'ai toujours utilisé des capotes et je ne l'ai jamais fait sans. Sauf avec elle.

Comme pour tout le reste, je perds la tête quand je suis avec elle.

Mes dents grincent en pensant au fait qu'elle n'a jamais essayé de me contacter. Elle n'a même jamais essayé de me le dire.

Tu ne l'aurais pas écoutée ni accepté ça, crie une petite voix dans ma tête mais je la fais taire.

J'ai envie de penser que si elle s'était présentée à ma porte en m'expliquant qu'elle était enceinte, j'aurais agi correctement.

Mais je n'en ai jamais eu l'occasion.

Elle s'est occupée du problème toute seule.

Elle l'a fait disparaître.

« Scarlett, où est mon putain de bébé ?

« P-parti. »

« Parti ? »

« Je suis désolée. Je suis tellement désolée. »

« Argh, » je crie dans le silence de ma chambre. Mes muscles se tendent avec mon envie d'aller la trouver, d'enrouler ma main autour de sa putain de gorge et de la forcer à s'expliquer. Mais même si je pouvais, je n'ai pas de putain de voiture. Encore une chose à moi qu'elle a détruite.

« Tu vas bien, mec ? » La tête de Devin apparaît dans la pièce.

« Oh ouais, putain de génial. »

« Tu veux de la compagnie ? »

Je hausse un sourcil et il lève les mains en signe de reddition.

« OK, je ne faisais que proposer. Je te laisse. »

« Attends, » je l'appelle avant qu'il ne disparaisse. « Que s'est-il passé avec les caméras ? »

« Rien pour le moment. Tu as fini à l'hôpital et nous avons mis ça de côté. »

« C'était elle. »

Il hoche la tête. « Nous le savons. La question est : pourquoi ? »

« L'un d'entre vous a-t-il essayé de lui demander ? »

« Non. J'ai pensé que tu aimerais tenter de le faire une deuxième fois. »

« Victor a dit quelque chose ? »

« Nope. »

Mes sourcils se froncent de confusion. « Elles viennent de lui, n'est-ce pas ? »

« Eh bien, je suis presque sûr que ta copine n'a pas besoin de nous espionner, alors ouais. »

« Ce n'est pas ma putain de copine. »

« Bien sûr. Désolé. Appelle si tu as besoin de moi. »

CHAPITRE TROIS

Letty

« **T**u es sûre d'avoir tout pris ? » Maman demande en me passant le sac dans lequel j'ai jeté quelques affaires avant de filer de MKU samedi au petit matin.

Je suis rentrée au dortoir et j'ai trouvé tout le monde réveillé en train de m'attendre. Ils ne pouvaient pas savoir que Kane allait me renvoyer comme ça, je me demande combien de temps ils auraient attendu si je n'étais pas arrivée à ce moment-là.

Ils ont tous bondi quand je suis arrivée mais Ella les a devancés et s'est précipitée en avant pour me prendre dans ses bras. Brax et West ont rapidement suivi jusqu'à ce que je me retrouve au milieu d'une étreinte de groupe.

Après avoir pris congé, j'ai fait un sac pendant qu'Ella me regardait faire depuis mon lit, heureusement sans poser de questions, et après une autre étreinte, elle m'a regardée sortir du parking.

Ils m'ont envoyé des messages tout le week-end pour savoir si j'allais bien et je leur ai assuré que oui. Que j'avais juste besoin de prendre un peu l'air après tout ça.

Ils ont entendu la dispute entre Kane et moi, bien que je ne sache pas s'ils ont réellement *entendu* les mots que nous nous sommes craché au visage.

J'espère vraiment que non.

C'est déjà assez moche de lui avoir dit de cette façon. Je n'ai vraiment pas besoin que tout mon dortoir sache ce que j'ai caché.

« Ouais, c'est bon, » dis-je tristement, en souhaitant pouvoir rester ici plus longtemps.

Maman doit voir que je suis à deux doigts de m'écrouler car elle me prend dans ses bras et essaie de m'aider à me ressaisir.

« Il va s'en sortir, » murmure-t-elle à mon oreille et je craque.

Un vilain sanglot me secoue alors que je l'imagine allongé dans ce lit d'hôpital.

Kane a toujours été une telle énigme pour moi. Une énigme plus grande que la vie. Alors le voir étendu là, totalement impuissant avec des machines et des tubes... un frisson me parcourt l'échine.

En prenant une grande inspiration, je libère Maman et lui adresse un sourire qui, je l'espère, la convaincra que tout va bien se passer, même si j'ai l'impression de me briser à nouveau.

« Tout ira bien, » dit-elle doucement, en serrant ma main pour me soutenir. « Laisse-lui un peu de temps et dis-lui tout. »

Je hoche la tête, en craignant de craquer si j'ouvre la bouche.

« Merci, » dis-je avant de m'éloigner et d'ouvrir la porte.

En m'installant sur le siège conducteur, je respire l'odeur du propre. Non seulement Kane a fait réparer mon pneu, mais il a également pris soin du moindre détail.

Les clés étaient sur le comptoir de la cuisine de mon dortoir et je n'en avais aucune idée.

Je secoue la tête alors que mes larmes menacent de couler une fois de plus.

Tu peux le faire, me dis-je. *Tu es plus forte que ça.*

Après avoir écouté son petit discours d'encouragement, je fais un petit signe à Maman et je me mets en route pour retourner à MKU.

Je sais qu'il est sorti et qu'il est à la maison maintenant, Harley m'a tenue au courant de son état, qui n'est pas aussi effrayant qu'il n'y paraissait lorsqu'il était dans ce lit. Il a été chanceux. Très chanceux. Mais cela ne veut pas dire qu'il va pouvoir continuer à vivre comme si de rien n'était.

Avec un peu de chance, cela signifie que j'aurai au moins quelques jours pour retrouver mes marques avant de devoir lui faire face et de tout lui dire.

Mes mains tremblent à l'idée de le regarder dans ses yeux durs et en colère et de lui raconter l'enfer que j'ai vécu dans les mois qui ont suivi cette fête.

Je sais que j'ai fait une erreur en ne le lui disant pas dès que j'ai découvert que j'étais enceinte, mais j'étais terrifiée, et chaque fois que je regardais son nom dans mon portable, je me dégonflais pour une raison ou une autre.

J'avais le sentiment qu'il ne me croirait pas, qu'il se

convaincrait que j'essayais juste de le piéger ou quelque chose comme ça.

Je ne prends pas la peine de mettre de la musique, je conduis en silence avec mes pensées pour me tenir compagnie.

Partir de MKU ce week-end était la bonne chose à faire.

Non seulement j'avais besoin de mettre de la distance entre Kane et moi, mais je savais aussi que les frères Harris seraient après moi.

Il n'a peut-être pas prononcé les mots à voix haute, mais j'ai vite réalisé qu'il était trop en colère pour juste me reprocher d'avoir filé en douce au milieu de la nuit.

Ils avaient déjà trouvé les caméras et ils savaient exactement qui les avait planquées là.

Ma prise sur le volant se resserre alors que je réfléchis à ce que les Harris feront pour se venger.

Tout ce que je peux espérer, c'est que Victor ait eu ce dont il avait besoin avant qu'ils ne les trouvent ou sinon je vais me retrouver vraiment dans une merde noire.

Bien avant d'être prête à affronter la réalité, je m'arrête sur le parking derrière notre dortoir.

Je coupe le moteur et regarde par le pare-brise les étudiants qui traînent comme s'ils ne se souciaient de rien.

J'inspire longuement, en souhaitant que ma vie soit comme la leur. J'ai oublié ce que c'était que d'être une étudiante sans autre problème que de finir mes devoirs à temps.

Je lève les yeux vers le bâtiment, puis je regarde mon sac à main.

Une partie de moi a envie de lui envoyer un message, de lui demander s'il va bien. Mais je sais qu'il ne veut pas entendre parler de moi. Bon sang, après la façon dont il m'a renvoyée de l'hôpital, je doute qu'il veuille me revoir un jour.

Il pense que je—je ne peux même pas imaginer ce qu'il pense...

J'ai besoin de lui parler. Je sais que Maman a raison. Mais comment vais-je faire alors que je sais déjà qu'il va refuser toutes mes tentatives ?

En me sentant complètement pessimiste, j'ouvre la portière de ma voiture et je sors.

Il est temps de réintégrer ma vie.

Le dortoir devient silencieux à la seconde où j'entre dans la salle commune.

« Letty ! » Ella se lève et vient me serrer dans ses bras avant même que j'aie fermé la porte. Les yeux inquiets de tous les autres me brûlent. « Nous ne savions pas si—quand—tu reviendrais. »

« Je suis désolée de vous avoir laissé tomber, » dis-je une fois libérée de l'étreinte.

« Tout va bien, n'est-ce pas les gars ? » Ella se tourne vers les autres.

« Bien sûr. Il n'y a pas raison de s'excuser, » dit West, avec un large sourire.

« Comment va-t-il ? », demande Violet en grimaçant, tandis que tout le monde lui lance un regard mortel. « Quoi ? Est-ce que je n'ai pas le droit de m'inquiéter pour un étudiant ? »

Tout le monde l'ignore et se retourne vers moi.

« Il ira bien. Il est sorti de l'hôpital. Je vais juste aller ranger mes affaires. » Leurs yeux me suivent alors que je marche autour de la table où ils étaient tous assis pour prendre leur dîner, et je sors ma clé.

« Ce n'était pas de ta faute, » dit une voix douce derrière moi.

Je m'arrête au milieu de ma chambre.

« Si, ça l'était. »

« Letty, » soupire Ella. « S'il te plaît, ne te sens pas responsable. C'est lui qui est venu ici pour s'en prendre à toi. »

« Ouais, à cause de moi. Tout cela est de ma faute. »

Kane a raison. Tout est de ma faute.

« Non, je refuse de te laisser croire ça. »

Je laisse tomber mon sac sur le sol avec un bruit sourd et m'assois au bord de mon lit.

« Qu'as-tu entendu de notre engueulade ? », je demande, mes yeux verrouillés sur mes pieds.

« Pas grand-chose. Ce n'était pas facile de distinguer les mots à travers la porte. » Le lit s'affaisse à côté de moi et elle me prend la main. « Peu importe de quoi il s'agit. Je suis là. Tu peux tout me dire et ça n'ira pas plus loin. »

Je lui jette un coup d'œil, il y a dans ses yeux couleur miel une compassion que je n'ai jamais vue auparavant et je me demande à quel point elle est honnête avec moi à propos de ce qu'elle a entendu.

« J'apprécie vraiment. Mais c'est encore trop frais. »

« Je comprends, il n'y a pas de problème. »

« Je dois lui parler. J'ai besoin de m'expliquer. »

« Donne-lui juste un peu de temps. »

« Il ne me pardonnera jamais, » j'admets.

« Je croyais que tu le détestais ? » Ella demande, mais il n'y a aucun jugement dans sa voix.

« C'est compliqué. »

« Ne l'est-ce pas toujours ? » Elle soupire, en me faisant penser qu'elle a le même genre de souci que moi en ce moment.

« Tu veux en parler ? », je propose.

« Je... euh... j'ai encore couché avec lui. »

« Colt ? »

« Mmh mmh. »

« Mais je pensais qu'il ne couchait jamais deux fois avec la même nana. »

« Apparemment, je suis l'exception qui confirme la règle. »

« Alors, quel est le problème ? »

« Une fois qu'il a réalisé ce qu'il avait fait, il m'a mise à la porte. »

« Aïe. »

« N'est-ce pas ? Ça refroidit. Ses spermatozoïdes étaient toujours en train de nager au fond de moi et tout, » dit-elle en gardant une expression impassible.

« Oh mon Dieu. » J'éclate de rire et quand je me souviens à nouveau de ses paroles, cela ne fait qu'empirer.

J'ai une crise de fou rire qui dure pendant deux bonnes minutes à ses dépens.

« Putain, je suis vraiment désolée, mais j'en avais vraiment besoin, » dis-je en riant encore alors que j'essuie les larmes de mes yeux.

« Je suis contente qu'il en sorte quelque chose de bien. »

« Oh, allez. Ne fais pas comme si il ne t'avait pas fait du bien. »

« OK, ouais. C'est vrai. La situation ne serait pas aussi pourrie s'il n'était pas un si bon coup. »

« Tu l'aimes bien, n'est-ce pas ? »

« J'aime sa bite, si c'est ce que tu veux dire. »

Je passe mon bras autour de son épaule alors qu'elle fait la moue, heureuse de pouvoir la réconforter au lieu que ce soit l'inverse. « Tu vas t'en sortir. Si tu as de la chance, ils gagneront samedi et il aura envie de célébrer ça. »

« Il y a une fête à la maison Delta. Apparemment, ils y vont tous. »

« Ah ouais ? Donc tu as une semaine pour trouver comment tu vas réussir à lui montrer ce qu'il rate. En supposant qu'il ne t'appelle pas pour un plan cul entretemps. »

« On devrait aller faire du shopping, et te trouver une robe qui déchire. » Son visage s'illumine et je ne peux m'empêcher de sentir un peu de son excitation me traverser aussi.

« C'est un bon plan. Dis-moi quand et où et j'y serai. »

« Oui. » Elle sautille. « Est-ce que ça va aller ? J'ai un devoir que je dois vraiment terminer pour demain. »

« Ouais, je vais bien. Merci pour tout. »

« Je t'en prie. Si tu as besoin de quoi que ce soit, tu sais où me trouver. »

Je la regarde marcher jusqu'à ma porte et elle est presque partie avant que je l'appelle.

« Ouais ? », dit-elle avec un large sourire.

« Tu as tout entendu, n'est-ce pas ? »

Elle souffle lentement en essayant de trouver les mots justes. « Je me tenais juste là, prête à entrer en trombe et à lui botter les fesses parce qu'il allait trop loin. » Elle me fait un sourire triste. « Quand—si—tu es prête. Je suis là. » Elle m'envoie un baiser avant de fermer ma porte derrière elle.

Je pensais que je détesterais savoir que quelqu'un connaît mon secret, mais alors que je suis assise là en pensant à sa confession, je me rends compte qu'en fait, le fait qu'elle le sache et qu'elle accepte que je ne me sente pas assez forte pour en parler, c'est comme si un poids m'avait été retiré. Je n'ai aucune idée de ce que j'ai fait pour mériter Ella dans ma vie mais j'en suis reconnaissante parce que je pense qu'elle va devenir une très bonne amie.

Je me douche et je passe des heures à me sécher et à me lisser les cheveux juste pour m'occuper et pour éviter que je ne me retrouve dans ma voiture à me diriger vers l'endroit où je sais que Kane se trouve. Je me blottis dans mon lit avec mon ordinateur portable pour relire une dissert que j'ai écrite chez Maman ce week-end pour demain.

J'en suis à la moitié quand on frappe à ma porte.

« Entrez, » j'appelle, en supposant que ce ne sera pas lui qui reviendra pour une répétition de ce qui s'est passé jeudi soir. Bien que lorsque la porte commence à s'ouvrir, je panique soudain en pensant que je peux me tromper.

« Salut, Ella a dit que tu étais de retour, » dit Luca, en entrant dans ma chambre et en fermant la porte derrière lui et je reste bouche bée.

Il ressemble à une loque.

« Luc, que s'est-il passé ? »

« Ça ? », dit-il en désignant son visage. « Lee et moi nous sommes rentrés dedans. »

« Vous vous êtes battus ? Pourquoi ? »

Il hausse les épaules, enlève ses baskets, retire son sweat à capuche et se glisse dans le lit avec moi.

« Ce n'est pas important. Tu m'as manqué, » murmure-t-il, en jetant mon ordinateur au bout du lit et en me tirant dans ses bras.

Son parfum et sa chaleur m'entourent et je me détends immédiatement dans ses bras.

« Je ne suis partie qu'un week-end. »

« Je sais, mais je venais juste de te retrouver. »

La culpabilité m'envahit une fois de plus en sachant que je suis responsable de notre séparation pendant ces quelques années.

« Je suis de retour maintenant. »

« Je suis désolé pour jeudi soir. J'ai un peu perdu le contrôle. »

Il me relâche et je prends sa main, en me souvenant vaguement qu'il a donné un coup de poing dans mon mur. Bien que la plupart de mes souvenirs de ce qui s'est passé après la disparition de Kane restent flous.

« Est-ce que tu as nettoyé tout ça ? »

« C'est bon. Tu devrais voir la tête de celui qui était au bout de mes poings. » Il sourit, mais c'est forcé.

« Dis-moi que tu ne t'es pas battu avec Leon à cause de moi. »

Ses yeux regardent les miens tour à tour mais les mots qui sortent finalement de sa bouche ne me soulagent pas.

« Ne t'inquiète pas pour nous, Let. »

« Mais— » Il presse deux doigts contre mes lèvres et secoue la tête si légèrement que ça m'échappe presque.

Je suis tellement perdue dans ses yeux verts pétillants que je ne remarque même pas que ses doigts glissent de mes lèvres.

« Et ça ? », demande-t-il, son doigt faisant le tour de l'une des marques laissées par Kane.

Ma température monte en flèche quand je pense à lui en train de sucer ma peau et je me déteste.

« Que se passe-t-il vraiment ? Je pensais que tu le détestais. » Luca se force à maîtriser sa voix et ses mouvements sont contrôlés alors qu'il attend ma réponse.

« Euh... » J'hésite, en détournant les yeux pour ne pas avoir à regarder ses yeux gentils. Ceux qui devraient faire bouillir mon sang et ressusciter mon corps.

Pourquoi cela ne pouvait-il pas être lui ? Je me demande pour la millionième fois.

Cela aurait été tellement plus simple.

« Je le déteste. Il ne se passe rien. C'était comme une sorte d'exorcisme. »

« C'était... OK, » soupire-t-il. Ses sourcils se froncent alors qu'il a du mal à comprendre.

Je comprends. Ça n'a aucun sens dans ma tête non plus.

« Est-ce... est-ce que c'est fini ? »

« Ça n'a jamais commencé. C'était... une erreur. »

Luca s'allonge et me tire contre lui jusqu'à ce que nous soyons presque nez à nez sur mon oreiller.

Il m'étudie en silence pendant très longtemps, et bien que je sois totalement à l'aise en sa compagnie, plus cela dure, plus mon rythme cardiaque commence à s'accélérer.

« Scarlett, » murmure-t-il, en levant la main pour remettre une mèche de mes cheveux derrière mon oreille. « Je— » Il s'arrête et mon souffle se bloque dans ma gorge.

« Luc, » je soupire, désespérée qu'il continue mais tout aussi terrifiée qu'il soit sur le point d'avouer quelque chose que je ne suis pas prête à entendre.

Ses yeux tombent sur mes lèvres alors que je prononce son nom et sa main vient se poser sur ma taille. Son toucher me réchauffe de l'extérieur vers l'intérieur.

Il déglutit presque nerveusement. C'est bizarre parce qu'il a toujours l'air si sûr de lui. Au bout d'une seconde, ses yeux retrouvent les miens.

« Je déteste vraiment qu'il t'ait fait ça. »

« J'ai donné autant que j'ai reçu. » Dès que les mots

sortent de ma bouche, je me rends compte que j'ai fait une erreur.

Tout son corps se tend. « Connard, » souffle-t-il. « C'était toi. »

« Q-qu'est-ce qui était moi ? » L'idée que Kane se soit vanté de ce qui s'est passé entre nous dans les vestiaires avec l'équipe—avec Luca et Leon—fait frissonner tout mon corps.

« Putain de merde. » Il passe sa main sur son visage. « Rien. Je l'ai confronté et... ça n'a pas d'importance. Dis-moi que tu en as fini avec lui, » me supplie-t-il.

« B-bien sûr. Nous n'avons jamais commencé quoi que ce soit. »

« Alors pourquoi ? »

« Tu te souviens de Riley ? » Quand j'ai déménagé à Rosewood pour la première fois et que j'ai rencontré Luca et Leon, Riley et moi étions toujours ensemble. Nous sommes restés ensemble pendant quelques mois jusqu'à ce que je réalise que primo, j'avais un énorme béguin pour mon meilleur ami et je pensais à lui plus qu'à mon petit-ami, et que deuxio, la relation longue distance—même si ce n'était qu'une trentaine de minutes—n'allait jamais marcher. J'avais quitté Creek et je devenais une personne différente avec un véritable avenir devant moi. « C'était le meilleur ami de Kane. »

« Oh, » dit-il, en n'ayant pas besoin d'en entendre plus pour comprendre pourquoi Kane a un tel problème avec moi. « Il te considère responsable. »

« De ça et d'autres choses. »

« Merde. »

« Ouais, merde. »

CHAPITRE QUATRE

Kane

« Dis-moi que ce n'est pas vrai, » supplie Ellis le lendemain matin après qu'il m'a fallu environ un million d'années pour descendre.

« J'ai des cours. Je suis déjà en retard. »

Il me regarde avec les yeux écarquillés sous le choc.

« Tu as failli mourir. »

« Tu n'exagères pas un peu ? », je marmonne, en tirant la chaise d'en face et en essayant de m'asseoir sans lui montrer à quel point je souffre.

« Si ce camion n'avait pas fait une embardée, tu serais dans une putain de boîte en bois maintenant. Tu as eu de la chance qu'il ne t'ait pas blessé plus que ça. »

« Je sais, » je marmonne, en souhaitant me souvenir mieux de ce moment fatidique.

Je me souviens de la panique, de la peur, de la colère

que je ressentais en conduisant. Mais je ne me souviens de rien après avoir vu les phares du camion.

« Est-ce que le médecin a dit que tu pouvais recommencer si tôt ? »

« Je m'en fous de ce que le médecin a dit. J'ai quelques bleus. Je suis déjà sorti d'un terrain de football dans un état pire et ça ne m'a pas empêché de passer la nuit à faire la fête. »

OK, j'enjolive un peu la vérité, mais il n'y a pas moyen que je reste au lit toute la journée et que je foire ma première année à l'université avant même qu'elle n'ait commencé.

En sentant le regard d'Ellis brûler le sommet de ma tête, je le regarde alors que ses lèvres s'entrouvrent comme s'il voulait dire quelque chose.

« Crache le morceau, » j'aboie, irrité qu'il se retienne.

« Que s'est-il passé ? »

« Que veux-tu dire ? »

« Que s'est-il passé avec Letty pour que tu finisses par foncer la tête la première dans un camion ? »

« Je ne l'ai pas fait de manière intentionnelle, » je dis sèchement

« Non. Mais j'imagine que ce qui s'est passé ne concernait pas seulement ces caméras, n'est-ce pas ? »

Je plisse les yeux vers lui, en me demandant comment il a compris cela.

« Micah, » dit-il en répondant à mes questions tacites. « Ils vous ont tous entendu vous crier dessus. »

Mon cœur commence à s'emballer à la perspective que d'autres aient été témoins de ce qui s'est passé entre nous jeudi soir. Que d'autres aient entendu ce qu'elle m'a avoué.

De qui je me moque ? Je suis probablement le dernier à le savoir.

La seule personne qui aurait dû connaître la vérité sur les conséquences de cette nuit.

Mes poings se serrent sous la table.

J'ai besoin de la voir.

J'ai besoin d'entendre la vérité.

Qu'elle avoue tous ses putains de péchés pour que je puisse décider de son sort.

« Qu'a t'il dit ? » Je fixe Ellis avec un regard qui intimiderait la plupart des gens, mais il reste résolu, pas du tout perturbé.

« Rien, juste que ça avait été brutal. »

Tu n'en as pas idée.

« Ça nous pendait au nez. »

« Donc j'imagine que c'était à propos de Riley, » devine-t-il correctement.

« En partie. »

« OK. Bon, je suppose que tu as besoin qu'on t'accompagne, » dit-il, en buvant son café et en se levant de la table.

« Ouais, ma voiture est... » Je grimace, en me demandant dans quel état est mon bébé. « Où est ma voiture ? »

« Dieu sait. C'est un tas de ferraille. Désolé, » il murmure le dernier mot quand il me voit blêmir. « Je suppose que c'est quelque chose d'autre dont elle est responsable, hein ? »

« Tu penses aussi que je devrais tout laisser tomber, n'est-ce pas ? »

Il est à mi-chemin de la pièce mais s'arrête en entendant mes mots.

« Kane, » soupire-t-il en me regardant par-dessus son

épaule. « Ce n'est pas à moi de te dire ce que tu dois ressentir et comment tu dois gérer tout cela. Ce que je sais, c'est qu'elle n'aurait jamais planqué ces caméras d'elle-même, et nous devons savoir à quoi joue Vic. »

« Tout à fait d'accord. »

« Une petite vengeance pourrait être nécessaire »

« Tu veux mettre son dortoir sur écoute pour le découvrir ? »

L'idée me paraît géniale au début, pouvoir la regarder alors qu'elle n'en a aucune idée. Mais mon excitation s'évanouit à la seconde où je me rappelle avec qui elle traîne et de ce qu'ils pourraient faire dans cette pièce.

« Pourquoi pas ? »

« Parce qu'elle ne racontera rien à personne à propos de Vic. Elle n'est pas aussi stupide. Je vais la faire parler. »

« De manière moins spectaculaire la prochaine fois... »

« Je vais voir ce que je peux faire. » *Ça se serait bien passé si elle n'avait pas largué cette bombe.*

« Je pars dans trente minute. Tu as besoin de moi pour remonter ? »

Je regarde mon pantalon de jogging et mon sweat à capuche.

« Nan, j'y vais comme ça. »

« Tu ne ressembles à rien. »

« J'en suis conscient. Je peux le sentir. »

C'est de ma faute. Tout. Mais en plus, je n'ai pris que la moitié des analgésiques prescrits par le médecin parce qu'ils m'assomment, et que je ne veux pas passer les prochains jours à dormir.

J'ai besoin de reprendre le contrôle de ma vie. J'ai besoin de la voir.

Je finis mon café quand Ellis émerge vingt minutes plus tard avec son sac sur l'épaule, prêt à partir.

« Les autres ne sont pas là ce matin ? », je demande quand personne ne le suit.

« Dieu sait, je ne suis pas leur père, » crache-t-il, en marchant jusqu'à la cuisine pour prendre de la nourriture. « Mange ça, tu as l'air d'en avoir besoin. » Il me lance une barre de céréales et je réagis juste à temps pour l'attraper, bien que ma putain d'épaule me tue. « Tu es vraiment sûr que ce soit une bonne idée ? »

« Je serai assis en cours. Ça ou être assis sur le canapé, c'est la même chose. »

« Biiieen sûr. » Il a l'air tout sauf convaincu. « Et ça ? » Il désigne le sac que j'ai traîné dans les escaliers avec moi et quand j'acquiesce, il le jette par-dessus son épaule avec le sien. « Allez, tu ne veux pas être en retard, ou tout le monde verra ton visage amoché quand tu entreras en cours. Il vaut probablement mieux te cacher dans l'ombre. »

« Va te faire foutre. Tu es juste énervé parce que même comme ça, je suis plus beau que toi, » je marmonne.

« Oh ouais, c'est tout à fait ça, » dit-il sur un ton impassible.

Au moment où Ellis s'arrête sur le parking le plus proche du Westerfield Building pour mon cours de littérature américaine, je regrette de ne pas avoir pris plus d'analgésiques. Mais je refuse de lui montrer que je me bats plus qu'il ne le pense, alors à la seconde où il coupe le moteur, j'ouvre la porte et me prépare à la douleur qui est sur le point de surgir.

« Quoi ? », dit-il avant que je ne me lève du siège.

« Quoi ? », j'aboie, en ayant juste besoin d'en finir.

« Si... quand. » Il rit. « Quand tu la verras, vas-y doucement. Nous ne connaissons pas toute l'histoire. La cuisiner pourrait être la dernière chose dont elle a besoin. »

« Tu as raison, tu ne connais pas toute l'histoire, alors laisse-moi m'occuper de Letty, OK ? »

Ses yeux brûlent dans mon dos alors que je me traîne hors du siège passager mais je ne regarde pas en arrière. Je n'ai pas besoin de voir l'inquiétude ou la pitié sur son visage.

Le campus est encore relativement calme alors que je me dirige vers le bâtiment et vers l'amphi pour le cours magistral de ce matin.

Tous ceux que je croise marquent un temps d'arrêt comme si j'avais soudainement deux têtes au lieu d'une. Je suis sûr qu'ils ont tous entendu les ragots sur ce qui s'est passé, l'équipe—les Dunn—a probablement alimenté les commérages sur le fait que je vais manquer l'entraînement et que je vais rater au moins les deux premiers matchs de la saison à cause de cela.

L'amphi est vide et toujours dans l'obscurité lorsque je pousse la porte et que j'entre.

L'odeur insistante du nettoyant pour sols au citron se mélange à l'odeur de moisi du vieux bois alors que je m'avance vers le fond de la pièce.

J'ai les yeux rivés sur les sièges à l'arrière qui sont à l'écart et d'où je pourrai regarder tout le monde entrer.

En m'asseyant, il me faut un temps honteusement long pour reprendre mon souffle après l'énergie qu'il m'a fallu pour arriver ici.

Je sors mes livres avant de prendre dans ma poche la barre de céréales qu'Ellis m'a lancée et de l'ouvrir.

À peine dix minutes plus tard, des voix commencent

à se faire entendre dans les couloirs et quelques secondes plus tard, les étudiants commencent à remplir les places autour de moi, prêts pour une nouvelle semaine.

Alors que le temps passe avant le début du cours, je commence à me dire qu'ils ne vont pas venir, mais une minute avant que le cours ne commence, la porte s'ouvre et Colt, l'un des gars de l'équipe, fait un pas en avant, rapidement suivi par les Dunn qui escortent à nouveau Letty.

Je les ignore et me concentre sur elle.

Ses cheveux sont impeccables, tout comme son maquillage, mais je peux voir tout ce qu'elle essaie de cacher.

Ses yeux sont injectés de sang et les cernes en dessous sont sombres en dépit de son maquillage. Elle se mordille nerveusement la lèvre inférieure en entrant dans la pièce, mais elle ne lève pas les yeux. Elle laisse juste Luca et Leon la guider vers une rangée de sièges vides.

Elle ne s'attend pas à ce que je sois là. Si c'était le cas, je n'ai aucun doute qu'elle scruterait la pièce pour essayer de me trouver. En voulant savoir d'où je pourrais surgir.

Ce n'est que lorsqu'elle s'arrête sur les marches pour laisser Colt et Luca descendre la rangée qu'elle lève les yeux.

J'aime penser que c'est parce qu'elle peut sentir mon regard fixe, parce que je l'affecte autant qu'elle m'affecte, mais cela est peut-être une douce illusion.

Mais ensuite, ses yeux se lèvent plus haut et se fixent sur moi.

Elle est peut-être de l'autre côté de la pièce, mais je jure devant Dieu que j'entends un halètement de choc alors que son menton s'affaisse.

Un sourire menaçant se dessine au coin de ma bouche

en guise de salutation. Cet instant... ce moment, son choc, sa peur, tout ça fait que toute la douleur pour arriver jusqu'ici en valait la peine.

Leon pose sa main sur le bas de son dos pour attirer son attention et elle arrache rapidement ses yeux des miens pour le regarder.

La façon dont elle le regarde me fait mal à la poitrine. Je lis en elle comme dans un livre ouvert et les sentiments qu'elle a pour les deux garçons Dunn sont clairs.

Cela me fait me demander—et pas pour la première fois—ce qu'il y a vraiment entre eux. Je l'ai provoquée concernant le fait de les baiser. Mais l'a-t-elle fait ? Pensent-ils vraiment qu'ils la possèdent d'une manière ou d'une autre ? Croient-ils vraiment qu'ils pourraient me la prendre ? Et pensent-ils même une seconde qu'ils pourraient lui donner ce que je peux lui donner ?

Penser aux marques que j'ai laissées sur son corps me fait sourire. S'ils se sont approchés d'elle aussi près que je le crains, alors ils savent. Ils savent exactement qui est capable de lui faire perdre la tête. Et ce n'est certainement pas eux.

CHAPITRE CINQ

Letty

Mon cœur bat la chamade lorsque je laisse Leon me conduire vers un siège à côté de Luca, prêt pour le début de notre cours.

Tout autour de moi se brouille alors que la chaleur torride de son regard me brûle le dos.

Il ne devrait pas être ici. Il devrait être à la maison en convalescence.

Mais—

Putain.

« Merde, » dis-je alors que mes stylos tombent tous sur le sol à mes pieds.

« Est-ce que ça va ? », demande Luca, en attrapant ma main tremblante alors que je me penche pour en attraper un près de son pied.

Son contact apaisant me détend un peu et je me penche contre lui, en ayant besoin qu'il m'enveloppe dans ses bras et me dise que tout va bien se passer.

« Bien sûr. » Je lui souris mais il me connaît si bien qu'il ne se laisse pas berner.

« Let, tu trembles. »

« J'ai bu trop de café ? » Ce n'était pas censé sortir comme une question. À la seconde où Luca comprend mon mensonge, il regarde par-dessus son épaule, en devinant juste ce qui—ou qui—me déstabilise soudainement.

Il ne voit évidemment pas Kane se cacher dans l'obscurité tout au fond de la pièce.

Ses yeux inquiets trouvent les miens et une boule d'émotion grossit dans ma gorge.

Je déteste ça.

Je sais que je devrais simplement lui dire la vérité. Mais je m'inquiète de sa réaction.

Le regarder frapper le mur jeudi soir et voir les preuves que lui et Leon se sont battus à cause de moi ne seraient rien comparé à ce qui se passerait s'ils apprenaient la vérité.

Je ne peux pas leur faire ça. Le football a toujours été leur rêve. La ligue nationale a toujours été leur rêve. Je refuse d'être la personne qui se mettrait en travers de cela.

« Tiens, » dit-il en ramassant les stylos sous sa chaise.

« Merci. »

Ses yeux regardent les miens tour à tour alors qu'il m'étudie. Il a un million de questions sur le bout de la langue mais heureusement, il n'a pas l'occasion de les poser parce que le professeur Whitman commence notre cours et nous sommes obligés d'écouter.

En posant sa main gauche sur ma cuisse, il la serre doucement en guise de soutien pendant qu'il prend son stylo avec sa main droite et commence à griffonner des notes.

Son contact me fait l'effet d'une trahison tandis que les yeux de Kane continuent de scruter l'arrière de ma tête.

Incapable de m'en empêcher, je me penche vers Luca et dépose un rapide baiser sur sa joue.

Il se tourne vers moi, son sourire allant jusqu'à ses yeux et faisant scintiller le vert avec quelque chose que je ne veux pas admettre.

Quand je me suis réveillée ce matin, il était parti et à sa place, de l'autre côté de mon oreiller, il y avait juste une note me disant de l'appeler si j'avais besoin de lui et qu'il me retrouverait en cours.

Même s'il me manquait, je savais qu'il avait fait ce qu'il fallait.

Quelque chose a changé entre nous quand il me serrait contre lui la nuit dernière. Il voulait me dire quelque chose, je pouvais presque le sentir, mais j'étais terrifiée d'entendre les mots qu'il voulait me dire.

Si, ou plutôt quand, il dira ce que je crains qu'il va dire, alors ça va encore tout changer et je ne suis pas sûre de pouvoir y faire face.

J'ai besoin de lui maintenant.

J'ai besoin qu'il soit le meilleur ami qu'il a toujours été. Il y a peut-être eu beaucoup de fois dans le passé où je crevais d'envie que cette ligne soit franchie, mais, pour moi, ce n'est pas le moment.

Je pose ma main sur la sienne pendant un instant et la serre avant de recentrer mon attention sur notre professeur et de faire de mon mieux pour ne pas gâcher le cours en pensant au gars assis derrière moi.

Avant que je ne m'en rende compte, la voix basse du

professeur Whitman s'est arrêtée, même si j'ai à peine entendu un mot.

Je gémis en rangeant mes livres et mes stylos.

« Tu vas bien ? », demande Leon.

« Super. C'est le meilleur jour de ma vie, » je dis sur un ton impassible.

« Oh, nous allons t'acheter un petit cupcake pour compenser. »

Je lui souris dans l'espoir que cela le débarrasse de l'inquiétude que je vois dans ses yeux. « Ce serait génial. Merci. »

« Let, que fais-tu ? » Luca demande alors qu'il se tient debout, et que je ne le suis pas. Leon et Colt sont déjà à mi-chemin des escaliers en direction des portes avec la foule. Mais de mon côté, j'ai fait en sorte de rester un peu en arrière.

« J'ai juste besoin d'une minute. »

« Mais— »

« Luca, s'il te plaît. Je te rejoins pour le café. Je te retrouve là-bas. »

Ses yeux me supplient de partir avec lui et juste au moment où je pense qu'il va être d'accord. Il lève les yeux. Et cette fois, je sais que Kane ne lui a pas échappé.

« Scarlett, » grogne-t-il, sa mâchoire tressautant de colère.

« C'est bon, Luc. »

« Rien de tout cela n'est 'bon'. Regarde ce qu'il t'a fait, comment il t'a traitée. »

« Il ne va pas me toucher. Nous avons juste besoin de parler. »

Luca me regarde, les narines dilatées, le muscle de son cou en train de palpiter.

« Luc, » je murmure.

« Je serai juste devant la porte. Leon aussi. Si tu as besoin de nous, crie et nous foutrons cet enculé dehors. »

Je lui souris, en appréciant son envie de me protéger même si c'est un peu étouffant.

« Merci, » dis-je alors qu'il balance son sac sur son épaule et s'éloigne de moi.

Avant qu'il ne soit obligé de se retourner, ses yeux se lèvent sur ce que je ne peux que supposer être une paire d'yeux bleus furieux derrière moi.

Avec son avertissement silencieux suspendu dans les airs, Luca part à contrecœur avec les derniers étudiants.

Dès que la porte se ferme en ne laissant que nous deux ici, j'ai du mal à respirer.

Le silence est lourd pendant une éternité mais je ne trouve pas en moi la force de me retourner, ni de faire quoi que ce soit.

« Que fais-tu, Princesse ? » Sa voix grave résonne dans le vaste espace et je sursaute lorsqu'elle me frappe en plein dans la poitrine.

« Il faut qu'on parle. » Je n'ai aucune idée de s'il m'entend parce que ma voix est basse et faible et je déteste ça.

« Non, tu dois partir. Je ne peux même pas te regarder, » crache-t-il.

Offensée par ses mots, je saute de ma place et me précipite vers l'allée.

À la seconde où mes yeux se posent sur lui, j'ai le souffle coupé.

Il n'est plus assis dans l'ombre, en train de se cacher, il est debout tout en haut des escaliers, en se tenant au siège la plus proche comme si c'était sa bouée de sauvetage.

Les bleus que j'avais remarqués à l'hôpital sur le côté

de son visage sont toujours sombres et visibles, mais c'est le seul signe de ce qu'il a vécu.

« Où est ton attelle ? Ton bras— »

« Ça va, » il aboie, les mots résonnant dans la pièce.

Je veux argumenter mais je sais que c'est inutile.

Lentement, il commence à descendre, et quand je dis lentement, je le pense vraiment.

La douleur déforme ses traits au point que je peux la ressentir. Mais je sais qu'il n'acceptera pas mon aide. Alors, à la place, ma prise sur mon sac se resserre, mes ongles s'enfonçant dans la lanière de cuir par-dessus mon épaule.

Ma respiration devient plus difficile à mesure qu'il se rapproche et mes muscles se tendent avec mon envie de m'enfuir. Mais je refuse.

Rien de ce qu'il pourra me dire ou me faire ne pourra me blesser autant que ce que j'ai déjà vécu.

Au moment où il est devant moi, son bras s'envole plus vite que je ne le pensais et sa main s'enroule autour de ma gorge.

Il me penche en arrière pour que sa prise soit la seule chose qui m'empêche de dévaler les escaliers.

J'avale nerveusement, un mouvement qu'il ne manque pas si son large sourire veut dire quelque chose.

Mes yeux le supplient de me laisser parler, de m'écouter pour que je puisse lui dire la vérité mais je crains que même si je disais les mots tout de suite, il ne les entendrait pas. Il est trop en colère.

« Kane ? », je parviens à articuler à travers sa poigne serrée.

Il se penche sur moi, ses yeux froids et durs me transperçant. Et même avec sa colère, son contact pourrait m'exciter, mais là tout de suite, je pense que j'ai plus peur de lui que jamais.

Il a l'air possédé. Et les ecchymoses n'améliorent clairement pas les choses.

« Ça n'a pas besoin de se passer comme ça, » je murmure quand ses doigts relâchent un peu ma gorge.

« Eh bien peut-être que tu aurais dû y penser avant. »

Avec peu d'effort, il me pousse en arrière dans les escaliers.

Je peux presque sentir sa douleur à chaque pas qu'il fait, c'est juste là dans ses yeux et je soupçonne qu'il ignore totalement que je peux la voir en lui.

Je crie sous le choc quand mon dos heurte le mur. Nous sommes si près de la porte que je crains que Luca et Leon ne fassent irruption à tout moment.

Je ne veux pas qu'ils se battent. C'est déjà assez dur qu'ils se soient battus à cause de ça.

Kane incline son visage vers le mien. Pendant un instant, je pense qu'il va m'embrasser. Mon sang se réchauffe et une vague de désir atteint mon bas-ventre.

Peu importe combien je le déteste, combien il me dit qu'il me déteste. Cette chaleur, cette alchimie est toujours présente entre nous, juste sous la surface et attendant d'exploser.

Mais il ne fait pas de mouvement en direction de mes lèvres, à la place, la peau de sa mâchoire gratte ma joue avant que son souffle chaud ne balaie mon oreille.

« Tu es une menteuse, Princesse. Une menteuse et une meurtrière. Et tu vas payer, putain. »

« Kane, non, je n'ai pas— »

Il recule et le regard dans ses yeux interrompt immédiatement mes mots. Un frisson parcourt mon corps. Il est terrifiant.

« J'en ai fini avec toi. Et j'espère que tu sais que ce qui va suivre est pire. Parce que quand Victor t'attrapera, il te donnera l'impression que j'étais un putain de chiot. »

Mon sang se glace à la simple mention de son nom.

« Nous en avons terminé, Princesse. »

Il me lâche et je m'affaisse contre le mur, mes jambes faibles me tenant à peine debout.

En faisant trois énormes pas en arrière, il garde les yeux sur moi alors qu'il se dirige vers la porte.

« Alors c'est ça ? Tu vas juste oublier tout ça ? M'envoyer au diable et le laisser faire ton sale boulot ? »

Ses yeux clignent avec quelque chose que je ne peux pas lire mais ses lèvres se tordent et montrent ses mauvaises intentions.

« Surveille tes arrières, Hunter, » prévient-il en se dirigeant vers la porte et en l'ouvrant.

Luca trébuche dans la pièce, alors qu'il essayait clairement de tout écouter.

« Garde tes putains de chiens en laisse, » crache-t-il, en contournant Luca et en marchant vers la porte.

« Va te faire foutre, Legend. C'est toi qui dois surveiller tes arrières. Si je t'entends menacer à nouveau ma copine, je — »

Kane se retourne et fixe Luca avec son regard mortel. « Alors quoi, beau gosse ? Hein ? Qu'est-ce que tu vas vraiment faire ? »

La poitrine de Luca se gonfle, ses poings se serrent alors qu'il se prépare à se battre.

« Luc, non, » je crie, en courant vers lui avant qu'il ne donne un coup à Kane. « Tu vaux mieux que lui, » je murmure. Mes mains s'enroulent autour de son biceps dans l'espoir que mon contact le calme un peu.

Les yeux de Kane regardent l'endroit où je touche Luca, ses lèvres pincées d'exaspération.

« Je te la cède volontiers, » crache-t-il en inclinant son menton dans ma direction. « Je te préviens, j'ai déjà utilisé cette pute. »

Le rugissement qui sort de la bouche de Luca ne ressemble à rien de ce que j'ai entendu auparavant.

En me précipitant vers lui, je presse mes mains sur sa poitrine.

« Laisse tomber, Luc. S'il te plaît. »

Sa poitrine se soulève, ses narines se dilatent alors qu'il fixe Kane.

« Tu mérites mieux que ça, Let, » bouillonne-t-il.

« Il te provoque et tu entres dans son jeu. »

En regardant par-dessus mon épaule, je vois Leon qui a du mal à se retenir et enfin Kane avec un sourire suffisant comme pas possible.

« Tu ne m'écouteras pas, alors va te faire foutre et laisse-moi tranquille. Tu as raison, Kane. Nous en avons terminé. »

Je tends la main vers Luca, je glisse mes doigts dans les siens avant d'attraper celle de Leon.

« Pense ce que tu veux de moi, ton opinion ne changera rien à ma vie. Surtout quand nous savons tous que le seul connard ici c'est toi. »

Avant qu'il n'ait le temps de répondre, nous passons tous les trois devant lui et nous sortons.

« Putain de merde, est-ce que tu as vu sa tête ? », gronde Leon alors que nous sortons du bâtiment. « Je n'aurais jamais cru que ce jour arriverait mais toi, Mme Hunter, tu l'as carrément scié. »

« Kane se moque de ce que je dis. Son cœur et son âme sont noirs. » Mais alors même que je prononce les mots, je sais qu'ils ne sont pas vrais parce que j'ai vu l'expression sur le visage de Kane tout autant que Leon et il me faut toute ma force pour ne pas revenir sur mes pas.

***

Ella : **Où es-tu, meuf ?**

Je regarde mon portable alors que je suis assise avec Luca et Leon dans la même cafétéria où ils m'ont emmenée lors de mon premier jour à la MKU.

En tapant une réponse rapide pour lui dire de nous rejoindre, je m'enfonce un peu plus dans mon siège avec mon café.

Luca et Leon se sont légèrement détendus mais je sais que jusqu'à ce que je leur dise toute la vérité sur ce qui s'est passé avec Kane, ils vont continuer à me regarder avec des yeux irrités et en colère.

J'espère juste qu'Ella se joindra à nous pour briser la tension.

Ce n'est que cinq minutes plus tard que la blonde pleine d'entrain apparaît à notre table et tire la chaise entre Leon et moi.

Elle les regarde tous les deux, ses joues rougissent et elle tourne les yeux vers moi.

« Comment fais-tu ça ? », murmure-t-elle et tout ce que je peux faire, c'est éclater de rire. « Je suis sérieuse. Tu es assise là comme si tout était normal. »

« Ça l'est, » dis-je avec un sourire narquois.

« Hé, comment ça va ? », dit-elle aux gars après avoir retiré ses yeux des miens.

Ils la regardent tous les deux avec des expressions amusées sur le visage.

« Tout roule, » dit Luca, en le démontrant en la matant ostensiblement.

Ella se tortille sous son attention et regarde la table.

Lorsque les yeux de Luca croisent les miens, il me fait un clin d'œil et secoue la tête.

« Pervers, » je lui dis mais il hausse juste les épaules.

« Alors… c'est le premier match de la saison samedi. Vous êtes prêts ? »

« Et puis quoi encore, » se moque Leon. « Nous sommes toujours prêts. »

« Ah, j'avais oublié l'ego des Dunn, » je dis d'une voix impassible.

Ils me regardent tous les deux avec un sourire, mais je peux entendre les non-dits entre eux. Ils leur manquent maintenant un receveur, et malgré le fait qu'ils le détestent tous les deux, ils savent qu'il est le meilleur pour jouer avec eux. C'est une autre raison pour laquelle ils le détestent. Ils ont besoin de lui.

Heureusement, parler de football et de la saison à venir distrait tout le monde du sujet tabou.

« Tu es libre ce soir ? » Ella demande quand Leon va nous commander à nouveau du café.

« Juste des devoirs. »

« Bien, nous sortons. »

« Oh ? »

« Violet n'arrête pas de parler de ce nouveau film avec Zac Efron. Je pensais qu'on pourrait y aller ensemble. Alors, un dîner et un film, ça te va ? »

« Ça me paraît être un bon plan. »

« Et puis, jeudi, nous irons au centre commercial chercher des robes pour samedi soir. Nous devons être sexy pour célébrer la victoire des gars. »

« Carrément, ouais, » acquiesce Luca, ses yeux se fixant sur les miens.

« Ça a l'air génial, » dis-je honnêtement. J'ai besoin de ça, de quelque chose de normal pour me changer les idées en ce moment.

CHAPITRE SIX

Kane

« Tu vas passer la nuit ici ? », demande Ellis, en regardant son siège passager où je reste assis immobile alors que nous sommes devant la maison plus tard dans l'après-midi.

Je jette un coup d'œil à la porte d'entrée, j'ai l'impression qu'elle est à des millions de kilomètres.

Je suis foutrement vidé. Je savais qu'aller en cours aujourd'hui était une mauvaise idée, mais rien n'allait m'en empêcher. Même pas la douleur lancinante de maintenant.

« Peut-être, » j'admets. À l'heure actuelle, cela semble être l'option la plus simple.

« Alors, maintenant tu es prêt à admettre que tu souffres, » marmonne-t-il.

« Que veux-tu ? Tu veux que je te dise que tu avais raison et que j'aurais dû t'écouter ? »

« C'est un bon début. » Il sort de la voiture et claque la portière derrière lui.

Je m'attends à ce qu'il me laisse là, mais je devrais mieux le connaître parce qu'Ellis n'est pas Ezra ou Devin, il est moins dur.

« Viens, connard, » exige-t-il après avoir ouvert ma porte et en tendant la main.

« C'est bon. Je peux le faire. »

Il me regarde avec le front levé.

« OK, bien, » je concède et je le laisse m'aider à sortir de la voiture.

Je gémis à moitié de douleur et à moitié de soulagement à la seconde où je tombe sur mon lit. J'ai l'impression que je pourrais dormir pendant un an après cette journée.

« Je vais t'apporter de quoi dîner et tes médicaments. »

« C'est bon, » je rétorque. « Je vais rester allongé ici un peu, puis je redescendrai. »

Ses lèvres s'entrouvrent pour argumenter mais il décide de ne pas le faire et sort de la pièce.

Dès qu'il est parti, je ferme les yeux et laisse la douleur m'envahir, en la laissant m'écraser.

La vision d'elle en train de s'éloigner de moi tout à l'heure avec eux de chaque côté se répète dans mon esprit.

J'aurais dû me battre plus mais la vérité était que je n'en avais pas la force.

Il m'a fallu tout ce que j'avais pour l'affronter, et je m'écroulais plus vite que je ne pouvais le contrôler.

Je déteste que ça me fasse paraître faible. Je déteste qu'ils aient vu exactement ce que je ressentais quand elle a eu le dernier mot et s'est éloignée de moi.

Je voulais vraiment croire les mots que je lui crachais

au visage, que nous en avions fini, mais putain, c'est faux. Nous n'en avons pas fini. Même pas un peu. Et pas moyen que je permette à Victor de mettre la main sur elle.

La seule personne qui met la main sur Scarlett Hunter, c'est moi.

Enfin, peut-être pas aujourd'hui... ni même demain.

Je reviens à moi avec la sensation de ses doigts doux qui caressent ma joue.

Letty.

Mes yeux s'ouvrent et je dois cligner plusieurs fois pour que mon cerveau réalise ce qu'il voit réellement.

« Qu'est-ce que— »

« J'ai entendu dire que tu avais besoin d'une infirmière. »

Tout mon corps se crispe alors que ses doigts longent mon cou et mon torse recouvert de mon maillot.

« Je vais bien, merci. »

« Oh allez, chéri, » ronronne-t-elle avec sa voix aiguë et agaçante. « Tu sais que je peux te faire te sentir tellement mieux. »

« Tu ne devrais pas être ici, Alana. »

Sa main froide prend ma joue alors qu'elle me regarde dans les yeux. « Oh, est-ce que tu as besoin de plus de médicaments ? »

« Non, j'ai besoin de— »

« De nourriture ? Je peux aller te préparer quelque chose. »

« Non, j'ai besoin d'être seul. Tu devrais partir. »

En détournant les yeux, je concentre mon attention sur le mur.

« Mais— »

« Je n'ai besoin de rien venant de toi, Alana. Nous ne sommes pas un couple. Tu es mariée et tu devrais être avec ton mari. »

« Il ne veut pas de moi et tu le sais, » crache-t-elle. « Mais nous pourrions— »

« Non. Ce n'est pas de ça dont il s'agit. Tu dois partir. »

Ses lèvres s'entrouvrent sous le choc mais elle ravale le prochain argument qu'elle s'apprêtait à dire. « OK, bien. Si tu as besoin de moi, tu sais où me trouver. »

Elle se lève du lit et se dirige vers la porte. C'est seulement maintenant que je remarque ce qu'elle porte. Sa petite tenue d'infirmière lui couvre à peine les fesses. Cette vue ne me fait rien.

Si c'était porté par quelqu'un d'autre, en revanche... Je refoule cette pensée de ma tête.

« K ? »

« Oui, » je grince quand elle a à moitié franchi la porte.

« Qui est Letty ? »

Mon menton tombe en entendant sa question et mon corps se réchauffe. Pourquoi connaît-elle son nom ?

« Personne, pourquoi ? »

Elle secoue la tête. « Aucune raison particulière, tu viens de dire son nom dans ton sommeil. »

« Euh, bizarre. » *Ou pas, vu que j'aurais aimé que tu sois elle.* « À plus, » dis-je, en détournant les yeux une fois de plus dans l'espoir que cela la fasse partir.

Ses pas résonnent dans ma chambre silencieuse alors qu'elle dévale les escaliers, et heureusement, quelques secondes plus tard, le bruit de la porte d'entrée qui claque fait tout trembler autour de moi. Je suppose que cela explique ce qu'elle pense du fait que je l'ai congédiée.

En revanche, je n'ai aucune idée de ce à quoi elle s'attendait.

Nous ne sommes pas en couple. On n'a jamais été un putain de couple.

Je n'ai jamais fait que mon putain de boulot. C'est juste dommage qu'elle ne soit pas capable de le réaliser.

Cela prend plus de temps que je ne veux l'admettre pour me convaincre de ramper hors du lit, mais finalement mon estomac qui grogne me force à bouger.

Je jette un coup d'œil à la porte de la salle de bain en passant, en crevant d'envie de prendre une douche mais je sais que je n'en ai pas la force. Au lieu de cela, je me dirige vers le couloir dans l'espoir de trouver de la nourriture.

Quand je suis enfin en bas des escaliers, je trouve Devin, Ezra et Ellis assis autour de boîtes à pizza à emporter.

« Lequel d'entre vous l'a laissée entrer ? » J'aboie à la seconde où j'entre dans la pièce, en gardant mes yeux fixés sur eux au lieu de regarder la nourriture dont j'ai désespérément envie.

« Nan, mec. Ne me regarde pas, » dit Devin, en levant les mains en signe de capitulation.

J'ignore Ellis parce que le nom de son jumeau est écrit sur son front.

« Quoi ? », dit-il comme s'il ne réalisait pas que ça pourrait me poser un problème. « Tu l'as vue putain ? » Il lève les mains, en faisant un geste pour mimer ses seins alors qu'Ellis le gifle à l'arrière de la tête. « Pourquoi t'as fait ça ? »

« Tu es un porc. »

« Quo—OK. Si tu n'es pas capable d'apprécier un bon petit lot quand il est devant toi, ce n'est pas mon problème. »

« Je ne veux pas d'elle ici. Tu as compris ? »

« Ces médicaments te mettent de mauvais poil. Tu aurais dû la laisser te sucer avant de la renvoyer sur le trottoir. Aïe. » Ellis le frappe à nouveau. « Je dis juste que tu es tendu comme pas possible. »

« Je ne veux pas qu'elle s'approche de ma bite. Toi, » dis-je en pointant Ezra du doigt. « Ne t'approche pas d'elle non plus. »

« Je sais, je sais, tu ne partages pas tes jouets à moins que tu ne participes. »

« Une seule fois, Ez. Une seule putain de fois. »

Je lève les yeux au ciel et arrache la boîte à pizza de ses genoux, et je mets une tranche dans ma bouche.

« Tu es un putain— »

« Va chier. »

Ellis étouffe un rire, mais Devin jette sa tête en arrière et éclate de rire en voyant l'air abattu d'Ezra.

Je passe la nuit à tirer sur des mecs avec les gars et je défonce Devin sur la Xbox.

Personne n'évoque le sujet tabou concernant Letty et les caméras et je ne pourrais pas en être plus reconnaissant, non pas que cela signifie qu'elle soit loin de mon esprit.

Elle est toujours là. Elle l'a toujours été.

Mais moins je pense aux conséquences de tout ça avec Victor, mieux ce sera.

Nous n'avons toujours aucune idée de ce qu'il essayait de faire avec sa petite mission d'espionnage, donc je suppose que nous ne pouvons qu'espérer qu'il a obtenu ce qu'il voulait et qu'il va nous foutre la paix pendant un moment.

J'ai la boule au ventre en imaginant que ça ait quelque chose à voir avec Reid et sa remise en question des gars, mais je ne veux pas en parler avec eux. Devin m'a dit qu'il avait des problèmes avec les livraisons, alors que Reid pense qu'il y a un problème d'approvisionnement ici à MKU.

Quel que soit le problème, ce ne sont vraiment pas mes putains d'affaires.

Un peu quand même parce qu'il a impliqué Letty.

Je chasse cette pensée de ma tête, prend congé avant de ne pas réussir à tenir ma langue et me dirige vers mon lit.

« Tu sais, ton lit aurait été bien chaud si tu l'avais laissée rester. »

« Je préfèrerais encore dormir dans le putain de jardin, » je marmonne, en jetant mon verre dans l'évier de la cuisine et en me dirigeant vers les escaliers.

« Tu es énervé quand tu ne baises pas. Tu devrais appeler Let—aïe. Putain, arrête de faire ça, » dit-il en râlant contre Ellis.

« Eh bien, arrête d'ouvrir ta putain de gueule pour dire des conneries. Kane sait ce qu'il fait. Et s'il avait besoin de baiser, alors il le ferait. Ce n'est pas comme s'il manquait d'opportunités. »

« Contrairement à toi. »

« Ferme ta gueule. »

Je m'écarte avant qu'ils ne commencent à se battre et que Devin et moi ne devions les éloigner l'un de l'autre. Je n'ai pas l'énergie ou la patience pour ces conneries.

Malgré mon épuisement, je passe des heures à regarder mon plafond, chaque centimètre de mon corps me fait mal comme si j'avais passé la journée sur le ring avec Devin, ou pire, avec Reid.

J'aurais dû prendre les analgésiques et les laisser m'assommer, mais je déteste me sentir hors de contrôle.

Je passe en revue les événements de la journée dans ma tête, en me souvenant de l'expression sur le visage de Letty lorsqu'elle m'a supplié de l'écouter, de la laisser me dire la vérité.

Mais à quoi bon entendre la vérité ?

Notre bébé n'existe pas parce qu'elle ne le jugeait pas digne de vivre. Parce qu'elle ne me jugeait pas assez digne d'être son père.

Le soleil est presque levé quand je finis par m'endormir et quand mon alarme se déclenche pour me réveiller pour aller en cours et qu'Ellis passe la tête pour voir si je suis prêt, je les fais taire tous les deux et me retourne—très lentement—et m'évanouis à nouveau.

Quand je refais enfin surface, j'ai plus mal qu'à mon réveil à l'hôpital et je n'ai pas d'autre choix que de prendre les médicaments qui m'ont été prescrits pour réussir à mettre mes fesses sous la douche.

Je sèche mes deux cours mardi, et sachant que je n'ai pas de cours avec Letty mercredi, je suis incapable de trouver la motivation pour me lever et n'y vais pas non plus.

Quand je quitte enfin la maison, c'est pour notre cours de statistiques le jeudi matin, et heureusement, je commence à me sentir un peu mieux à ce moment-là.

Je suis Ellis hors de la maison et mon cœur se serre quand je vois la place où ma Skyline bien-aimée devrait être garée.

Je l'ai depuis que j'ai quinze ans. J'ai commencé à travailler pour Victor après la mort de nos parents quand j'avais quatorze ans, quelques mois seulement après que Letty a décidé que mon meilleur ami était le garçon qu'il lui fallait, et j'ai économisé chaque centime que j'ai gagné pour acheter cette voiture.

Je suppose qu'en un sens c'est logique que Letty soit aussi celle qui a détruit ça.

Les raisons de la détester ne cessent de s'accumuler.

Mes doigts se serrent alors que j'imagine les enrouler autour de sa gorge comme je l'ai fait lundi. Ça m'a fait physiquement mal de le faire, mais aujourd'hui, je suis plus fort, et demain je le serai encore plus.

La prochaine fois qu'elle se retrouvera seule avec moi, elle ne s'en sortira pas aussi bien.

Mon sang se réchauffe rien qu'en pensant aux choses que je veux lui faire. Quand je pense aux façons dont je veux la faire payer, la blesser, la punir.

Elle a peut-être envie de parler, de s'expliquer, de se dérober, mais ce n'est pas ce qui va se passer.

Je n'arrive pas très tôt en cours aujourd'hui, je ne me cache pas dans l'ombre. Au lieu de cela, j'arrive tard, en m'assurant que chaque enculé sache que je suis là.

Elle a essayé de m'ignorer quand j'ai fini par arriver en cours de statistiques, mais j'ai senti son regard fixé sur moi, peu importe à quel point elle essayait de le cacher alors que je passais devant elle pour trouver une place.

Mais ce n'est rien comparé à notre cours de l'après-midi quand Luca et Leon tournent leurs regards haineux vers moi à la seconde où j'entre.

Ils suivent chacun de mes mouvements alors que je trouve un siège qui me donne une vue parfaite sur eux trois, ou plus important encore, une vue parfaite sur la main de Luca posée sur la cuisse de Letty.

Ma poitrine se serre en voyant ça.

Tout le corps de Luca est rigide, son autre main sur le bureau se serre comme s'il se préparait à se battre pour défendre sa copine.

Pfff. Sa copine.

Il n'a aucune putain d'idée de ce qui va se passer. Mais il verra.

Il a peut-être été capable de mettre de côté les marques qu'il a, j'en suis sûr, découvertes sur son corps. Mais la prochaine fois, je m'assurerai qu'il sache qu'elle m'appartient. Que lui et tous les autres enculés de cet endroit le sachent.

Parce que Scarlett Jada Hunter m'appartient.

CHAPITRE SEPT

Letty

J'aurais envie de dire que les cours sans avoir les yeux de Kane en train de me brûler la tête se passent mieux.

Mais ce n'est pas le cas.

Au lieu de m'inquiéter de ce qu'il pourrait faire ou dire, tout ce que je fais, c'est de m'inquiéter pour lui en me disant que quelque chose ne va pas. Que les médecins ont raté une commotion cérébrale ou quelque chose du genre et qu'il est de retour à l'hôpital.

Je suis tentée de prendre mon portable qui est dans ma poche à chaque instant. Ce serait si facile de lui envoyer un message pour lui demander s'il va bien, s'il a besoin de quelque chose. Mais je sais déjà qu'il n'a pas envie de ça. Il ne va pas me rendre la tâche aussi simple.

Si je veux avoir une chance de lui parler, je dois être plus intelligente que ça.

« Il va s'en sortir, » dit Ella alors que nous traversons le campus pour aller à nos cours du matin.

« Q-quoi ? », je demande

« Let, tu n'as pas besoin de faire semblant avec moi. Je ne suis pas les jumeaux. Je ne vais pas essayer de lui casser le nez si tu mentionnes son nom. »

« J'aimerais bien te voir essayer, » je marmonne, en pensant à elle en train de lui balancer ses petits poings.

« Ce n'est pas la question. Si tu veux parler de lui, de ce qui s'est passé, tu peux. Pas de jugement ici, rappelle-toi. »

« Je sais, j'ai juste... »

Elle tend la main et passe son bras autour de mon épaule. « Je sais. Et il ira bien, et un jour prochain tu pourras tout lui dire. »

« Il ne veut pas l'entendre. »

« Il voudra. Donne-lui juste un peu de temps. Il en a eu pour son compte la semaine dernière. Les choses ne peuvent pas toujours se régler du jour au lendemain, Let. Et parfois, cela vaut la peine d'attendre. »

« Tu es en train de dire que tu penses qu'il en vaut la peine ? »

Elle hausse les épaules. « Je veux dire, tous les indices montrent que non. Mais, je sais aussi bien que tout le monde, qu'en matière d'amour, notre cœur s'en fout toujours. »

« A-amour ? », je bégaie.

« Tu l'aimes bien, Letty. Je vois la façon dont tu le regardes, et la façon dont il te regarde quand il pense que personne ne regarde. Sous toute cette haine en ébullition, il y a quelque chose de tellement plus profond. »

« Non, tu te trompes, » je déclare, confiante.

« Peut-être. Seul le temps nous le dira. On change de

sujet ? », demande-t-elle avec amusement alors que Luca et Leon font le tour du bâtiment, leurs visages s'éclairant en nous voyant. « Et puis il y a ces deux-là. Scarlett Hunter brise les cœurs sans le savoir partout où elle passe, » murmure-t-elle.

Je lui lance un regard avant d'être engloutie dans des bras puissants.

« Ella. » Leon hoche la tête en guise de salutation et tout son visage rougit. Pour quelqu'un qui prétend s'y connaître en matière de sentiments, elle est clairement gauche quand un beau mec est près d'elle.

« Nous t'avons pris un café, » dit Luca, en me relâchant et en me passant le gobelet que je n'avais pas remarqué dans sa main.

« Oh merci, tu n'étais pas obligé. Je sais à quel point tu es occupé avec— »

Il pose deux doigts sur mes lèvres et hausse un sourcil.

« Si je veux t'apporter un café, je vais te chercher un café, Let. »

« Merci, » je murmure, en le lui prenant quand il me le tend. Mon cœur se serre lorsque nos doigts se frôlent parce que je ne ressens tout simplement pas la même étincelle que lorsque Kane et moi nous nous connectons, et je donnerais n'importe quoi pour que cela se produise avec l'un ou l'autre de ces mecs.

Ça aurait tellement plus de sens. Ils me traiteraient bien, m'aimeraient comme il faut.

Mais mon cœur ne bat pas pour eux.

Seulement pour lui.

Et je me déteste pour ça.

« Tu es prête à te mettre au travail ? », Luca demande

après que j'ai bu une gorgée de mon café trop chaud en faisant la grimace.

« Oui, c'est parti. »

Nous disons au revoir à Ella et Leon qui partent dans une direction différente et nous marchons tous les deux vers le Baskerville Building.

Nous n'avons fait que deux pas lorsque les doigts de Luca effleurent les miens puis serrent fermement ma main.

Je lève les yeux vers lui, en sentant ses yeux sur moi, et je souris, même si ce n'est pas vraiment sincère alors que je prie intérieurement une fois de plus que ce feu éclate à son contact.

Les regards haineux que je sens sur moi de la part de toutes les filles qui traînent sur le campus s'intensifient alors que nous marchons côte à côte.

« Tu sais combien de cœurs tu es en train de briser, n'est-ce pas ? », je demande, en essayant de désamorcer la tension entre nous.

« Je m'en fous d'elles. Toi, en revanche. » Il me tire contre son corps alors que nous entrons dans le bâtiment. « Je m'inquiète pour toi. » Il fait un pas vers moi et mon dos heurte le mur.

« J-je vais bien, » je bégaie alors que ses yeux verts fascinants plongent dans les miens.

« As-tu dormi la nuit dernière ? », demande-t-il en prenant ma paume dans sa joue. La chaleur est la bienvenue. Mais cela me fait seulement l'effet de la main amicale de mon meilleur ami sur le visage.

Je hausse les épaules. « Quelques heures. »

Ses yeux scrutent les miens comme s'il allait y trouver toutes les réponses dont il a besoin. Il réussissait toujours à me déchiffrer au lycée. Mais après tout ça, j'ai appris à tout barricader, à me fermer pour donner l'impression que je survis alors qu'à l'intérieur tout s'effondre plus vite que je ne peux le contrôler.

« J'aimerais que tu me parles, Let. Je suis là. »

« Je sais, » je m'efforce à dire en dépit de la boule dans ma gorge.

J'ai envie de tout lui raconter, c'est vrai. Mais il ira directement trouver Kane et... je ne peux pas laisser ça arriver.

Le poids de mes secrets me pèse alors que ses yeux me supplient de tout lui dire.

Il pose son front contre le mien et mes yeux se remplissent de larmes.

« Je veux juste t'aider. »

J'acquiesce, incapable de dire quoi que ce soit avec l'émotion qui me bouche la gorge.

« Tu veux que je vienne après l'entraînement de ce soir pour t'aider à dormir un peu ? »

Il sait aussi bien que moi que je dors mieux dans ses bras. Mais c'est une chose à laquelle nous ne devrions pas nous habituer.

Mais même en sachant ça, une réponse très différente sort de ma bouche.

« OK. »

Un sourire s'esquisse sur ses lèvres pendant un instant avant que son sourire s'élargisse franchement et illumine ses yeux.

« Tout ira bien, Let. Je suis là si tu as besoin. Tout ce que tu as à faire est de demander. »

« Tu ne devrais pas aller dans le lit d'une autre fille ? », je demande après quelques secondes.

Je connais la réputation de Luca, je la connais depuis des années. À l'époque, ça me dérangeait. Je voulais être la seule et l'unique, mais maintenant alors que je monopolise son temps en l'empêchant d'obtenir ce dont il a envie, la culpabilité m'envahit.

« Non, » dit-il fermement.

J'avale la boule qui remonte dans ma gorge à cause des non-dits que je peux à nouveau lire dans ses yeux.

« Allez, on va être en retard. »

Après un rapide baiser sur mon front, il recule, me prend une fois de plus la main et m'entraîne vers mon cours de statistiques.

West et Brax s'attardent à l'extérieur pendant que d'autres étudiants entrent.

Luca leur fait un signe de tête, en me disant tout ce que j'ai besoin de savoir sur la raison pour laquelle ils attendent.

Il n'est pas rare qu'ils soient mes gardes du corps, mais le fait qu'ils planifient cela au lieu que ça se fasse naturellement me préoccupe.

« Je te retrouve après, OK ? On pourrait déjeuner ensemble. »

« Euh... bien sûr. » Après avoir serré ma main une dernière fois, il hoche la tête une fois de plus à l'intention de ma garde rapprochée et part dans le couloir vers son cours.

« Allez, meuf, » dit Brax alors que lui et West passent leurs bras dans les miens et m'escortent dans la salle.

Je sais instantanément qu'il n'est pas là. Un long soupir s'échappe de mes lèvres alors que mon inquiétude m'inonde à nouveau.

« Alors... », commence West une fois que nous avons trouvé des places. « Toi et le quarterback vedette aviez l'air très proches tout à l'heure. Tu as quelque chose à nous dire ? »

« Nope. »

Brax rit de ma réponse brutale mais avant que je puisse dire quoi que ce soit d'autre, l'atmosphère dans la pièce change.

Je n'ai pas besoin de regarder à la porte pour savoir pourquoi, mais mes yeux bougent sans instruction de mon cerveau.

Je me bats pour les garder loin de lui, pour avoir l'air de me foutre qu'il soit finalement là, mais c'est presque impossible.

Les ecchymoses sur son visage ont un peu diminué et il semble se mouvoir plus facilement que lundi. Mon inquiétude qui grandit en moi ne me quitte pas alors qu'il traverse le devant de l'amphi et commence à monter les escaliers près de nous tandis que le professeur Richman entre et commence notre cours.

Son attention reste sur moi tout au long de notre cours magistral, même si je ne le regarde pas une seule fois.

On pourrait penser qu'après deux jours d'absence, il aurait besoin d'écouter, mais je parierais qu'il n'entend pas un mot qui sort de la bouche du professeur Richman.

À la seconde où nous avons terminé, je range mes affaires et pars en trombe de l'amphi, West et Brax me suivent de près alors que je me faufile dans la foule.

Comme prévu, quand je sors, Luca est déjà là, le pied appuyé contre le mur d'en face et les mains enfoncées dans son blouson. Sa tête est baissée, faisant tomber ses cheveux sur son visage mais ses yeux sont fermement fixés sur moi.

« Tu es beau comme ça, Dunn, » dis-je en m'approchant de lui.

« Ah ouais ? » Ses yeux pétillent d'excitation.

Je lève les yeux au ciel. « Comme si tu avais besoin que je te le dise. »

« Luca, » crie une fille derrière moi, presque sur le point de me pousser hors du chemin pour l'atteindre.

« Hé, » dit-il, en lui jetant à peine un coup d'œil alors qu'elle se blottit contre lui en appuyant sa main contre son torse.

« Désolé, Grace. Je suis occupé. »

Les yeux de Luca restent rivés sur moi tandis que Grace suit son regard.

Cela m'amuse de voir à quel point elle doit lutter pour ne pas lever les yeux au ciel.

« J'ai une heure de libre avant mon prochain cours. Je pensais que nous pourrions— »

« Je suis occupé. » Il s'écarte du mur et passe son bras autour de mon épaule. « Tu as faim ? », me demande-t-il en me regardant et en ignorant complètement la coureuse d'athlètes.

Son visage devient rouge alors qu'elle nous regarde tour à tour. Mais ensuite, elle regarde par-dessus mon épaule et repère Brax et West, et son humeur change instantanément.

En secouant la tête, je regarde Luca, en me rappelant qu'il vient de me poser une question.

« Je suis affamée. » En toute honnêteté, je n'ai pas faim du tout. Avec les yeux de Kane fixés sur moi pendant les trois dernières heures, tout ce que j'ai envie de faire, c'est d'aller me cacher, mais je sais qu'on ne me laissera pas m'en tirer comme ça.

« Parfait. Pizza ? », il me demande avant de se tourner vers les gars.

« Carrément, ouais, » dit Brax, en enroulant sa main autour du bras de West et en l'éloignant de Grace.

Il fait la moue alors qu'il traîne derrière nous.

« Est-ce que c'était obligé ? », il se plaint.

« Ton frère se l'est probablement déjà tapé. Je ne pensais pas que les secondes mains t'intéressaient. »

« Son frère ? », je demande.

« Oui, Colt est son frère aîné, le plus beau et le plus talentueux des frères, » plaisante Brax.

« Tais-toi, mec. Ce ne sont que des mensonges et Letty le sait. »

Je me moque d'eux, en me demandant comment je n'avais pas pu voir la ressemblance avant.

« Où allons-nous ? », je demande alors que Luca me conduit vers le parking, où Leon, Colt, Ella et Violet nous attendent.

Je ne peux pas m'empêcher de rire en voyant l'expression d'admiration totale sur le visage d'Ella alors qu'elle se tient entre les deux mecs.

« Dans un endroit en dehors du campus. J'ai pensé que tu aimerais t'évader quelques heures. »

« Oui, » je crie presque.

« Allons-y, alors. » Il ouvre la portière de sa voiture pour moi et je me laisse tomber tandis que West et Brax montent à l'arrière. Les autres s'entassent dans la voiture de Leon et nous décollons.

Juste avant que Luca ne fasse sortir la voiture du parking, j'aperçois Kane qui sort du bâtiment. Ses yeux trouvent presque immédiatement les miens par la fenêtre comme s'il savait exactement où j'étais.

Un frisson me parcourt l'échine et mon sang s'échauffe à cause de cette simple connexion.

Son visage est triste et cela me donne envie de demander à Luca d'arrêter la voiture pour pouvoir aller lui parler. Mais je sais qu'il ne m'écoutera pas, il l'a déjà dit très clairement.

En détournant les yeux, j'essaie de me concentrer sur les plaisanteries de West et Brax sur la banquette arrière, mais il est difficile de le faire lorsque mon désir, ma peur et mon inquiétude se mélangent et me font partir dans une spirale infernale.

« Je suis tellement contente de passer un peu de temps entre filles, » dit Ella, ses bras croisés dans les miens et ceux de Violet alors que nous marchons côte à côte dans le centre commercial plus tard dans la journée.

Notre cours de littérature était aussi tendu que je l'imaginais avec Luca et Leon en alerte maximale au cas où Kane tenterait quelque chose. Mais à part nous regarder, il n'a fait aucune tentative pour me parler ou même pour m'approcher.

Ça me va bien.

Même Colt semble avoir rejoint le club 'Nous devons *protéger Letty à tout prix*'. Je ne sais pas si c'est du fait de Luca ou de West. Cela pourrait vraiment être l'un ou l'autre à ce stade.

Mais peu importe le nombre de gars avec moi, je crains que ce ne soit jamais assez.

Quand Kane décidera qu'il veut m'atteindre, il le fera, peu importe le nombre de membres de l'équipe de foot qui surveillent mes arrières.

Kane ne respecte pas les règles, il ne l'a jamais fait. Il agit de façon déloyale et il gagne toujours.

Rien que cette pensée me fait frissonner.

« Alors, on fait quoi en premier ? Les robes ou les maillots de bain ? », demande Violet alors que nous nous enfonçons dans l'immense bâtiment.

« L-les maillots de bain ? », je bégaie, en plissant les yeux en direction d'Ella. Elle n'a jamais dit qu'on avait besoin d'un putain de maillot de bain pour la soirée Delta.

« Carrément, les soirées piscine Delta sont légendaires. »

Je suis complètement abattue. Je n'ai pas envie de me balader en petit bikini.

« Oh... je pense que je vais laisser tomber le maillot de bain. »

« N'importe quoi. Allez, on va les chercher en premier. »

Je gémis alors qu'elles me traînent toutes les deux vers un magasin rempli de maillots.

« Nous allons te trouver le maillot idéal, Let. Ces mecs ne vont pas comprendre ce qui leur arrive, » dit Ella en criant.

Je m'abstiens de demander à quel garçon elle fait référence parce que pour le moment je ne veux penser à aucun d'eux.

Au moment où nous nous dirigeons vers les cabines les bras chargés de maillots de bain, je ne peux pas nier qu'elles ont commencé à me communiquer un peu de leur excitation.

Bien sûr, j'ai envie d'aller à la fête, j'ai envie de célébrer le premier succès des gars de la saison—parce que, évidemment, ils vont gagner—et si cela signifie quelques shots d'alcool de plus pour surmonter ma peur de m'exhiber, qu'il en soit ainsi.

Je peux rester ici à pleurer sur l'année écoulée et sur

mon manque de confiance en moi depuis mon arrivée à Columbia, ou je peux profiter de l'instant présent et profiter des moyens de m'évader que mes nouvelles amies veulent m'offrir.

Elles me font entrer dans une cabine et entrent dans celles qui sont de part et d'autre de la mienne.

« Letty ? » Ella appelle.

« Ouais. »

« Essaie d'abord le cuivre. Je pense que c'est celui-là le bon. »

Je jette un coup d'œil au maillot qui pend au crochet devant moi.

Je ne peux pas nier qu'il est magnifique, et je me dis qu'elle a peut-être raison. La couleur sur ma peau va être superbe. Le seul problème, c'est qu'il est minuscule.

« D'accord. »

Je retire rapidement mes vêtements et prend le maillot du cintre. Le haut prend un peu de temps à mettre avec toutes ses ficelles, mais une fois qu'il est en place avec le bas très échancré sur mes fesses, je ne peux pas m'empêcher de me regarder dans le miroir avec le menton qui se décroche.

Putain de merde.

« OK, les filles. Voyons la marchandise, » crie Violet, clairement prête à montrer sa première option.

Le bruit de leurs deux rideaux tirés résonne autour de moi.

« Letty ? » Ella appelle.

En prenant une grande inspiration, j'ouvre le rideau.

« Putain de merde, » halète Ella.

« Meuf, tu le prends, » ajoute Violet.

« Les Dunn vont perdre la tête. »

« N-non, ce n'est pas— » Ella me fixe d'un regard qui me rend nerveuse.

Je ne veux pas qu'ils me regardent de cette façon... n'est-ce pas ?

« Ceux-là déchirent, » je dis en pointant du doigt leurs maillots de bain.

« Je ne suis pas sûre de la couleur, » dit Violet, en se tortillant devant le miroir. « Je vais essayer le rouge. » Elle se glisse dans sa cabine, en me laissant avec Ella.

« Tu le prends, n'est-ce pas ? »

« Ai-je le choix ? » Je hausse un sourcil.

« Absolument pas. Mais si tu ne veux pas le porter demain, je comprendrais tout à fait. »

Je me regarde une fois de plus dans le miroir en pied, en sentant ma confiance en moi commencer à grandir, et en étant tout aussi heureuse de constater que la majorité des marques que Kane a laissées sur mon corps la semaine dernière ont presque disparu.

Sans réfléchir, je lève la main sur l'un des bleus persistants sur ma clavicule.

« Il te manque ? » Ella chuchote pour que Violet ne puisse pas entendre.

Est-ce qu'il me manque ?

« Il ne me manque jamais. »

Ses lèvres s'entrouvrent pour dire quelque chose mais elle doit changer d'avis car elle reste silencieuse quelques secondes.

« C'est normal que quelque chose te manque même si ça ne t'a jamais appartenu. Même si ce n'est qu'un souvenir. »

Ses mots me frappent comme un putain de camion.

Je sais qu'elle sait quelque chose, mais elle ne sait pas tout ni à quel point ces mots me font mal.

Les larmes me brûlent le fond des yeux et je me bats pour les retenir, en ne voulant pas me noyer dans le passé alors que je devrais me concentrer sur mon avenir.

J'acquiesce. Je sais. Bien que je ne sois pas sûre que nos souvenirs méritent d'être remémorés.

Je repense rapidement à une période plus simple où nous jouions sur nos vélos autour du parc à caravanes, aux étés chauds et aux piscines et aux seaux d'eau glacée.

Un sourire s'étire sur mes lèvres. Alors peut-être que tous nos souvenirs ne sont pas si nuls.

« Tu le prends, n'est-ce pas ? », demande-t-elle en changeant de sujet.

Je me regarde et souris sincèrement à mon reflet dans le miroir.

« Ouais, je le prends. »

« La confiance en soi te va bien, Let. Je vais en essayer quelques autres, je ne suis pas à cent pour cent sûre de prendre celui-là. »

« OK. »

Je remets mon jean et mon t-shirt, en renonçant à essayer le reste des maillots que j'ai apportés ici avec moi, en sachant qu'aucun d'entre eux n'égalera celui-là.

Nous payons nos maillots de bain avant de partir à la recherche de trois robes qui déchirent.

Étonnamment, en moins d'une heure, nous sommes toutes les trois en train de déambuler en balançant des sacs au bout de nos doigts en riant des messages que Brax et West nous envoient pour nous demander de leur envoyer un aperçu de nos tenues pour la soirée.

« Alors vous essayez de me dire que vous vivez tous ensemble depuis plus de deux ans et qu'il ne s'est jamais rien passé entre vous ? », je leur demande alors que nous nous asseyons avec des plateaux remplis de tacos.

« Nope. Pas de moments torrides avec les gars. »

« Non pas qu'ils n'aient pas essayé, cela dit. » Violet rit, en me faisant penser à la proposition ouverte de Brax avant la fête de Luca et Leon l'autre week-end.

« Ils sont sexy, je ne peux pas croire que vous ne vous êtes jamais rapprochés. »

« Oh, il y a peut-être eu des fois où ça a failli se passer, » admet timidement Ella avant que Violet n'éclate de rire.

« Oh mon Dieu, cet épisode où nous avons joué à Twister en première année. »

« Et c'est la raison précise pour laquelle Brax te veut. Tu aurais bougé dans la bonne direction cette nuit-là et il lui aurait juste suffi de le laisser glisser en toi. »

Violet a l'air de vouloir argumenter, mais après un instant, elle hausse les épaules. « Ma jupe était bien trop courte pour Twister. »

« Et ta culotte ne couvrait rien. »

« Meh, on s'amusait. »

« Sérieusement, nous sommes tous comme une famille maintenant. Nous ne sommes pas dans ce genre de relations, » dit Ella une fois qu'elle a fini de rire.

« Alors vous ne seriez pas intéressées ? »

Elles plissent toutes les deux les yeux sur moi.

« Non, pourquoi ? Tu sais quelque chose que nous ne savons pas ? »

Je pense à la réaction de Micah quand Ella couchait à droite à gauche pendant mes premiers jours ici. « Non, j'étais juste curieuse. »

« J'aurais envie de te demander si tu étais intéressée par l'un d'entre eux, mais je pense que nous savons tous que tu en as déjà plus qu'il n'en faut pour réussir à les gérer. »

Je lève les mains en l'air et je ris. « Coupable ! » C'est tellement bon d'être avec deux filles géniales qui ne me jugent pas pour ce qui se passe dans ma vie en ce moment.

J'avais vraiment besoin de ça.

« On prend des donuts à emporter ? », demande Ella une fois que nous avons quitté notre table et que nous sommes sur le point de nous diriger vers sa voiture.

« Est-ce que la question se pose vraiment ? », marmonne Violet. « Les gars nous renieront si nous revenons les mains vides. »

Avec trois énormes boîtes de Krispy Kreme, nous retournons au campus.

Je me sens plus légère que je ne l'ai été depuis longtemps.

En m'avançant sur la banquette arrière, je passe la tête entre les deux sièges avant alors qu'Ella et Violet entonnent les paroles de Billie Eilish en chantant à tue-tête.

« Merci pour tout ça, » dis-je une fois que la musique s'est arrêtée. « J'avais vraiment besoin de prendre l'air. »

« De rien, meuf, vraiment, » dit Ella en chantant. « Tu es toujours partante pour aller au yoga dimanche ? »

« Carrément, oui. »

Les gars nous sautent presque dessus à la seconde où nous entrons dans le dortoir.

« Filez, bande de chacals. C'est nous qui les avons achetés, alors on est prem's, » annonce Violet, en les obligeant tous à faire ce qu'on leur a dit.

Après en avoir pris un donut chacune, nous laissons les mecs affamés se ruer sur les boîtes.

Je suis toujours en train de me moquer d'eux quand je retourne vers ma chambre.

« Il y a une petite surprise pour toi là-dedans, » dit West en me faisant un clin d'œil quand il me remarque en train de m'échapper.

Mon cœur bat la chamade pendant une minute, mais ensuite je me souviens de combien ils sont protecteurs et je sais pertinemment que je ne suis pas sur le point de trouver le diable en train de m'attendre.

Et j'ai raison lorsque j'ouvre ma porte pour ne trouver nul autre que Luca Dunn assis à mon bureau en train d'étudier comme s'il était chez lui.

« Hé, » dis-je en entrant et en jetant mes sacs au bout de mon lit.

« Donut ? »

Ses yeux s'écarquillent alors qu'il regarde tour à tour mes yeux et l'assiette dans ma main.

« Euh... oui. »

« Prends-le. »

« Je ne prends pas le tien. »

« Luc, » dis-je en riant. « C'est bon. Nous avons mangé des tacos. Je suis pleine. »

« On partage ? »

« Bien sûr. » Je le soulève de l'assiette, je prends une énorme bouchée avant de le lui tendre.

Mon menton tombe quand il fourre le tout dans sa bouche en une seule bouchée.

« Et les filles prétendent que tu es sexy. Elles n'ont aucune idée de ce qu'elles ratent, » dis-je sur un ton impassible alors qu'il continue de mâcher.

« Quoi ? », marmonne-t-il, ses yeux pétillants de plaisir. « Ne me dis pas que tu ne brûles pas de désir pour moi là tout de suite, » dit-il une fois qu'il a avalé.

« Oh ouais, ma culotte est trempée. Tu as des

miettes... partout, » dis-je, en agitant ma main devant lui parce qu'il y en a trop pour n'en pointer qu'une seule.

« Hmm... » Il se frotte et les envoie directement sur mon sol. « Donc, dis m'en plus sur ta culotte. » Ses sourcils se plissent d'une manière qui, je le sais, ferait défaillir d'autres filles. Je dois admettre que ça me fait de l'effet parce que mon meilleur ami est super sexy après tout.

« Elle est très bien où elle est, merci. Tiens, regarde ça. » Je fouille dans un de mes sacs et sors le maillot de bain minuscule.

« Putain de merde. Ne me dis pas que c'est pour samedi soir. »

« Peut-être bien. » Je souris.

« Jésus, » marmonne-t-il en passant sa main dans ses cheveux. « Tu veux l'essayer pour me montrer ? Tu sais, juste pour que je puisse décider si c'est vraiment approprié ou non ? »

Je tiens le maillot au bout de mon doigt alors que je fais mine de réfléchir à sa demande.

« Nope. »

« On ne peut pas me reprocher d'avoir tenté. »

Il fait un pas vers moi et quelque chose crépite entre nous.

« Tu t'es bien amusée ce soir ? »

« O-ouais. Euh... pourquoi es-tu ici ? »

« Aïe, Let. » Il couvre son cœur avec sa main.

« Tu sais, je ne sous-entendais rien. Je ne m'attendais tout simplement pas à ce que tu sois là. »

« Pourquoi ? Tu avais prévu un plan cul ? » Dès l'instant où les mots sortent de sa bouche, il réalise son erreur.

« Non. »

« Merde, je... putain. »

Ses yeux retiennent les miens et la vérité est sur le bout de ma langue, mais quand je parle, ce n'est pas ce qui sort.

« Tu travailles sur la dissert de littérature ? », je demande, en esquivant pour regarder ce qu'il a disposé sur mon bureau.

« O-ouais. »

Il me prend la main et m'oblige à le regarder. La chaleur monte dans mon bras et cela suffit à faire en sorte que je ne m'éloigne pas.

« Je peux y aller si tu veux, » propose-t-il, ses yeux s'assombrissant de déception.

Ce n'est qu'à ce moment-là que je me souviens de ce matin quand il m'a proposé de dormir ici pour que je puisse réellement me reposer quelques heures.

« Ne sois pas idiot. Si c'est OK pour toi de rester seul un moment, j'ai besoin de prendre une douche. »

« Je suis facile à vivre, tu sais, » dit-il, en tirant sur ma main et en m'attirant pour une étreinte.

« Oh, je sais, M. Dunn. »

Il éclate de rire et je me sens instantanément mieux.

Il retombe sur ma chaise et je me reprends et me dirige vers la salle de bain.

Mon portable sonne alors que je passe devant mon sac à main et je le sors.

Je marque un temps d'arrêt en voyant le nom qui s'affiche parce que je ne m'attendais pas à avoir des nouvelles de lui.

Kane : Tu passes une autre nuit avec un autre homme dans ton lit ? Tu es une sale petite pute, Scarlett Hunter.

Un halètement s'échappe de ma gorge en lisant ses mots.

« Tout va bien ? »

Je jette un coup d'œil aux yeux inquiets de Luca et je me force à sourire.

« Bien sûr. »

Comment diable est-il au courant ?

Je ferme la porte de la salle de bain derrière moi, mes mains tremblent alors que je m'appuie contre la porte.

Je pensais qu'il en avait fini avec moi.

Je ris silencieusement parce qu'une petite partie de moi y croyait même.

Je suis tellement idiote.

Quand il s'agit de Kane et moi, je pense que ce ne sera jamais fini. À moins qu'il ne me tue.

CHAPITRE HUIT

Kane

Les gardes du corps habituels de Letty ont disparu depuis longtemps quand elle entre en cours de socio vendredi matin. Elle est juste suivie par l'un des larbins de Luca et Leon, mais il n'a pas l'air de prendre son rôle de baby-sitter très à cœur.

Dès que ses fesses se posent sur le siège, son portable vibre et, bêtement, elle le sort.

Kane : Tu sembles avoir perdu ton harem.

Sa tête se tourne légèrement sur le côté avant qu'elle ne se maîtrise.

Au lieu de répondre, elle verrouille son portable et le place sur le bureau en face d'elle.

Kane : Ce n'est pas super gentil de ta part. Je pensais que tu aimais partager…

Elle jette un coup d'œil à l'aperçu à l'écran et ses épaules se tendent de colère.

Bien, je réussis à l'atteindre.

Kane : Fais ce que tu veux, tu sais que je suis le meilleur.

Elle rit en lisant celui-ci et mon ego surdimensionné me permet d'obtenir l'effet escompté car elle le prend et commence à me répondre.

Princesse : Même toi, tu ne peux pas égaler le fait d'être prise en sandwich par les Dunn. Profite de ta vie, c'est fini, Kane.

Elle termine son message avec un emoji qui fait un doigt d'honneur et je ne peux m'empêcher de rire, ce qui me vaut plus que quelques regards irrités alors que notre professeur poursuit son cours.

Kane : Ce n'est pas toi qui décides, Princesse. C'est toi qui a des secrets. Nous en aurons terminé seulement quand je le déciderai.

Princesse : Tu l'as déjà décidé. Ou as-tu déjà oublié ?

Je repense à notre conversation brumeuse de lundi, mais j'étais tellement à l'ouest et j'avais tellement mal que je ne me souviens presque plus de rien. Je sais que c'est elle qui a eu le dernier mot et qui s'est éloignée et cela ne présage rien de bon.

Kane : Ça ne compte pas quand je suis sous l'effet d'anti-douleurs, à cause de toi, je pourrais ajouter. Nous en aurons fini quand tu n'auras plus aucun secret, Hunter.

Princesse : Je ne t'ai pas forcé à entrer dans un camion, JE NE T'AI JAMAIS FORCÉ À FAIRE QUOI QUE CE SOIT. Toutes ces conneries sont de ta faute.

Kane : Tu es une menteuse.

Princesse : Alors, laisse-moi t'expliquer.

Je regarde ses mots. Je sais que le temps des explications doit venir. Mais je ne suis pas sûr d'être prêt à entendre ce qu'elle a à me dire.

Je regarde autour de moi dans le vaste amphi et j'ai soudain l'impression que les murs rétrécissent autour de moi. Mon corps se réchauffe et ma poitrine commence à se soulever à cause de mon besoin d'air frais.

Fait chier.

Je prends mes affaires, et je fais bouger les personnes assises à côté de moi en me dirigeant vers le bout de l'allée.

L'agitation que je cause est suffisante pour forcer Letty à se retourner et à me regarder. À la seconde où nos yeux se connectent, c'est comme si quelqu'un m'avait fracassé la poitrine avec une batte de baseball. C'est une raison supplémentaire pour sortir d'ici.

« Y a-t-il un problème, monsieur ? »

« Non, je suis désolé. Je dois juste... »

Je sors de la pièce, en laissant les commérages derrière moi.

Je marche jusqu'au parking en mode pilotage automatique mais quand j'y arrive, je me rappelle que ma voiture est une putain d'épave et à moins que j'appelle un putain d'Uber ou l'un des gars, je suis coincé ici.

« PUTAIN, » je beugle, ma voix résonnant dans le silence autour de moi.

En décidant de rester ici, j'inspire une grande bouffée d'air et je me dirige vers la cafétéria.

Un café peut tout arranger, non ?

Je trouve une table vide au fond, en espérant pouvoir me cacher un peu.

Je baisse ma casquette et m'enfonce dans mon siège mais apparemment ce n'est pas suffisant car moins de dix minutes plus tard, une ombre plane au-dessus de moi.

« Est-ce que ce siège est pris ? »

À contrecœur, je lève les yeux, et je trouve un visage familier.

« Ouais. »

« Et heureusement pour moi, ils ne semblent pas encore arrivés, alors... »

Elle laisse tomber ses fesses sur la chaise et pose ses coudes sur la table en me fixant.

« Salut. » Elle sourit, mais c'est un sourire forcé alors que ses yeux scrutent mon visage. « Je ne pense pas que nous ayons été officiellement présentés. Je suis Ella. »

Je garde une expression neutre pendant que je la regarde.

« OK ? »

« Je vis avec Letty. »

J'écarquille les yeux, en espérant que cela l'encouragera à aller droit au but.

« B-bien, » bégaie-t-elle, sa nervosité commençant à prendre le dessus à cause de mon regard. Elle avale et redresse ses épaules. « Tu dois en finir avec ce bordel. »

« Pardon ? » Je recule un peu, en ne sachant pas si je suis énervé ou impressionné par son petit emportement.

« Letty est mon amie et tu la blesses avec tes jeux et tes conneries. Arrête ça, » prévient-elle en prenant un ton dur.

Un sourire narquois se dessine sur mes lèvres mais j'arrive à peine à l'empêcher de s'agrandir.

« Ou quoi ? »

« Ou... » Elle souffle longuement alors qu'elle essaie de trouver une menace appropriée. « Je ne sais pas, arrête ça. Elle en a assez enduré et tu ne fais qu'empirer les choses. »

« Oh ouais, et que sais-tu de ce qu'elle a vécu ? »

« Franchement ? », demande-t-elle en s'affaissant sur sa chaise. « Pas grand-chose. Mais elle souffre, c'est évident, et tu ne l'aides pas à prendre un nouveau départ. »

« Ce n'est pas de ma responsabilité de lui rendre la vie plus facile. »

« Et ce n'est pas ton travail de rendre les choses plus difficiles non plus. »

Touché.

« Tu ne sais rien de ce qui s'est passé entre nous, alors je te suggère de garder ton nez en dehors de ça. » Je me redresse comme si j'allais me lever et m'éloigner. J'en ai envie, cette nana me fait chier. Mais il y a une grande partie de moi qui veut entendre ce qu'elle a à dire. Dieu sait que je ne suis pas prêt à entendre Letty, mais cela pourrait m'apporter certaines des informations dont j'ai besoin.

« Je vous ai entendu vous disputer la nuit de ton accident. »

« Et donc ? Cela fait de toi une experte en la matière ? »

« Non, pas du tout. Cela me montre juste que vous devez parler. Elle se noie, Kane, et je pense que tu es le seul qui peut l'empêcher de sombrer. »

Mes lèvres s'entrouvrent pour répondre mais je réalise rapidement que je n'ai pas de mots.

« Et je pense que c'est pareil de ton côté. »

« Tu te trompes, » je crache en me tordant pour me lever.

« Tu as besoin d'elle mais tu es trop têtu pour l'admettre. »

« Tu ne sais rien, putain. »

Nos regards se croisent et nous sommes dans un rapport de force. Elle me supplie d'admettre qu'elle a raison et je la supplie de laisser tomber.

« D'accord, très bien. Continue à vivre dans le déni sans la seule personne qui pourrait arranger les choses. »

« Super. J'ai envie de dire que c'était amusant, mais vraiment, ce n'est pas le cas, alors... »

Je me lève, en faisant glisser mon sac du dossier de ma chaise.

Je lui tourne le dos en étant sur le point de m'éloigner quand elle me parle à nouveau.

« Parle-lui, Kane. Découvre la vérité. Je pense que tu pourrais être surpris par ce qu'elle a à te dire. »

J'inspire, j'ai une question sur le bout de la langue mais je la refoule et je m'éloigne.

Je ne veux pas en parler à son amie, je ne veux même pas en parler à Letty.

À contrecœur, je traîne sur le campus jusqu'à mon cours de l'après-midi. Savoir que c'est un cours de gestion avec Ellis rend les choses plus faciles, et une fois que nous aurons terminé, il me ramènera à la maison.

J'ai vraiment besoin d'aller acheter une nouvelle putain de voiture. Est-ce débile de penser que c'est trop tôt ? Je suis toujours en deuil de ma dernière voiture.

« Il y a une fête ce soir à la maison Kappa. Tu y seras ? » Ezra crie à la seconde où Ellis et moi franchissons la porte d'entrée plus tard dans l'après-midi.

« Non, » j'aboie, en traversant le salon et en allant directement à la cuisine pour prendre un verre et quelque chose à manger.

« Oh allez, dans les soirées Kappa, on trouve les meilleures chattes. »

« Je m'en fous, » je crie par-dessus mon épaule.

« Il est toujours de mauvais poil à cause de Letty, » marmonne Devin,

« Va te faire foutre, connard. Ça n'a rien à voir avec elle. »

« Biiiien. Alors, viens et prouve-le. »

« Tu te fous de moi, non ? »

Avec une bouteille d'eau et un sandwich que j'ai pris dans le frigo dans la main, je me tiens dans l'embrasure de la porte et je le dévisage.

« Est-ce que j'en ai l'air ? Tu as besoin de t'amuser. Viens. »

« Non. »

« Putain, mec. Tu as vraiment besoin de baiser, » marmonne Ezra.

Sans instruction de mon cerveau, mon bras bouge et une seconde plus tard, ma bouteille d'eau entre en collision avec sa tête.

« C'est quoi ce bordel, Legend ? »

« Tu viens, » déclare Devin, en se levant de sa chaise et en jetant son assiette dans l'évier. « Je t'aiderai même à t'habiller si ça peut aider. » Il me fait un clin d'œil et mes poings se serrent.

« Je ne suis pas un putain d'infirme, » je marmonne.

« Putain, bois ça et arrête de râler. » Il me passe une bouteille de vodka avec le bouchon déjà enlevé.

Je ne devrais probablement pas en boire avec les analgésiques qui sont toujours dans mon organisme, mais tant pis.

Je porte la bouteille à mes lèvres, j'avale deux gorgées,

et laisse l'alcool me réchauffer de l'intérieur vers l'extérieur.

« Tu te sens mieux ? », demande-t-il avec un sourire narquois.

« Va te faire foutre. » Je le frappe légèrement à l'épaule, même s'il gémit comme une petite mauviette.

Après avoir bu la moitié de la bouteille avec les gars pendant qu'on tuait le temps, je me douche et me prépare à sortir.

Ai-je vraiment envie de faire la fête ? Non, pas particulièrement, mais c'est mieux que d'être assis seul et malheureux ici.

La fête bat déjà son plein lorsque Devin s'arrête devant la maison Kappa. Il y a des gens qui traînent dans le jardin de devant en buvant et en s'amusant, mais je ne ressens même pas une once d'excitation.

Je suis à la fac. À une soirée étudiante. Et je m'en fous vraiment.

Mon esprit est bloqué sur son dernier message de tout à l'heure et sur les mots de son amie.

Et puis je me souviens avoir vu Luca à la fenêtre de son dortoir la nuit dernière alors que je quittais la bibliothèque avec Ellis et que j'ouvrais la portière de la voiture pour sortir.

Elle a clairement tout oublié et est passée à autre chose.

Les yeux se dirigent vers nous quatre quand nous nous dirigeons vers la maison.

Je sais exactement pourquoi. Les Harris viennent d'arriver, ce qui signifie que la fête est vraiment sur le point de commencer.

Les gens ne leur laissent même pas l'occasion de

prendre un verre avant de venir commencer à leur parler. Je n'ai aucune idée de ce qu'ils cherchent exactement. De la charité, peut-être ? Mais je m'en fous vraiment et dès que je me suis trouvé un verre, je les laisse dans la cuisine.

« Kane Legend, » dit une voix avant qu'une main délicate ne s'enroule autour de mon biceps.

En regardant par-dessus mon épaule, je trouve la même fille blonde qui m'a arrêté à la sortie du cours l'autre semaine. Je lui souris, mais ce n'est pas à elle que je souris, c'est en repensant à la réaction de Letty lorsqu'elle a flirté avec moi ce jour-là.

« Il est temps de penser un peu plus de temps ensemble, tu ne penses pas ? » Elle se met directement contre moi, en pressant ses seins contre mon bras.

Elle est jolie, bien sûr, mais elle ne m'intéresse pas, même pas un petit peu.

« Non, pas vraiment, » dis-je froidement.

« O-oh. »

« Tu voulais autre chose ou je peux partir ? »

« Je veux juste apprendre à te connaître un peu mieux. » Ses doigts remontent vers mon épaule et j'arrive à peine à me retenir de lui taper sur la main pour l'écarter de moi.

« Pas la peine, merci. Bonne soirée. » En haussant les épaules, je me dirige vers la porte arrière dans l'espoir de m'échapper.

Pourquoi exactement pensais-je que venir ici ce soir serait mieux que d'être seul à la maison ?

Je reçois des regards curieux alors que j'arrive sur la terrasse mais heureusement, personne d'autre n'essaie de me parler. Au contraire, ils gardent leurs distances. C'est probablement pour le mieux. Mes poings se serrent à l'idée de les balancer dans le visage d'un quelconque connard.

Le seul problème est que l'équipe de foot—y compris notre capitaine—n'est pas là car le premier match de la saison a lieu demain. Ils ont sans doute reçu des instructions strictes de la part de l'entraîneur leur demandant d'être sages et de se coucher tôt.

Je trouve une chaise vide et je m'y affale, en portant la bouteille à mes lèvres.

Mon portable vibre dans ma poche. En le sortant je vois un message d'Ezra, en l'ouvrant, je vois une vidéo qui accompagne son message.

Ez : Tu n'as pas perdu de temps.

J'appuie sur Play pour découvrir une rediffusion de ce qui vient de se passer dans la maison alors que l'inconnue se pressait contre moi. Seulement, la vidéo se termine avant que je ne la rejette et par une image de moi en train de la regarder.

« Putain de merde, » je marmonne, en le remettant dans ma poche.

Je n'ai pas la patience d'affronter des coureuses d'athlètes désespérées ce soir.

Le temps que ma bouteille soit vide, je ressens un peu d'effervescence mais je ne suis toujours pas d'humeur à faire la fête. Pas même un peu.

Je jette la bouteille dans le jardin, je la regarde se briser contre le mur, et cela fait crier quelques filles sous le choc, mais je ne reste pas assez longtemps pour voir la réaction de qui que ce soit.

Mon corps me fait toujours mal à chaque pas, mais j'arrive beaucoup plus facilement à bouger qu'au début de la semaine, la vodka aide aussi certainement.

Il ne faut pas longtemps avant que le son de la

musique derrière moi ne commence à s'estomper et que l'obscurité de la rue ne m'engloutisse.

***

Lorsque j'ouvre enfin les yeux le lendemain, le soleil est déjà haut dans le ciel et des tambours battent dans ma tête régulièrement tandis que mes muscles continuent de me faire mal. Pour un peu, je pourrais penser que j'ai vraiment fait la fête hier soir. Mais la vérité est loin de ça.

La marche pour rentrer hier soir m'a pris plus de temps que je ne veux m'en souvenir. J'aurais dû prendre un taxi, mais le silence était le bienvenu, alors j'ai continué à marcher.

Je n'ai plus regardé mon portable de peur que la vidéo ne fasse le buzz. Ça semble mal barré. Je ne devrais pas m'en soucier. Mais je ne peux pas m'empêcher de penser que Letty va la voir. Encore une fois, je ne devrais vraiment pas m'en soucier.

Avec un grognement, je me retourne et enfonce ma tête dans mon oreiller. Qu'est-ce qui ne va pas chez moi, bordel ?

En passant mon bras sur le côté du lit, je trouve mon pantalon et en sors mon portable.

Comme prévu, mon écran est plein de notifications à cause de tous les tags. En les effaçant toutes, je regarde l'heure.

Presque deux heures.

Je retombe en arrière et fixe le plafond.

Le match va bientôt commencer. Je devrais être là dans les vestiaires avec l'équipe et écouter le discours d'encouragement de l'entraîneur qui nous dit que nous devons démarrer la saison du bon pied.

Ils ont remporté le championnat l'année dernière et il n'y a aucune raison de ne pas aller jusqu'au bout cette année non plus. Même si, probablement, ça aiderait que je participe au lieu de m'apitoyer seul sur mon sort dans mon lit.

Une partie de moi a envie d'aller voir le match. Mais il y a une plus grande partie de moi qui a juste envie de se cacher. Si je ne peux pas jouer, alors à quoi bon, putain.

Au lieu de me lever et de me rendre au stade pour encourager mon équipe, je sors du lit et pars me chercher du café.

La maison est silencieuse. Là, pas de surprise. J'ai entendu quelqu'un entrer à un moment donné de la nuit, mais je ne sais pas s'ils sont tous rentrés.

En m'enfermant dans ma chambre avant d'avoir à parler à qui que ce soit, j'attrape mon ordinateur portable et me mets à faire mes devoirs.

Je me perds dans ma dissert de littérature que je dois rendre la semaine prochaine et je ne réalise pas combien de temps s'est écoulé avant que ma porte ne s'ouvre à la volée.

« C'est quoi ce bordel, Dev ? », j'aboie, en levant les yeux pour le voir debout dans l'embrasure de ma porte, les yeux écarquillés.

« Quoi ? Tu n'es pas en train de te branler, » dit-il comme si cela pouvait être la seule raison pour laquelle je n'aurais pas envie qu'il fasse irruption dans ma chambre. « J'ai déjà tout vu de toute façon, mec. »

« Qu'est-ce que tu veux, bordel ? », je demande, en refermant brutalement mon ordinateur portable à cause de ma frustration. J'avais presque terminé, putain.

« Tu dois descendre. »

« Pourquoi ? La maison est en feu ? »

« Non. Juste... fais ce qu'on te dit pour une fois. »

« D'accord, bon sang. »

En me levant de mon lit, je passe ma main dans mes cheveux, les écarte de mon front et je le suis jusqu'en bas.

« Je jure devant Dieu que si je dois t'aider à nettoyer après une orgie qui a mal tourné, ça va vraiment m'énerver. »

« Pas d'orgie. Enfin... pas ici en tout cas. Cette fille qui te cherchait la nuit dernière était foutrement torride. »

« Je ne veux pas savoir. »

« J'ai bien profité de ce que tu n'as pas voulu, mec. »

« Heureux d'avoir pu aider. »

« Aider ? », demande-t-il, l'air offensé. « Je n'ai pas besoin de ton aide pour baiser. »

« Peu importe. Pourquoi suis-je ici ? », je demande, en regardant la salle de séjour vide.

« Pas ici. Dehors. »

« Si c'est— »

« Allez. Ça en vaut la peine, je te le promets. »

« Bien. »

Je marche dans le couloir vers la porte d'entrée et l'ouvre. J'essaie de me préparer à tous les trucs à la con que je pourrais trouver de l'autre côté.

Ce ne serait pas la première fois, ni la dernière, que Devin me ferait une blague pourrie. Je sais qu'il est énervé que je me morfonde, mais il doit s'en remettre.

En relevant les yeux, ils s'écarquillent sous le choc.

« Putain de merde. Est-ce que— »

« Ouais. » J'entends son sourire dans sa voix.

« Putain de merde, » je répète, en courant et en

oubliant que je n'ai pas de chaussures et que l'allée est couverte de putain de graviers. « Aïe, merde. »

« Tiens. » Devin me lance une paire de tongs qui étaient près de la porte d'entrée et je les enfile avant de me diriger vers quelque chose que je n'aurais jamais pensé revoir.

Je passe mes doigts sur le capot gris métallisé impeccable, sans vraiment croire ce que je suis en train de voir.

« As-tu besoin que je te laisse une minute seul avec elle ? », demande Devin alors que je continue à marcher autour de la voiture, ma main caressant la peinture.

Je l'ignore, trop abasourdi pour formuler une réponse.

« C-comment ? Comment est-ce possible ? » Je regarde la plaque au dos. Ouais, c'est la mienne.

« Tu veux dire... ce n'est pas toi qui a arrangé ça ? »

« Est-ce que j'ai l'air d'être au courant de quelque chose, putain ? »

« Non, tu as l'air d'avoir envie de l'emmener dans le garage pour passer un petit moment en privé avec elle. »

Je lui fais un doigt.

« Ce n'est pas moi. Je pensais qu'elle était bousillée. »

« Eh bien, il est clair que quelqu'un a fait de la magie parce qu'elle m'a l'air plutôt en bon état. »

Je sais que le camion n'a heurté que l'arrière, mais Kyle m'a dit qu'elle avait été embarquée et qu'elle avait été détruite.

« Ouais, » je soupire, en continuant de tourner autour de ma voiture, en me concentrant sur l'endroit où je sais que le camion l'a heurtée.

Elle est parfaite. Comme si cela n'était jamais arrivé.

Dès que j'arrive à la porte côté conducteur, j'appuie sur la poignée et monte à l'intérieur. Je respire profondément l'odeur de voiture propre et je ne peux pas effacer le sourire de mon visage.

Peut-être que tout n'est pas perdu après tout.

En fermant les yeux, je repose ma tête en arrière un instant, en essayant de réaliser ce qui se passe.

En secouant la tête, je constate que Devin est rentré dans la maison, probablement pour me laisser l'intimité au sujet de laquelle il me taquinait.

Ce n'est que lorsque je regarde à ma droite en examinant de plus près l'intérieur que je trouve une enveloppe blanche sur le siège passager.

Je l'attrape, je la mets devant moi mais à la seconde où mes yeux se posent sur l'écriture, ma main tremble.

Letty.

CHAPITRE NEUF

Letty

J'entre dans la maison Delta avec Ella et Violet qui m'entourent, en me sentant mieux que je ne l'ai été depuis longtemps.

Je porte le maillot de bain sous la robe moulante noire qu'elles ont insisté pour que j'achète et j'ai mis d'énormes créoles, un petit ras de cou et des sandales ridiculement hautes.

Je me sens comme l'ancienne moi et ça fait vraiment du bien.

Ajoutez à ça les Fireballs que nous avons bus pendant que nous nous préparions et l'effervescence de la victoire épique des gars cet après-midi et j'ai le sentiment d'être aux anges.

« C'est parti pour faire la fête », crie Ella, en balançant ses bras au-dessus de sa tête et en roulant des hanches alors que nous entrons à l'intérieur juste au moment où le volume de la musique baisse un peu.

« Vous dansez toutes les deux et je vais chercher des boissons, » je propose, en me frayant un chemin à travers la maison bondée jusqu'à ce que je trouve la cuisine.

Je prends trois gobelets que je remplis de vodka et de soda avant de repartir en essayant de ne pas les renverser sur moi.

Des regards enflammés me suivent alors que je me déplace dans la foule, je vois quelques visages que je reconnais de la fac mais personne ne m'arrête lorsque je passe.

« Voilà, » je crie aux filles en les rejoignant au milieu du salon où elles sont en train de danser.

« L'équipe est arrivée ? »

« Nope. »

« Bien, j'adore quand ils arrivent à une fête après une victoire. »

Je souris, fière de ce que Luca et Leon ont accompli cet après-midi, et ma poitrine se gonfle de fierté.

Nous buvons, dansons et rions en attendant qu'ils fassent leur entrée, mais ils ne semblent pas pressés d'arriver.

« Je vais pisser et après nous sortirons. Cette piscine m'appelle, » crie Violet, en se séparant de nous.

« Nous allons avec elle, n'est-ce pas, Let ? »

« OK. »

Nous jetons nos gobelets vides à la poubelle, nous montons à l'étage et rejoignons la file d'attente des toilettes.

Heureusement, c'est rapide et seulement dix minutes plus tard, les filles me conduisent dehors.

« Oh mon Dieu, pourquoi ne sommes-nous pas

venues là en premier ? », je demande en regardant autour de moi le jardin au thème hawaïen.

Il y a des cabines de plage, un bar qui sert des cocktails à base de noix de coco, des filles—et des mecs—en jupes hawaïennes, et la piscine est pleine d'étudiants en train de s'amuser sur la même musique qu'il y a à l'intérieur balancée via des haut-parleurs qui bordent l'espace. Il y a des lumières le long des clôtures qui s'étendent sur toute la longueur du jardin, puis suspendues dans les arbres au bout du jardin.

Je regarde autour de moi, en essayant de tout regarder, mon menton s'affaisse sous le choc. Quand elles m'ont dit que c'était une soirée piscine, ce n'était pas du tout ce que j'avais en tête.

« Maintenant, tu comprends pourquoi tu avais besoin d'un maillot de bain ? »

« Ouais je comprends. » Et je me sens un peu trop habillée là tout de suite en regardant tout le monde.

« Allez, qu'est-ce qu'on attend ? », demande Violet, en posant son sac à main sur la table à côté de nous et en faisant remonter sa robe le long de son corps, à la grande joie de certains des gars qui nous entourent.

« Retire-la, meuf, » crie quelqu'un et elle se tourne immédiatement vers la voix et enroule ses bras autour de ses épaules.

Une vive acclamation éclate à l'intérieur de la maison et un large sourire se dessine sur les lèvres d'Ella.

« Les gars sont là. »

En un éclair, elle retire sa robe et la laisse tomber sur la table. Elle n'a pas l'occasion de se recoiffer parce que Brax et West sortent en courant de la maison et l'attrapent jusqu'à ce qu'ils se retrouvent tous les trois dans la piscine.

J'éclate de rire alors qu'ils la lancent comme si elle n'était rien de plus qu'une poupée de chiffon.

« Allez, meuf. Retire-la. Retire-la. », elle crie quand ils la laissent reprendre sa respiration.

En se tournant vers moi, West et Brax se joignent à elle jusqu'à ce que presque tout le monde regarde dans ma direction.

Mes joues rougissent sous leurs regards et je suis contente que l'alcool dans mon organisme me donne la confiance dont j'ai besoin pour déposer mon sac à main sur la table avec ceux d'Ella et de Violet et pour faire glisser ma robe le long de mon corps.

« Oui, meuf, » crie Ella pendant que les gars sifflent, en m'aidant à me sentir moins gênée de m'exhiber autant.

« Putain de merde, » aboie une voix grave derrière moi, en faisant frissonner tout mon corps.

En faisant volte-face, je me tourne vers Luca et me jette presque dans ses bras.

« Félicitations », je crie dans son oreille, en le faisant reculer un peu.

Ses mains se posent sur ma taille, leur chaleur faisant monter ma température en flèche.

« Merci, c'était un bon match. »

« Bon ? Tu as déchiré. »

« Tu me regardais ? »

« Je te regarde toujours pendant les matchs, idiot. » Je lui donne un coup sur l'épaule. Qu'est-ce que je pourrais regarder d'autre que lui et Leon ? Ce n'est pas comme si j'aimais vraiment le foot.

Ce n'est que lorsque mon dos heurte le mur de la maison que je me rends compte qu'il nous a fait bouger.

« Q-qu'est-ce que tu fais ? », je demande, en remarquant qu'il m'a mis en cage.

Ses yeux regardent les miens tour à tour pendant un instant avant de descendre sur mon corps.

Mon cœur s'emballe devant son attention, je rougis encore plus que tout à l'heure et je peux sentir la rougeur brûlante courir jusqu'à ma poitrine.

« L-Luc ? »

Quand ses yeux croisent les miens une fois de plus, le vert a presque disparu pour laisser place à cette couleur noisette qui apparaît lorsqu'il est heureux, ivre ou... excité.

J'en ai l'eau à la bouche et je déglutis rapidement, mon corps réagissant à sa proximité et à son odeur virile tandis que mon cerveau essaie de garder le cap.

« Tu dois t'habiller. » Sa voix est si basse que je ne l'entends presque pas.

« Quoi ? Ne sois pas fou, c'est soirée piscine. »

Je baisse les yeux pour voir qu'il porte un maillot de surf bleu et blanc, en prouvant qu'il savait exactement ce qu'était cette soirée.

« Je sais. Mais tu ne peux pas te promener comme ça. »

Je me regarde puis remonte les yeux vers lui.

« Tu n'aimes pas— »

« Ne pose pas une question dont tu n'es pas prête à entendre la réponse, Let. »

Il se rapproche, la chaleur de son corps brûlant ma peau, alors qu'il pose son avant-bras contre le mur à côté de ma tête.

« D-d'accord. »

Nos regards se soutiennent, quelque chose qui n'est pas habituel crépite entre nous.

« Luc, mec. Laisse cette fille et viens prendre un putain de verre, » une voix retentit derrière lui, mais je ne peux pas voir qui c'est parce qu'il me cache cette personne avec son énorme corps.

« À moins que tu ne veuilles que je casse le nez d'un quelconque connard ce soir, tu dois remettre ta robe. »

« Arrête de faire ton sauvage. Il n'est pas si petit que ça. »

Il secoue la tête. « Non, ça avait l'air petit accroché à ton doigt. Sur ton corps, c'est un putain de péché. »

« Luc, » essaie à nouveau le gars et cette fois, il recule et me laisse voir qui est en train de l'attendre.

Colt lève les yeux au ciel vers son capitaine avant que je regarde par-dessus son épaule et trouve Leon qui me regarde comme s'il voulait me dévorer toute entière.

Ce maillot de bain était une très, très mauvaise idée.

Avec un dernier regard vers moi, Luca se dirige vers Colt qui le conduit à l'intérieur. Luc s'arrête très brièvement pour dire quelque chose à son frère avant qu'ils ne me regardent tous les deux.

Luca disparaît à l'intérieur mais Leon garde ses yeux rivés sur les miens.

Au bout d'une seconde, il se dirige vers moi et laisse tomber ses yeux sur moi.

Juste avant qu'il ne s'arrête, il secoue la tête vers moi, un sourire narquois et entendu se dessinant sur ses lèvres.

« Quoi ? C'est juste un maillot de bain, » dis-je en levant les bras. « Je ne suis pas habillée différemment des autres filles ici. »

« Je sais, Cupcake. » Il me prend dans ses bras et je suis contente de son soutien.

« Vous les avez massacrés ce soir. »

« Je suis content que ça t'ait semblé facile, la vérité c'est qu'il nous manquait quelqu'un. »

Mon souffle se coupe devant ses non-dits.

« Oh ? »

« Je déteste peut-être ce con, mais il est carrément bon sur le terrain. »

« Il sera bientôt de retour. Il est trop têtu pour rester à l'écart plus longtemps que nécessaire. »

« Merci, mec, » dit Leon, en me relâchant et en prenant deux verres à l'un des membres de l'équipe de première année que je reconnais comme étant l'un de leurs serveurs personnels de leur fête d'il y a deux semaines.

« Merci, » dis-je en prenant le gobelet de sa main.

« Allez, on va s'amuser. »

En prenant ma main, Leon me guide vers une chaise longue vide et après s'être assis alors que je suis toujours debout, il me tire vers le bas pour m'asseoir entre ses jambes et enroule son bras autour de ma taille pour que je n'aie d'autre choix que de me pencher en arrière contre lui.

Il n'a peut-être pas demandé que je remette ma robe comme son frère, mais quelque chose me dit qu'être enveloppée contre lui revient au même.

Aucun gars ne me regarde maintenant. En jetant un coup d'œil dans le jardin, je constate que la plupart d'entre eux se sont écartés. Il n'y a plus que les filles qui me lancent des coups de poignard avec leurs yeux parce que j'ai pris l'un de leurs rois bien-aimés.

« Je n'ai pas besoin d'un baby-sitter, tu sais. »

« Je passe juste du temps avec mon amie, il n'y a rien de mal à ça. »

« Si, quand tu as une idée dans la tête. »

« Je— »

« Non, » dis-je, en l'interrompant avant même qu'il n'ait commencé à argumenter.

Ils sont peut-être un peu étouffants, mais pour être honnête, je préfère être assise ici avec Leon plutôt que d'être draguée par l'un des gars ici.

« Où étais-tu toute la semaine ? C'est presque comme si tu avais cherché à m'éviter. » Ses bras se crispent sur moi quand il me pose la question. « Attends, » je dis en me retournant pour pouvoir le regarder. « Est-ce que tu cherchais à m'éviter ? »

« Non, pas du tout, » répond-il honnêtement, en maintenant mon contact visuel. « Tu n'as pas besoin que je te raconte que Luc et moi nous sommes rentrés dedans le week-end dernier, je vous laissais juste un peu d'espace. »

« Alors vous vous êtes battus à cause de moi. » Je soupire en me rappelant le bleu sur la joue de Luca. « Parce que je t'ai embrassé ? »

« Non, Let, » dit-il en entrelaçant nos doigts. « Ça couvait depuis un bon moment. On avait juste besoin de se défouler. Tu n'as pas à t'en soucier. »

« Mais je m'en soucie. Je ne veux pas que vous vous bagarriez. »

« Nous sommes frères, » déclare-t-il. « C'est normal. »

« Je sais, » je marmonne, en repensant à toutes les fois où ils se battaient au lycée.

« Tu as fini ? », demande-t-il en faisant un signe tête vers mon gobelet.

« Yep. »

« Allez, allons faire la fête. J'ai une victoire à célébrer. »

Nous dansons, nous buvons, Brax et West mettent enfin la main sur moi quand Ella disparaît mystérieusement à peu près au même moment où Colt disparaît aussi et l'attention de Leon se porte sur une rousse qui bat des cils même s'il n'a clairement pas l'air intéressé.

Luca est assis avec d'autres membres de l'équipe, y compris mon frère, sur la terrasse. Ses yeux me brûlent constamment malgré le fait que je sois juste avec des amis. À chaque fois que nos regards se croisent, quelque chose crépite entre nous, mais à aucun moment il ne vient nous rejoindre. Il se contente de broyer du noir sur son siège en descendant verre après verre.

J'arrive enfin à me libérer des gars et après avoir pris l'une des serviettes enroulées sur l'une des tables devant les arbres au bout du jardin, je me sèche et recule dans l'ombre pour regarder tout le monde s'amuser.

Il y a du bruit derrière moi, mais je n'y pense pas car West, Brax, Zayn et quelques-uns de ses amis sautent dans la piscine en éclaboussant tous ceux qui sont assis à proximité.

Je me moque d'eux quand je sens un mouvement derrière moi mais je n'ai pas l'occasion d'alerter qui que ce soit car une main couvre ma bouche tandis qu'un bras se serre autour de ma taille et je suis ramenée dans les arbres.

Tout l'air s'échappe de mes poumons alors que je suis plaquée contre un arbre et que je regarde une paire d'yeux bleus bien trop familiers.

« Tu t'amuses bien ? », il demande furax, en arrachant ses yeux des miens et en les laissant tomber le long de mon corps. Il fait noir ici, donc je pense qu'il ne voit pas grand-chose, mais quelque chose me dit qu'il m'observe et sait combien je suis peu vêtue. « Sale petite pute, » grogne-t-il, en envoyant des picotements directement sur mon clitoris.

Comment réussit-il à faire ça ?

Je refoule ma réponse. Ce serait inutile de toute façon vu que sa main couvre toujours mon visage.

« Je t'ai observée— » *Je m'en doutais.* « Quand tu *les* laissais mettre leurs mains sur toi. »

Je hausse les épaules et détourne le regard comme si je m'en fichais. *C'est faux.*

Il s'approche, ses respirations haletantes balaient mon visage et font frissonner ma peau.

Ses yeux froids et en colère fixent les miens alors que je tiens bon, l'alcool dans mes veines renforçant encore ma confiance en moi.

« Pourquoi ? », il crache. « Pourquoi as-tu fait ça ? »

Quand il pose sa main sur ma gorge pour la première fois, je pense toujours qu'il parle des gars qui s'amusent à la fête, mais ils n'ont rien fait en fait. Il faut quelques secondes à mon cerveau pour réaliser de quoi il parle.

La prise de conscience se fait quand je me souviens avoir reçu un message cet après-midi pour me dire que sa voiture avait été livrée presque comme neuve.

« Pourquoi pas ? », je demande, en faisant palpiter un muscle, que j'ai rarement vu, près de sa tempe.

« Je ne veux rien de toi. » Sa voix est basse et graveleuse, et je ne peux m'empêcher de penser qu'il essaie vraiment de se maîtriser. Ses doigts se resserrent autour de ma gorge alors que ses yeux tombent sur mes lèvres.

En me sentant délurée, je lèche ma lèvre inférieure.

« Qu'est-ce que tu vas faire, Kane ? Me punir et me renvoyer à la fête après m'avoir défoncée ? »

Un grognement s'échappe de sa gorge en entendant mes mots.

« Ils ont déjà envie de me baiser. Imagine les regards

sur leurs visages quand je réapparaitrai après que tu en auras terminé avec moi. »

Je ne devrais pas le provoquer, mais apparemment je n'arrive pas à contrôler ma bouche qui semble avoir son propre esprit en ce moment et je ne peux pas arrêter les mots qui en sortent.

« N'est-ce pas ce que tu veux ? Que tous, Luc et Leon, sachent que je suis à toi ? »

« Princesse. » Son avertissement terrifierait probablement la plupart des filles, mais je connais Kane. Il est peut-être celui qui est en colère et rempli de mauvaises intentions, mais pour le moment, je détiens tout le pouvoir.

« Alors, qu'est-ce que tu vas faire, caïd ? »

Sa main se tend, ses doigts s'enroulent autour du haut de mon maillot de bain, en tirant brutalement le tissu jusqu'à ce qu'il tombe autour de ma taille.

Sa main géante attrape mon sein avec force et le pétrit de la manière la plus douloureusement délicieuse.

« Oh mon Dieu, » je gémis quand il me pince le téton assez fort pour me faire mal.

Mon cœur palpite alors qu'il continue.

« Est-ce que j'ai dit que tu avais le droit de profiter ? », aboie-t-il, en me plaquant contre l'arbre dans mon dos avec ses hanches, et en me laissant ainsi sentir sa bite dure contre mon ventre.

« Kane, » je gémis alors que son autre main rejoint la première, en me taquinant jusqu'à ce que je me demande s'il pourrait me faire jouir juste comme ça.

« Non, » aboie-t-il. Même si je n'ai aucune idée de ce qu'il me dit de ne pas faire. De ne pas aimer ça ?

Il se baisse et il mord le côté de ma poitrine, en me faisant crier alors que la douleur provoquée par ses dents fait brûler toute la moitié supérieure de mon corps.

Mes doigts trouvent ses cheveux et je les tire jusqu'à ce que je sois sûre que ça fait mal. J'ai envie de penser que c'est moi qui le maintiens en place pendant qu'il lèche mes seins, mais je ne pense pas que je serais capable de l'écarter même si j'essayais.

« Oh putain, » je soupire alors que ses dents s'enfoncent dans mon téton. La douleur se diffuse, tout mon sein palpite, en me faisant me demander s'il ne me l'a pas carrément arraché. Mais ensuite j'oublie tout quand sa main s'enfonce dans mes fesses, et qu'il trouve ma chatte trempée.

« Je t'ai dit de ne pas prendre ton pied, putain, » murmure-t-il contre ma poitrine.

« Non, tu ne l'as pas fait, » je dis entre deux respirations haletantes. « Putain, » je crie alors qu'il enfonce deux doigts en moi. Il frotte mes parois et tend la main pour trouver mon point G. « Merde, merde, putain. »

Sa bouche s'accroche à mon cou et il aspire assez fort pour déchirer ma peau.

« Kane, » je crie alors que mon orgasme est sur le point d'atteindre son paroxysme, mais avant que je ne lâche complètement prise, ses doigts disparaissent et il me retourne.

« Attends, » aboie-t-il, et je tends la main pour attraper l'arbre alors qu'il fait glisser mon bas de maillot le long de mes jambes.

Mes genoux me soutiennent à peine alors que j'entends son pantalon bruisser derrière moi.

En quelques secondes, il a écarté mes jambes et il fait courir son gland sur ma chair humide.

Un gémissement s'échappe de ma gorge mais je parviens à stopper à temps la supplication qui est sur le bout de ma langue.

« Je te prends sans capote, Princesse. »

Il bondit en avant, avant même que j'aie pu enregistrer ses mots.

« Oh putain, » je crie alors que mes bras cèdent et que mon visage vole vers l'arbre.

L'écorce rugueuse effleure ma joue avant qu'il ne m'attrape, ses doigts s'enfonçant dans mes hanches en s'assurant qu'il va remplacer les bleus qui viennent à peine de disparaître par de nouveaux.

Il me martèle encore et encore, en s'enfonçant si profondément que ça fait mal mais cela ne fait que rendre mon plaisir plus fort que jamais.

« Kane, Kane, » je scande.

« On. Ne. Parle. Pas. Putain, » il crache entre deux va-et-vient. « Ce sont des mensonges. Tout ce que tu dis ce ne sont que des mensonges. »

« Non, » je me plains, en gagnant une grosse fessée.

« Tu penses que t'être occupée de ma voiture va tout réparer. Réparer tout ce que tu m'as fait. Tous les mensonges, la tromperie, la douleur. »

« Non, Kane. Non, ce n'était pas— »

« Stop, » beugle-t-il, en me baisant encore plus fort jusqu'à ce que mon orgasme me saisisse sans prévenir.

Je crie, bien que je n'aie aucune idée de ce que je dis réellement alors que des vagues de plaisir m'envahissent, en transformant mes muscles en gelée et en me faisant perdre la tête.

Je suis vaguement consciente qu'il s'immobilise derrière moi avant qu'un rugissement guttural ne sorte de sa gorge et que sa bite se mette violemment à convulser à l'intérieur de moi, en me remplissant de sa semence.

Mon cœur bondit dans ma gorge en me rappelant les conséquences de la dernière fois que cela s'est produit.

Les larmes me brûlent les yeux alors que les souvenirs menacent de me submerger.

À la seconde où il a terminé, ses mains libèrent mes hanches et je m'effondre sur le sol à ses pieds. Une douleur dans les genoux et sur mes mains apparait, mais ce n'est rien comparé à l'agonie qui me déchire la poitrine.

Je me démène pour me relever et je me retourne.

Il est déjà rhabillé et me regarde avec des yeux menaçants.

« Ne te mêle pas de mes affaires, Princesse. »

« Comme si tu ne te mêlais pas des miennes. »

Il fait un pas vers moi, mais s'il pense que je vais me soumettre, alors il se met le doigt dans l'œil.

Un cri s'échappe de ma bouche quand il tend la main et m'attrape par la gorge, en me soulevant du sol. Sa mâchoire s'ouvre alors qu'il me fixe avant que ses yeux ne se déplacent à nouveau vers mes lèvres.

« Embrasse-moi, » je grogne. « Si tu oses. »

« Va te faire foutre, » il crache, en me laissant tomber et en s'enfonçant dans l'obscurité.

« Putain de merde, » je souffle, ma main tremblante trouvant ma gorge à l'endroit où ses doigts se trouvaient. « Putain. »

Le bruit de la fête à quelques mètres de là me revient aux oreilles et la réalité me frappe.

« Qu'est-ce que je viens de faire ? »

Il me faut cinq bonnes minutes pour maîtriser

suffisamment mon corps pour être sûre que, lorsque je me lèverai, mes genoux ne lâcheront pas.

J'ai remis mon bikini pour me couvrir, mais je sais déjà que je ne peux pas y retourner comme si de rien n'était.

Je suis couverte de boue, j'ai des égratignures sur les genoux et les joues et je suis sûre que j'ai des marques rouges sur toute ma poitrine et sur mon cou.

Luca ou Leon—bon sang, ou n'importe quel membre de l'équipe, en fait—me regardera et ça va barder.

Rétrospectivement, ce n'est probablement pas la meilleure chose à faire, mais sous l'influence de l'alcool et avec les répliques de cet orgasme hallucinant qui fait encore trembler mes membres, je tourne les talons et m'éloigne.

Les brindilles et les pierres coupent mes pieds, mais je pense que c'est le moindre mal alors que je me dirige vers l'endroit où je pense que la route se trouve.

Nous ne sommes pas si loin du campus, ça va me prendre vingt minutes maximum pour rentrer. Si j'ai de la chance, quelqu'un me kidnappera et abrègera mes souffrances avant que j'arrive au dortoir.

Je secoue la tête pour refouler mes pensées déprimantes, je redresse les épaules alors que les lampadaires apparaissent au loin derrière les arbres et je continue d'avancer.

Je dirai aux autres que j'étais bourrée et que j'ai trouvé quelqu'un pour me raccompagner.

Je fais une pause, et je pense tout d'un coup à mon sac à main, mon portable et mon portefeuille qui sont posés sur la table près de la piscine. Mais ce n'est pas suffisant pour me faire reculer.

Je grimace en arrivant sur le trottoir. Le sol est peut-être plus plat, mais les pierres coupent autant que les brindilles.

Je me dépêche et je jure que je ne respire pas jusqu'à ce que je tourne le coin et m'éloigne des maisons étudiantes qui bordent la rue précédente.

En écartant mes cheveux de mon visage, je garde la tête haute et marche avec une confiance que je ne ressens vraiment pas.

Heureusement, la rue est vide alors que je passe devant les maisons. Je n'ai aucune idée de l'heure qu'il est, mais la plupart des fenêtres sont dans l'obscurité. Je regarde par-dessus mon épaule. Leurs habitants font probablement la fête dans la maison que je viens de quitter.

Le grondement d'un moteur me fait me redresser. Mon rythme cardiaque s'accélère mais je refuse de regarder par-dessus mon épaule au cas où je le verrais s'arrêter, prête à faire ou à dire quelque chose.

Je sais que ce quartier est plein d'étudiants et trouver une fille en train de rentrer en bikini n'est probablement pas la chose la plus inhabituelle qu'ils aient vue, mais je préfèrerais vraiment que personne ne me remarque.

Heureusement, la voiture passe devant moi sans incident, même si j'imagine que le conducteur était en train de me montrer du doigt en étant mort de rire.

La fois suivante, quand j'entends une voiture au loin, je panique moins. Même si j'aurais vraiment dû être plus alerte car elle ralentit derrière moi.

En supposant que ce ne sont que quelques gars qui se rassasient probablement de mon corps presque nu, je continue.

En refusant de me retourner, j'accélère mon rythme quand je constate qu'ils ne cherchent pas à me dépasser.

Ma respiration s'accélère et tout mon corps se met à trembler alors que mes pensées concernant un potentiel kidnapping me reviennent à l'esprit. Mais quelque chose me dit que je n'aurai pas cette chance. C'est probablement juste Kane qui est sur le point de me dire que je ressemble à une pute.

En décidant que cette dernière option est certainement la plus probable, je continue. Le bruit d'une portière qui se ferme derrière moi me fait l'effet d'un coup de feu dans la poitrine. Je suis sur le point de partir en courant quand des bras s'enroulent autour de moi et je suis tirée en arrière contre une forte poitrine.

Je hurle, mais mon cri est étouffé par une énorme main. Une main dont je sais déjà qu'elle n'appartient pas à Kane.

Mes bras s'agitent et mes jambes donnent des coups de pied à l'aveugle, en essayant de toucher celui qui me tient, mais c'est inutile.

Il me fait tourner et je suis projetée à l'arrière d'une voiture noire.

À la seconde où mes yeux se fixent sur le véhicule, mes cris s'intensifient. Il n'y a qu'une personne qui arriverait dans une voiture comme ça pour m'emmener.

À l'instant où je lève les yeux, je rencontre les yeux arrogants et méchants de Victor Harris.

« Scarlett, quelle surprise. Tu t'es même habillée pour l'occasion. »

J'ouvre les lèvres pour répondre mais je n'en ai pas l'occasion parce que quelque chose de dur frappe le côté de ma tête et tout devient noir.

CHAPITRE DIX

Letty

J'ai mal partout quand je commence à reprendre mes esprits, mais c'est ma tête qui me fait le plus mal.

J'essaie d'ouvrir les yeux mais ils sont si lourds, c'est presque comme si mes paupières étaient collées.

Je gémis en essayant de combattre les ténèbres qui veulent m'engloutir une fois de plus. Mais quelqu'un parle à côté de moi et je suis immédiatement complètement réveillée.

« Papa ? », je demande, en forçant mes yeux à s'ouvrir et en regardant à ma droite. « Oh mon Dieu, Papa, » je crie en le voyant.

Ses deux yeux sont sombres et enflés, du sang séché coule de son front, son nez a l'air tordu comme s'il était cassé et ses lèvres sont fendues.

« Que s'est-il passé ? Où sommes-nous ? Que se passe-t-il ? »

Mon sang se glace alors que je me souviens du dernier visage que j'ai vu avant que tout ne s'assombrisse.

Victor Harris.

« J'ai facilement accès aux personnes à qui tu tiens, Scarlett. Tu ne devrais jamais oublier ça. »

Les mots qu'il a prononcés dans sa voiture il y a deux semaines me reviennent.

« Oh mon Dieu, » je sanglote.

J'ai échoué et maintenant mon père va payer.

J'essaie de bouger mes bras et je me rends vite compte qu'ils sont attachés dans mon dos, et mes doigts sont engourdis alors que j'essaye de les bouger. Je veux bouger une jambe et je constate que je suis incapable de le faire aussi.

Putain de merde.

Je baisse la tête une seconde, en essayant de réveiller mon cerveau pour vraiment me concentrer sur ce qui se passe ici.

Je regarde autour de moi mais rien ne me donne la moindre idée de l'endroit où nous sommes. La pièce est vide, les murs sont gris et couverts de taches sombres. Des taches que je ne veux même pas regarder, et dont je veux encore moins imaginer ce qu'elles pourraient être.

Il y a une fenêtre en hauteur sur le mur à ma gauche, mais elle a été barricadée, en ne laissant entrer aucune lumière. Je ne sais pas s'il fait encore nuit ou si je suis restée dans les vapes assez longtemps pour que le soleil soit déjà en train de se lever.

Les souvenirs de la façon dont je me suis retrouvée ici me font baisser les yeux. Je constate que je ne suis pas seulement en maillot de bain, mais que quelqu'un m'a mis une chemise sale pour me couvrir. Je ne sais pas si je devrais en être reconnaissante ou non parce que ça sent comme si la dernière personne qui l'a portée était morte dedans.

Je frissonne alors que je réalise pour la première fois à quel point j'ai froid. Le projecteur lumineux qui nous éclaire tous les deux dégage un peu de chaleur mais ce n'est pas assez et mes dents se mettent à claquer.

« O-où sommes-nous ? »

« Je ne sais pas. » Je combats le sanglot qui veut s'échapper de ma gorge en entendant le ton froid de mon père.

Je le regarde mais il ne bouge pas. Ses yeux restent fixés sur un point devant nous, mais quand je regarde pour voir ce qui retient son attention, je ne vois rien. Cette extrémité de la pièce est dans l'obscurité.

« Je suis tellement désolée, » je murmure, ma voix se brisant sous le coup de l'émotion.

« T-tu... tu es désolée ? » Il se tourne vers moi pour la première fois, en me permettant de voir son visage en entier et je me bats pour ne pas montrer ma réaction.

« O-oui. Tout est de ma faute, » je pleure.

« Oh, ma chérie. Ce n'est pas vrai, s'il te plaît ne pense pas ça. »

« Il... il m'a donné un travail et j'ai échoué. »

« Il quoi ? » Papa rugit, sa voix résonnant dans l'espace silencieux.

« Cela n'a pas d'importance maintenant. Il m'a dit que si j'échouais, il s'en prendrait à ma famille, et nous y voilà. »

Papa se débat pour libérer ses liens.

« Où es-tu, putain de connard ? », crie-t-il, en tirant si

fort sur les liens de ses poignets que je crains qu'il ne s'arrache les mains.

Je n'ai aucune idée de ce avec quoi les miens sont attachés, mais ceux de Papa sont fermement attachés avec des câbles. Des câbles qui lui coupent la peau et il y a une flaque de sang sur le sol sous lui.

« Calme-toi, » je lui demande.

« Me calmer ? Me calmer, putain ? Ce connard a attaché ma petite fille à une putain de chaise. » Il me regarde, ses yeux s'attardant sur le côté de mon visage. Vu comment ça fait mal, je n'ose même pas imaginer à quoi ça ressemble. « Et il t'a fait du mal, putain. »

« Je suis O— »

Il me fixe d'un regard qui me coupe tout de suite la parole.

« Viens ici en face de moi, putain de connard. »

Je regarde mon père avec ma mâchoire qui se décroche. C'est comme si c'était un homme complètement différent de celui avec qui j'ai grandi. Je pense que je peux probablement compter sur les doigts d'une main le nombre de fois où je l'ai entendu jurer dans ma vie mais il est comme un homme possédé là tout de suite.

Je plisse les yeux vers lui, en l'étudiant alors que des crachats s'échappent de sa bouche et que son corps tremble d'une rage à peine contenue.

Est-ce que je connais vraiment mon père ?

Des pas lourds venant de l'obscurité arrêtent ses cris et après trente secondes éprouvantes pour nos nerfs, il apparaît.

La peur m'envahit et les yeux de Victor se posent sur les miens avant de regarder mon corps.

« C'est dommage. J'adorais quand tu étais à moitié nue. »

La chaise de Papa bouge alors qu'il essaie à nouveau de se libérer.

« Calme-toi, William. Tu devrais être fier de ta fille. Elle tient de son père. »

Les yeux de Papa brûlent le côté de ma tête, mais je refuse de détourner le regard du monstre qui me regarde.

« Laisse-le partir, » je demande.

Victor soutient mon regard un instant avant que la peau autour de ses yeux ne se plisse et qu'il rejette la tête en arrière en riant.

« Ouah, Scarlett. Tu as plus de couilles que je ne le croyais. C'est vraiment dommage que Maman se soit enfuie avec toi. Tu aurais pu être un réel atout pour moi. » Ses yeux s'attardent à nouveau sur mon corps et mon estomac se noue de dégoût.

« Laisse-la tranquille. Cela n'a rien à voir avec elle, » crie Papa.

« Oh mais, William. Ça a tout à voir avec elle. Tu vois, il n'y a pas que toi qui se fous de moi, c'est vous deux. Et vous pouvez compter sur moi pour aller au fond des choses. »

« Je n'ai rien à voir avec ça. J'ai fait ce que tu voulais, j'ai planqué tes caméras, » je crache. « Ce n'est pas de ma faute si tu n'as pas obtenu les informations que tu voulais. »

« Non, mais le résultat est que l'un de mes meilleurs hommes s'est retrouvé à l'hôpital. N'est-ce pas, Scarlett ? »

« De quoi parle-t-il ? » Papa me demande mais encore une fois, je refuse de le regarder.

« L'accident de Kane n'a rien à voir avec ça. »

« Oh, mais si. Il était en colère et tu l'as poussé à bout. »

« Je ne suis pas responsable de ses actes. »

Il fait un tss-tss et secoue la tête. « Cela semble arriver régulièrement avec toi, n'est-ce pas ? D'abord Riley et maintenant Kane. Tu es une malédiction, Scarlett Hunter. »

Papa halète mais nous l'ignorons tous les deux.

« Alors pourquoi es-tu venu me trouver ? As-tu aussi des putains de pulsions suicidaires ? », je dis avec un sourire narquois.

Il rit, c'est glacial, diabolique et je le ressens dans tout mon corps.

« Alors... » dit-il, en détournant finalement ses yeux de moi et en regardant mon père. « Papa, voudrais-tu expliquer à ta fille pourquoi vous êtes ici tous les deux, ou dois-je m'en charger ? »

« Va te faire foutre. » Papa crache au visage de Victor.

Il sort un mouchoir de sa poche et essuie le crachat avant de lever le bras en arrière et de frapper Papa en plein visage. Son nez explose à nouveau, en faisant gicler du sang de son menton.

« Arrête, s'il te plaît, » je crie. « Arrête. Ce n'est pas de sa faute. »

« Oh mais, Scarlett. Ça l'est. Tu vois, » dit-il, en s'écartant de mon père et en prenant à nouveau son mouchoir pour nettoyer ses articulations. « Papa n'est pas seulement le mécanicien idiot qu'il essaie de nous fait croire. C'est lui qui dirige la majeure partie de ma chaîne d'approvisionnement. »

« Quoi ? », je demande, en me redressant sous le choc. « Non, tu mens. Ce n'est pas vrai. Maintenant— »

« Je suis désolé, ma chérie. » La voix de mon père ne fait qu'empirer mon état de choc et je reste assise là à le regarder avec ma bouche grande ouverte.

« Quoi ? »

« C'est vrai. Je travaille pour ce connard. »

Un grognement sort de la gorge de Victor en entendant les mots de Papa.

« Ça n'a jamais été mon intention mais, putain, j'ai eu un problème et je n'avais pas d'autre option. »

« Mais quelqu'un a acheté le garage, ils ont payé les dettes, ils... » La prise de conscience se fait. « C'était Victor. »

Un sourire narquois et satisfait apparaît sur le visage de Victor.

« Papa, comment as-tu pu ? » Je pleure. Il a vendu sa putain d'âme au diable.

« C'était ça, ou nous étions tous sans abri et je n'aurais pas pu faire ça à ma famille. »

« Tu nous as laissés partir. Quand Maman a décidé de partir, tu es resté là et tu nous as laissés partir. »

« Bien, aussi amusant soit-il, » dit Victor, en arrêtant tout ce que je m'apprêtais à dire. « Vous avez tous les deux une leçon très importante à retenir. »

Mon corps tremble en sentant la menace silencieuse dans sa voix.

« Personne ne me manque de respect, n'agit derrière mon dos, n'essaie de voler— » Il regarde fixement mon père. « Ne fais de mal à mes garçons. » Il se tourne vers moi. « Sans en assumer les conséquences. »

« Je ne t'ai pas volé un centime, Victor, » plaide Papa.

Il fait un pas vers moi, en sortant une paire de pinces de sa poche arrière tout en contournant ma chaise.

« Non, » beugle Papa, en sachant clairement où il veut en venir. « Ne la touche pas, s'il te plaît. Défoule-toi sur moi. »

« Papa, non. Tu viens de dire que tu n'avais rien fait. »

Victor hésite derrière nous, même si je suis persuadée

que ce n'est pas parce qu'il ne peut pas décider lequel d'entre nous il veut blesser. C'est un enculé tordu et il nous torturerait plus que volontiers tous les deux sans scrupules.

Je sais que la plupart des rumeurs qui circulent à Creek au sujet de son comportement sont exagérées, mais il y a une part de vérité, je le sais pertinemment.

Des larmes coulent sur mes joues à l'idée qu'il retourne sa colère contre mon père alors qu'il est innocent. Victor ne le croit peut-être pas, mais moi si.

Mon père n'aurait jamais fait cela de son plein gré. Je crois qu'il n'avait pas le choix et l'a fait pour sa famille. C'est l'homme que je connais. Un père.

Victor se déplace et j'observe chacun de ses pas par-dessus mon épaule alors qu'il se dirige vers mon père.

« Non, s'il te plaît. Je ferai n'importe quoi, s'il te plaît. Ne lui fais pas de mal. » Et je finis par attirer l'attention de ce taré.

« N'importe quoi, » grogne-t-il.

« Oui, n'importe quoi. »

Ses yeux parcourent mon corps comme si aucune chaise ne lui bloquait la vue.

« Tu sais, aussi tentant que cela puisse être, je peux avoir de meilleures putes que toi en un claquement de doigts. »

« Ne t'avise pas de—argh, » crie mon père alors que Victor se penche, en serrant la pince sur l'un de ses doigts.

« Non, s'il te plaît, NON, » je pleure alors que le corps de Papa convulse de douleur.

Je n'entends pas ses pas approcher alors que les gémissements d'agonie de Papa remplissent mes oreilles jusqu'à ce qu'il se tienne devant moi.

Mon souffle s'interrompt alors que mes yeux le regardent.

Je ne l'ai pas vu depuis des années, mais ces années lui ont plutôt bien réussi, si on ignore le fait qu'il ressemble à une version plus jeune et plus sexy de son père diabolique.

« Assez, Victor, » aboie-t-il, et Victor s'immobilise.

« Que pouvons-nous faire pour toi, Fils ? »

« William n'est pas ce que nous cherchons. J'ai trouvé la taupe. »

J'expire un énorme et long souffle en ayant l'impression que mes poumons se vident entièrement.

« Oh mon Dieu, » je soupire, avec la tête qui tourne.

« Oh ? »

« C'est réglé. » Il fait un signe de tête vers son père et Victor vient se placer à côté de son fils et bras-droit.

« OK. Bien. Alors, William est libre de partir ? »

« Oui. On m'a assuré qu'il n'était pas au courant de la situation. Mais nous te surveillerons, » prévient Reid en regardant mon père. « Tu merdes encore et tu ne repartiras pas d'ici si facilement. »

« Et Scarlett ? »

« Je vais m'occuper d'elle » Ses yeux plongent dans les miens et la même peur que lorsque son père me regardait me traverse.

Je serais stupide de croire que juste parce qu'il est plus jeune, il sera plus facile à convaincre de me laisser sortir de ce pétrin.

Nous sommes peut-être allés à l'école ensemble. Il est peut-être l'ami de Kane. Mais il n'a aucune loyauté envers moi et tout le monde à Creek sait exactement ce que Reid Harris fait à ses ennemis.

Il sort une lame de sa ceinture et s'avance vers moi.

« S'il te plaît, non, » je le supplie alors qu'il se rapproche.

Quelque chose ressemblant à de l'amusement brille dans ses yeux et ses lèvres s'entrouvrent un peu avant qu'elles ne frôlent mon oreille.

« Tu devrais être putain de terrifiée, Scarlett, » menace-t-il, sa voix grave envoyant des frissons dans tout mon corps.

Je retiens mon souffle alors qu'il disparaît derrière moi, et une seconde plus tard, je soupire de soulagement, en ramenant mes bras devant moi et en inspectant les dommages sur mes poignets. Heureusement, ils sont en meilleur état que ceux de Papa, mais cela ne me rassure pas dans le contexte.

Ensuite, il coupe les liens de mes chevilles et me remet sur pieds.

Mes genoux me soutiennent à peine et s'il n'y avait pas eu son bras autour de ma taille, alors je serais tombée comme une merde sur le sol.

Cela me fait me demander combien de temps j'ai été attachée ici sans m'en rendre compte.

« Allons-y, » dit-il sèchement, sa poigne dure s'enfonçant dans ma taille.

« Mais mon père, » je crie.

« Ton père et moi avons des choses dont nous devons discuter, *Princesse.* » Victor grogne alors que Reid m'éloigne.

« S-s'il te plaît, ne lui fais pas de mal, » je supplie.

« Et si tu t'inquiétais pour toi à la place ? Mon fils sait exactement comment punir une femme, n'est-ce pas, mon garçon ? »

« Non, » crie Papa, la chaise vacillant tellement avec

sa tentative d'évasion qu'elle bascule, en faisant entrer sa tête en collision avec le sol en béton froid.

« Non, » je crie, en essayant de sortir de l'emprise de Reid pour l'atteindre.

« Allons-y, » exige-t-il en me prenant dans ses bras comme si j'étais une gamine.

Je me débats pour m'enfuir mais sa prise est trop serrée, et mes muscles finissent par céder et je reste immobile pendant qu'il m'éloigne du destin auquel mon père est sur le point de faire face.

Reid ne parle pas jusqu'à ce que nous soyons à l'extérieur et je réalise maintenant que c'est le club-house des Hawks.

Presque toutes les paires d'yeux se tournent vers nous alors qu'il marche dans les espaces communs où tous les membres se retrouvent. Le fait qu'un grand nombre soit encore éveillé me donne un indice sur le fait que je ne suis pas restée évanouie si longtemps.

Cette pensée est confirmée lorsqu'il ouvre la porte d'un coup de pied et que nous sortons en voyant le soleil qui commence juste à apparaître à l'horizon.

Il s'arrête près de son pick-up et me remet sur mes pieds.

Il ouvre sa porte et sort un sweat à capuche noir qu'il me tend.

« Tiens, mets ça. Ça pue. »

« Ah... euh... »

« C'est bon, je ne vais pas te faire de mal. »

« Mais tu as dit— »

« Je sais ce que j'ai dit. Maintenant, tu veux te changer ou pas ? »

« O-oui. » Sans réfléchir, je retire rapidement la chemise dégoûtante et la jette au sol.

« Putain de chanceux, » marmonne Reid alors que je lui prends le sweat à capuche.

« Quoi ? »

« Putain. R-rien. »

En prenant la chemise que j'ai jetée au sol, il ouvre la porte arrière et la jette à l'intérieur.

« Rentre, » dit-il en jetant un coup d'œil à la banquette arrière du pick-up.

« Oh... euh... bien sûr. »

Je me précipite, mitigée quant au fait de savoir si j'ai réellement envie qu'il m'emmène. D'un côté, je veux être le plus loin possible de cet endroit mais de l'autre, mon père est à l'intérieur et je ne sais pas s'il va pouvoir partir aussi facilement que moi.

Dès que je suis à l'intérieur, Reid claque la portière sur moi et monte sur le siège côté conducteur.

« Et mon père ? », je demande en passant la tête entre les sièges.

Mon corps me fait soudainement mal quand je bouge mais je refoule la douleur, mon besoin de savoir si mon père va être en sécurité ou non étant plus fort.

« Ton père peut s'occuper de lui, Letty, il mène cette vie depuis des années, il connaît le topo. »

« Ouais, à propos de ça. »

« Letty, » soupire-t-il en sortant du parking et en se dirigeant vers l'autoroute qui mène au comté de Maddison. « Ce n'est pas à moi de te raconter la vie de ton père. Tu devrais lui parler. »

« Eh bien, tu es utile, » je soupire en me rasseyant et en posant ma tête contre la fenêtre. « Quelle heure est-il ? »

« Six heures du matin. »

Mes yeux sont lourds alors que je regarde la

circulation. Les effets de l'alcool que j'ai consommé avant que ma nuit ne se transforme en cauchemar se sont dissipés depuis longtemps. Ma tête me fait mal mais je pense que ça a plus à voir avec le fait que Victor m'a assommée qu'autre chose.

Plus Reid roule, plus je sens que mon corps commence à s'engourdir. Mon envie de me battre et mon adrénaline s'évanouissent et je me sens épuisée et vidée. Ce n'est pas un sentiment inconnu, mais c'est un sentiment que je serais ravie de ne plus ressentir.

« Tiens, » dit Reid, et quand je regarde, je constate qu'il me tend mon sac à main, mes chaussures et ma robe que j'ai abandonnées à la fête.

« Comment as-tu— »

« Un simple merci suffirait, non ? »

« Merci, » je murmure, en les lui prenant et en les plaçant sur mes genoux, trop épuisée pour faire autre chose.

Je ne sais pas combien de temps je réussis encore à tenir, mais finalement, mes paupières lourdes se ferment et les vibrations de la voiture me plongent dans un sommeil plus que nécessaire.

CHAPITRE ONZE

Kane

Je m'allonge sur mon lit avec la lettre de Letty que je n'ai toujours pas ouverte dans ma main et je regarde par la fenêtre la lueur orange qui commence à illuminer le ciel.

J'ai besoin de dormir mais mon corps est toujours en effervescence depuis nos quelques instants dans les bois derrière la maison Delta.

Je n'aurais pas dû y aller, je le savais. Mais je ne pouvais pas non plus m'en empêcher.

L'idée qu'elle fasse la fête avec l'équipe, avec les Dunn, était trop difficile à ignorer, et je me suis retrouvé dans ma voiture pour la première fois depuis l'accident en train de traverser la ville.

Ce à quoi je ne m'attendais pas, c'est à ce qui s'est passé ensuite.

Je pensais que je serais obligé de la regarder à distance. Eh bien, c'est ce que j'ai fait. Pendant assez longtemps, mais quand elle a bougé pour regarder les autres, je savais que je devais attaquer ou que je le regretterais probablement pour le reste de ma vie.

Je réagis à peine au claquement de la porte d'entrée. Ellis était là quand je suis rentré mais Devin et Ezra étaient toujours à la fête ou à une autre. J'ai été invité partout où ils allaient mais je n'ai même pas écouté. Après vendredi soir, j'en avais assez. En plus, je savais où serait Letty et il n'y avait aucune chance que je sois à une autre fête.

Des pas montent les escaliers, en se rapprochant de ma chambre et je me redresse un peu dans le lit en sachant qu'ils se dirigent soit vers moi soit vers Ellis s'ils font l'effort de monter au dernier étage.

Deux secondes plus tard, ma porte s'ouvre à la volée mais la personne qui se tient dans l'embrasure n'est pas celle à laquelle je m'attendais, pas plus que le corps évanoui dans ses bras.

« Qu'est-ce que c'est que ce bordel ? » Je saute du lit, en retirant les draps pour que Reid puisse l'allonger.

Ses jambes sont couvertes d'égratignures et de boue, elle porte un sweat à capuche pour homme mais ce n'est pas ça le plus inquiétant, c'est le sang séché qui recouvre le côté droit de son visage.

« Qu'est-ce qui s'est passé, Harris ? » J'aboie, en tombant à genoux à côté d'elle et en déplaçant doucement ses cheveux pour voir sa blessure.

Reid ne répond que par un mot et ça me glace le sang.

« Victor. »

« Enfoiré, » je crache.

« Pourquoi ? »

« Pourquoi penses-tu ? Elle ne lui a pas donné les informations qu'il voulait sur les expéditions. »

Je jette un coup d'œil par-dessus mon épaule alors que Reid se laisse tomber sur la chaise de mon petit bureau.

« Ce sont des conneries. Ça n'a rien à voir avec elle. »

« Victor a arrêté William pour ça. »

« Oh merde. Est-ce qu'elle le sait ? »

Il hoche la tête et j'inspire longuement.

« Ouais. Il les avait tous les deux attachés à des chaises. Si je n'étais pas arrivé... eh bien... »

Il n'a pas besoin d'en dire plus, il y a déjà un frisson qui me parcourt l'échine. Je suis plus que conscient de ce dont Victor est capable.

« Comment tu as réussis à la faire sortir ? »

« William n'avait rien fait de mal, il s'est juste fait prendre au piège dans ces conneries. »

« Est-ce qu'il s'attendait à ce que tu lui fasses du mal pour la punir ? »

« Sans doute. Je ne l'ai pas touchée, cela dit. » Il lève les mains en signe de reddition.

« Je sais, mec. Je n'y ai même pas pensé. »

Elle s'agite dans mon lit et je me demande si elle est suffisamment consciente pour savoir où elle se trouve.

« Je devrais y aller, » dit Reid, en se levant de ma chaise.

« Attends, » je lui dis avant qu'il n'ouvre la porte.

« Pourquoi l'as-tu amenée ici ? »

« Parce que je savais que tu ne voudrais pas qu'elle soit ailleurs. »

Un sourire triste se dessine au coin de mes lèvres.

« Merci, mec. »

Il hoche la tête pour accepter mes remerciements et

passe la porte. J'entends ses pas dans les escaliers avant que la porte d'entrée ne se referme derrière lui.

Je la regarde pendant quelques minutes, désespéré de ramper dans le lit à côté d'elle et de la prendre dans mes bras, mais je sais que je dois d'abord la nettoyer, examiner sa tête correctement au cas où elle aurait besoin de points de suture.

Je me précipite rapidement dans la cuisine pour récupérer la trousse de premiers secours que j'ai vue cachée sous l'évier et un bol d'eau tiède.

Dès que je suis de retour dans ma chambre, je me mets à nouveau à genoux et trempe un coton dans l'eau et commence à nettoyer son visage.

Elle gémit quand la chaleur touche sa peau.

« C'est bon, Princesse. Tu es en sécurité. » Je ris presque en m'écoutant. Elle a peut-être traversé Dieu sait quoi ce soir, mais cela a commencé lorsque je l'ai traînée dans les bois et que je l'ai brutalement baisée contre un arbre. Je devrais être la dernière personne avec qui elle se sente en sécurité. Pourtant, elle est là, et je ferai tout ce que je peux maintenant pour arranger les choses.

Une fois que j'ai nettoyé le sang, la coupure qui est à la racine des cheveux qui longe sa tempe n'a pas l'air si terrible. Je mets quelques strips juste au cas où avant de jeter tout ce que j'ai utilisé et de finalement ramper à côté d'elle.

Je m'allonge sur le côté et la regarde pendant qu'elle dort paisiblement. Mon envie de la réveiller pour savoir exactement ce qu'elle a vécu ce soir est forte, mais je sais que je dois la laisser se reposer.

En ayant besoin d'être près d'elle, je presse mon corps contre le sien. Je me dis que c'est pour elle, pour la garder au chaud, mais je sais que c'est des conneries à la seconde où je ressens des étincelles lorsque nous entrons en contact.

Elle doit le sentir aussi parce que tout son corps se tend avant que ses yeux ne s'ouvrent.

Son halètement bruyant remplit la pièce silencieuse avant qu'elle n'essaye de s'asseoir sous la panique.

« Où diable— »

« C'est bon, Princesse. Tu es en sécurité, » je répète mes mots de tout à l'heure. Mais lorsqu'elle se tourne vers moi avec les yeux écarquillés et terrifiés, elle a l'air tout sauf rassurée.

« Je dois partir. » Son bras sort pour retirer les draps qui la recouvrent, mais j'enroule ma main autour de son bras et elle s'immobilise immédiatement.

« Letty, tu as traversé beaucoup de choses ce soir. Allonge-toi et repose-toi une minute, OK ? »

Elle cligne des yeux, expire longuement et hoche la tête.

Lentement, elle se rallonge, en n'ayant clairement pas la force de vouloir vraiment s'éloigner de moi.

Elle regarde le plafond avec ses murailles si haut que je ne sais pas si je vais pouvoir les franchir.

« Regarde-moi, Princesse. »

Elle refuse, sa mâchoire se contracte et ses petites mains se serrent sur le haut des draps.

« Letty, s'il te plaît. »

Mon souffle s'arrête lorsqu'elle fait ce qu'on lui dit— peut-être pour la toute première fois—et que je vois ses yeux pleins de larmes retenues.

« Tout va bien. Tu es en sécurité maintenant. »

« M-mon père ? »

« Il ira bien, » je dis pour l'apaiser, en tendant la main pour prendre sa mâchoire, et en passant mon pouce sur sa joue pour attraper la seule larme qui coule lorsqu'elle entend mes mots.

« M-mais... I-il... »

« Il travaille pour Victor. Je sais, bébé. »

Une ride profonde se forme entre ses sourcils.

« Depuis combien de temps le sais-tu ? »

« Depuis un moment. Mais ce n'était pas à moi de te le dire, pas que tu aurais écouté si j'avais essayé. »

Elle ouvre la bouche pour argumenter mais doit vite se rendre compte que j'ai raison car elle la referme.

« Est-ce qu'il t'a fait mal ? » je demande doucement.

« J-juste à la tête quand il m'a assommée. »

« Alors il ne t'a pas touchée ? »

« Pas que je sache. Q-quand je me suis réveillée, je portais cette chemise dégueulasse. Quelqu'un m'a mis ça, mais je ne sais pas qui. Je n'ai aucune idée de combien de temps je suis restée évanouie, alors... »

Chaque muscle de mon corps se contracte alors que j'imagine toutes les choses qu'il aurait pu lui faire pendant qu'elle était inconsciente.

« Je n'ai pas l'impression que quelqu'un m'ait fait du mal. Ni t-touchée. » Ses yeux s'écarquillent comme si un souvenir venait de la frapper. « À-à part toi. Putain. » Elle lève les mains et se couvre le visage. « Je dois rentrer à la maison. Tout le monde va se demander où je suis partie. Ils vont probablement péter les plombs. »

« Je vais arranger ça, » je la rassure. « Tu as juste besoin de te reposer. »

Elle hoche la tête, en n'ayant clairement pas l'énergie de se battre avec moi.

« Tu as des analgésiques ? Ma tête... » Elle s'interrompt, en n'ayant vraiment pas besoin d'en dire plus.

« Bien sûr. Je vais te chercher ça et un verre d'eau. »

Dès que je lui passe les comprimés, elle les avale avant de se remettre sous mes couvertures. Et putain, cette vision fait remuer quelque chose en moi.

Allongé à côté d'elle, je regarde droit devant moi.

« Dis-moi ce qui s'est passé, » je demande.

« Je pensais que tu ne voulais pas parler ? »

Ses mots me serrent le cœur.

« Je—quelqu'un t'a blessée. »

« Ouais, toi. »

J'ouvre la bouche mais tout ce qui en sort est une longue expiration.

« Pourquoi as-tu fait ça ? » Je continue, malgré sa réticence.

« Tu vas avoir besoin de préciser ta question, » elle marmonne.

« Les caméras. » Je décide de commencer par la partie la plus simple.

Elle expire avant de répondre calmement. « Parce que je pensais ne pas avoir le choix. Il a menacé ma famille alors... je ne savais pas que mon père était déjà impliqué. »

« Je suis désolé. »

« Qu'il en fasse partie ou de ne pas me l'avoir dit ? »

Je hausse les épaules. « Les deux. Pas que j'aie quelque chose à voir avec le fait qu'il en fasse partie. »

« Q-qu'est-ce qu'il fait ? », demande-t-elle avec hésitation.

« Tu devrais vraiment te reposer, » dis-je, en essayant de changer de sujet.

« Dis-moi, » dit-elle sèchement, la dureté de son ton suffisamment forte me faisant la regarder.

Elle est allongée les yeux fermés, donc je n'ai aucune idée de ce qu'elle ressent vraiment.

« Il organise la distribution. Le garage est une couverture. »

« Jésus. Je ne peux pas croire qu'il se soit retrouvé mêlé à ça. »

« D'après ce que j'ai entendu, il n'avait pas vraiment le choix. Sa famille était en danger. »

« C'est vrai, » soupire-t-elle.

« Et... et le reste ? », je demande, bien que je ne sois toujours pas sûr d'être prêt à affronter ça, mais je sens qu'il faut que je profite au maximum de cette petite trêve entre nous.

« As-tu lu ma lettre ? » Je jette un coup d'œil vers le sol où je sais qu'elle est tombée quand Reid est entré en trombe.

« Non, » j'admets.

« Je l'ai écrite pour une raison. »

Mes lèvres s'entrouvrent, mais encore une fois aucun mot ne sort. Tout ce que je ressens, c'est de la culpabilité et de la douleur. Les regrets me submergent en pensant à toutes les choses que j'aurais pu faire différemment, à toutes les erreurs que j'ai commises. Qui ont presque toutes impliqué Letty.

« OK, » je murmure.

Elle ne répond pas et quand sa respiration se calme et que son corps se détend enfin, je pousse un soupir de soulagement en voyant qu'elle trouve le repos dont son corps a besoin.

Moi, d'un autre côté, je reste assis là à regarder le mur en essayant de trouver le courage de lire ce qu'elle avait besoin de me dire.

Je n'ai aucune idée du temps qui passe, mais quand je

sors enfin du lit et ramasse l'enveloppe, le soleil s'est levé depuis longtemps et pénètre dans la chambre par l'interstice des rideaux.

Avant de faire quoi que ce soit d'autre, j'attrape son sac à main et prend son portable.

Il n'a plus de batterie, alors je le mets à charger et j'attends qu'il s'allume.

Il ne faut que deux tentatives pour trouver son mot de passe. Apparemment, je la connais trop bien.

Elle a des messages écrits et des messages vocaux de Luca et Leon, et de tous ses colocs.

J'hésite, en essayant de trouver la meilleure façon de gérer cette situation. Je peux difficilement envoyer un message aux Dunn en me faisant passer pour elle, ils s'en apercevraient. De la même façon, je peux difficilement leur dire qu'elle est avec moi, cela ne les rassurerait pas.

Finalement, j'ouvre un message et appuie sur Appeler.

« Où es-tu bordel ? », répond une voix endormie et rauque à l'autre bout de la ligne.

« C'est Kane, » je murmure, en ne voulant pas réveiller Letty. « Elle est avec moi. Elle va... bien. »

« Tu t'attends vraiment à ce que je croie ça ? » Il y a un bruissement en fond sonore avant que je n'entende le grondement profond de la voix d'un gars.

« Ouais, en fait. Elle dort dans mon lit, alors peux-tu s'il te plaît annuler l'équipe de recherche ? »

« Pourquoi devrais-je faire ça ? » dit-elle sèchement, en semblant très réveillée tout d'un coup.

« Parce que tu es une bonne amie, Ella. »

Elle expire sa frustration.

« Tu me promets que tu ne lui as pas fait de mal. »

« Promis. Quand elle sera réveillée, je lui demanderai

de t'appeler. Mais j'ai besoin que tu préviennes les autres mais— »

« Laisse-moi deviner, je ne dois pas dire aux Dunn qu'elle est avec toi ? »

« Je veux dire, fais-le si tu te sens prête à gérer la tempête. Mais je pense que ce serait mieux de le garder pour toi. »

« Très bien, » soupire-t-elle, en semblant épuisée et exaspérée. « Très bien. Je ferai ton sale boulot pour cette fois. Mais seulement pour cette fois. »

« Merci. Écoute, je sais que les choses sont... »

« Pourries. »

« J'allais dire compliquées, mais ça marche. Mais je ne toucherai pas à un seul de ses cheveux, j'ai besoin que tu le croies. »

« Que s'est-il passé, Kane ? Tu me fais peur. »

« Ce n'est pas à moi de te raconter son histoire, mais elle va bien et je vais lui demander de t'appeler. »

« Très bien. OK. J'imagine que je dois te faire confiance. »

« Je sais que c'est comme un défi pour toi, » je dis sur un ton impassible. « Mais je te remercie. »

« Je peux me rendormir maintenant ? »

« Une fois que tu auras prévenu les autres, oui. »

« Au. Revoir. »

Elle raccroche avant même que j'aie eu le temps d'ouvrir la bouche.

Très bien, alors.

Je savais qu'elle serait énervée, mais merde.

Je place son portable sur le côté et je mets la lettre sur mes genoux et regarde son écriture.

En prenant une grande inspiration, je la retourne et glisse mon doigt sous le rabat pour l'ouvrir.

Mon cœur bat la chamade alors que je sors le papier qui est à l'intérieur. Je n'ai aucune idée de ce qu'elle a écrit, mais la dernière chose à laquelle je m'attends, c'est qu'un petit carré de papier tombe de la lettre qui était pliée.

Je le ramasse et je halète.

« Putain de merde. » Ma main tremble alors que je regarde l'image floue en noir et blanc.

Je regarde le bébé facilement identifiable et ma poitrine se serre.

Est-ce mon bébé ?

En ayant besoin d'en savoir plus, je la pose délicatement sur ma cuisse et ouvre la lettre.

Kane,

J'étais effrayée.

J'avais tellement peur. Il n'y a pas de mots que je puisse écrire ici qui pourraient vraiment exprimer ce que j'ai ressenti le jour où j'ai regardé ce test positif.

J'avais réalisé tous mes rêves. Je vivais ma meilleure vie. Et puis tu es revenu une fois de plus et tu as bouleversé tout ce pour quoi j'avais travaillé.

Je ne t'ai jamais autant détesté qu'à ce moment-là. Et laisse-moi te dire que je te détestais avant même que cela n'arrive, donc c'est dire !

J'aurais dû t'en parler. Je le savais à l'époque, et je le sais maintenant. Tout ce que je peux faire, c'est m'excuser et te dire que j'avais trop peur.

J'avais peur que tu penses que je mentais, pour essayer de te piéger, de te punir. J'ai un million de raisons pour expliquer pourquoi te le dire aurait été un désastre.

Cette nuit n'aurait jamais dû arriver. Tu n'étais pas censé être là. Mais tu étais là, et regarde ce qui s'est passé.

Ce n'était pas mon choix. Je te détestais peut-être de

toutes mes forces à ce moment-là, mais je n'aurais jamais pu me débarrasser de notre bébé.

J'étais tout à fait préparée à ce que tu ne veuilles rien avoir à faire avec nous. Honnêtement, je m'attendais à ce que ce soit le cas, et je me suis préparée mentalement à être une mère célibataire.

Même si je n'en ai jamais parlé à personne.

Je suppose que j'avais honte de ne pas avoir été plus prudente.

J'étais embarrassée. J'étais sous pilule, mais apparemment ce n'était pas suffisant et j'avais l'impression d'avoir échoué. De te trahir. Et, ouais, tu l'auras compris, j'avais peur.

Je savais comment Maman allait réagir et je détestais l'idée de la décevoir.

Alors, j'ai juste... continué à espérer que le moment viendrait où je trouverais la force de faire ce qu'il y avait à faire.

Tout était super.

Je n'étais pas malade. Avoir ma première échographie et entendre les battements de ce cœur ont été deux des meilleures choses de ma vie, même si j'étais rongée par la culpabilité. Parce que tu aurais dû vivre ça aussi.

Je me préparais à annoncer la vérité. Mon ventre grossissait et je n'allais pas pouvoir le cacher plus longtemps.

Je me suis dit qu'après la prochaine échographie, quand j'aurai découvert le sexe du bébé, je pourrai le dire à tout le monde et que ce serait plus facile à leur faire accepter.

Eh bien, mon plan a échoué.

Je suis entrée dans cette pièce tellement excitée de le voir, d'écouter les battements de son cœur, de savoir *combien il avait grandi, d'en ressortir avec une photo que je pourrais garder pour toujours.*

Mais ce n'est pas ce qui s'est passé.

J'ai su que quelque chose n'allait pas à la seconde où l'échographe a regardé l'écran. Son expression me disait tout.

À ce jour, je n'ai toujours pas de réponses.

Seulement des regrets.

Mais il n'y avait plus de battements de cœur.

Ce petit bébé que je pensais grandir joyeusement dans mon ventre... n'était plus.

« Putain. » Je couvre ma bouche avec ma main alors que mes yeux se remplissent de larmes.

Elle a perdu notre bébé.

Je reprends l'image et remarque la date.

C'est une image de cette échographie.

Elle a perdu notre bébé, et... et elle était seule.

Je passe ma main sur mon visage, me frotte les yeux, et quand je lève les yeux, ils se connectent avec les siens.

« Putain, » je soupire. Je ne savais pas qu'elle était réveillée, encore moins qu'elle me regardait.

Elle se redresse alors que la tension devient forte entre nous.

Elle mordille sa lèvre inférieure et regarde le sol.

« Je suis désolée, » murmure-t-elle. C'est si bas que je pense presque l'avoir imaginé, mais quand elle trouve la force de lever les yeux une fois de plus, je sais qu'elle l'a vraiment dit, et je peux lire la douleur dans ses yeux.

« Putain, Princesse. »

Je me lève avant même d'avoir réalisé que je bougeais. Je la mets sur mes genoux, je m'appuie contre la tête de lit et la serre fort alors qu'elle tremble contre moi.

Elle ne fait pas de bruit, mais je sais qu'elle pleure,

l'humidité de ses larmes trempe mon torse alors qu'elle sanglote.

Ma respiration est tremblante alors que j'essaie de comprendre ce que je viens de lire, mais rien de ce que je ressens en ce moment ne se rapproche de l'agonie que cette femme a traversée l'année dernière.

Je savais qu'elle était forte. Dieu sait que je lui ai fait subir assez de choses pour le constater au fil des ans. Mais en ce moment, je suis en admiration devant elle.

« C'est bon, Let, » je dis en l'apaisant, en frottant ma main sur son bras alors que les sanglots continuent de secouer son corps.

CHAPITRE DOUZE

Letty

La chaleur de Kane s'infiltre en moi et pour la première fois, j'ai l'impression que je pourrais être assez forte pour faire un voyage dans le passé et repenser à mes jours les plus sombres.

La dernière chose à laquelle je m'attendais en me réveillant était de le trouver en train de lire ma lettre.

Je savais qu'il ne l'avait pas lue. S'il l'avait lue, il aurait dit quelque chose.

Il ne connaissait peut-être pas la réalité de ce qui s'est passé, mais je ne pense pas que Kane soit assez insensible pour ne pas être affecté par la vérité.

« Je suis désolé pour ce que j'ai dit, » admet-il doucement, ses lèvres pressées dans mes cheveux. « Je suis désolé d'avoir suggéré que tu aurais pu... »

« C'est bon. »

Il se raidit, sa prise sur moi me faisant presque mal.

« Non. Je t'ai accusé de… Je ne peux même pas le dire. Putain. Letty, je suis vraiment désolé. »

Je hausse les épaules. Je n'ai pas besoin d'entendre ses excuses. C'est trop tard.

Le silence se fait entre nous alors que mes yeux trouvent la lettre et l'image de l'échographie sur le sol où elle est tombée lorsqu'il a bondi sur moi.

Après de longues minutes pénibles, il parle enfin, en me faisant sursauter.

« J'ai parlé à Ella. Elle va faire savoir à tout le monde que tu vas bien. »

« Tu as parlé à Ella ? », je demande comme s'il venait de me parler dans une autre langue.

« Ouais, j'ai pensé qu'elle était une valeur sûre. »

Je hoche la tête, en comprenant ce qu'il veut dire.

« Comment vas-tu ? »

Vide. Brisée. Des douleurs partout. Je refoule tout ça.

« J'ai faim. Quelle heure est-il ? »

« Presque midi. »

Sa voix est rauque et je me tords sur ses genoux pour pouvoir le regarder.

« Tu as dormi ? »

« Je vais bien, » m'assure-t-il, mais je peux dire d'un seul coup d'œil qu'il ne va pas bien.

« Je vais rentrer à la maison et te laisser te reposer. »

« Non, » dit-il précipitamment, ses bras se resserrant autour de moi. « Reste. Laisse-moi aller te chercher à manger, pendant ce temps tu peux prendre une douche ou autre chose. J'ai … » Il détourne son regard, j'imagine pour m'empêcher d'en lire trop dans ses yeux. « J'ai besoin de toi ici là tout de suite. ».

Ses aveux me coupent le souffle.

Je tends la main pour attraper sa mâchoire rugueuse, en essayant de ramener sa tête vers moi mais il refuse.

« Kane, je— »

« Je ne sais pas comment gérer tout ça, Princesse. J'essaie, je... »

« Ça fait beaucoup d'un coup. »

Un rire dénué d'humour sort de sa bouche avant qu'il ne se taise à nouveau.

Mon cœur se brise en le voyant essayer de gérer tout ce qu'il vient d'apprendre. Mon chagrin menace peut-être de m'entraîner à nouveau vers le fond, mais j'ai eu beaucoup de temps pour y faire face. Une année dans ces ténèbres qui m'ont engloutie depuis ce rendez-vous.

« Je suis un cuisinier de merde, mais tu as des envies particulières ? »

Je veux le forcer à parler, mais je décide de ne pas le faire. C'est nouveau pour nous et on peut dire sans se tromper que c'est un peu comme un champ de mines. Je suis plus que consciente qu'à tout moment je pourrais dire un truc qui le ferait basculer à nouveau et qu'il pourrait oublier d'être gentil tandis que sa colère reviendrait en force.

« Nope, tout me va. »

Je me retourne prête à descendre de ses genoux mais à ma grande surprise, il me tient plus fermement.

« Sers-toi de ce que tu veux. Je vais laisser des vêtements pour toi sur le lit pour quand tu auras fini. »

« M-merci, » je bégaie, en me sentant bizarre de lui dire ces mots alors que nous nous balançons habituellement des insultes.

« De rien. »

Finalement, il me laisse me lever et je traverse sa

petite chambre en ne portant que le maillot de bain de la nuit dernière et le sweat à capuche de Reid.

Je pousse la porte quand il me parle à nouveau.

« Scarlett ? »

Je m'arrête, en attendant de voir s'il va continuer.

Le silence est pesant alors que j'attends et après seulement quelques secondes, je regarde par-dessus mon épaule.

Il est assis sur le bord de son lit, toujours seulement vêtu de son boxer avec son beau corps et ses tatouages exposés mais sa tête baissée et la confusion dans ses yeux m'empêchent de me rassasier de ce spectacle comme je l'aurais fait habituellement.

« Je suis... je suis désolé. » La rugosité de sa voix, l'honnêteté qu'elle contient font se hérisser mes poils.

« De quoi exactement ? » Je ne peux m'empêcher de demander, en sachant combien d'excuses il doit faire.

« Je... hum... » Il détourne le regard un instant avant que ses yeux ne reviennent vers moi. « De t'avoir laissé penser que je n'aurais pas été là. »

Mon menton tombe, tandis que je suis prête à répondre mais je ravale rapidement mes mots.

Au lieu de cela, je lui fais un signe de tête et me glisse dans la pièce.

Il peut dire ce qu'il veut maintenant, mais quelque chose me dit que si je lui avais dit quelque chose à l'époque, rien n'aurait changé.

Il aurait pensé que je ne disais pas la vérité.

Mon estomac se noue en sachant ça.

La façon dont il se comporte en ce moment, c'est à cause du choc. Du choc et de la pitié pour ce que j'ai enduré.

Avec un soupir, je m'approche de sa douche et

l'allume avant de retirer mes vêtements.

L'eau est si chaude qu'elle me brûle la peau et me fait grimacer la première fois que je me tiens en-dessous du jet, mais je ne fais pas un geste pour mettre plus d'eau froide.

J'en ai besoin, j'ai besoin de n'importe quoi pour oublier la douleur dans ma poitrine à cause de cette perte.

Étais-je prête à être maman ? Absolument pas. Je vivais une vie de rêve. Je ne voulais rien changer, mais je ne pouvais pas y faire grand-chose parce que je ne voulais pas me débarrasser de mon bébé. Même si c'était la progéniture du diable.

Je savais que j'aurais trouvé un moyen, et qu'avec un peu de chance, après avoir eu le courage de me confesser à mes parents, ils m'auraient soutenue et m'auraient aidée à faire ce qu'il fallait.

Je n'ai jamais eu l'occasion d'aller si loin.

Je regarde en bas les options limitées de gel douche de Kane et l'unique bouteille de shampoing.

« OK, d'accord. »

Sans avoir le choix, je tends la main et attrape la bouteille.

Dès que j'ouvre le couvercle, son odeur m'envahit et je le regrette immédiatement. Il est sur le point de couvrir chaque centimètre de ma peau et il ne me touche même pas.

J'utilise au mieux ce que j'ai à ma disposition et j'éteins la douche une fois que j'ai terminé. Avec tout ce qui s'est passé depuis que je me suis réveillée ici, j'avais oublié ma blessure à la tête jusqu'à ce que j'enfonce mes doigts dans mes cheveux pour les laver. J'arrive à peine à retenir mon cri de douleur quand mes yeux se remplissent d'eau.

Victor putain de Harris.

Les larmes reviennent quand je repense à mon père. J'ai besoin de savoir qu'il va bien. J'ai besoin de lui parler. J'ai besoin de connaître la vérité.

En prenant la seule serviette sur le portant, j'essaie de l'enrouler autour de moi mais elle est trop petite pour couvrir quoi que ce soit.

Après m'être brossé les dents avec le dentifrice de Kane, j'inspire profondément et ouvre la porte. Je ne l'ai pas entendu de l'autre côté, donc je ne peux qu'espérer qu'il est toujours en bas et que je pourrai m'habiller avant qu'il ne réapparaisse.

Heureusement, sa chambre est vide, et comme promis, il y a un maillot et ce qui ressemble à un boxer neuf plié sur le dessus, mais je ne vais pas jusqu'au lit parce que la photo sur la table de chevet attire mon attention.

Jusqu'à ce que je la sorte de ma petite boîte à souvenirs pour la mettre à l'intérieur de la lettre de Kane, je ne l'avais pas regardée depuis des mois. C'était plus facile de ne pas la regarder, même si je n'ai jamais oublié. Pas une fois.

Je tends la main pour la prendre et regarde notre bébé alors que la douleur de sa perte me submerge à nouveau. Tout ce qui s'est passé après avoir entendu cette nouvelle dévastatrice restera gravé en moi pour toujours. Je sais déjà que je ne ressentirai plus jamais une telle douleur. C'était paralysant.

Je suis tellement perdue dans mes souvenirs que je ne l'entends pas remonter les escaliers, et ce n'est que lorsqu'il a refermé la porte derrière lui et que son regard fixe mon corps à peine vêtu que je me rends compte qu'il est là.

« Désolé je— »

« C'est bon. » Je repose la photo et je me tourne vers lui. « Ouah, je croyais que tu avais dit que tu ne savais pas cuisiner, » dis-je, en prenant le plateau plein de nourriture dans ses mains.

En arrachant ses yeux de mes jambes, il s'éclaircit la gorge et retrouve mes yeux.

« Ce ne sont que des pancakes. »

« Ils ont l'air trop bons, merci. »

« De rien. »

Une sensation de malaise remplit la pièce alors que nous essayons tous les deux de naviguer dans cette espèce de trêve entre nous.

Je ne suis pas assez naïve pour penser que ça va durer. Il fait juste ce qu'il pense être juste compte tenu de la situation, et je ne peux pas dire que ce n'est pas une bonne chose. L'idée d'être seule dans mon dortoir après tout ce qui s'est passé la nuit dernière me remplit d'effroi, surtout parce que je sais que tout le monde me bombardera de questions. Je dois trouver une excuse convenable pour expliquer ce qui s'est passé parce que je ne peux pas dire que j'ai été kidnappée et retenue prisonnière par un chef de gang, ni que j'étais dans le lit de Kane, ça n'arrangerait rien.

En expirant longuement alors que j'essaie de reprendre mes esprits, je regarde à nouveau les vêtements qu'il a laissés sur le lit.

« J-je peux partir et te laisser— »

« Qui es-tu et où est passé Kane ? », je demande.

« Princesse, » soupire-t-il. « J'essaie juste de faire les choses correctement. »

« C'est bizarre, » j'admets.

« Tu préfères quand je te gueule dessus ? »

« Peut-être, » j'admets. Au moins, ce serait normal. C'est juste... étrange.

« Je vais juste— »

« C'est bon. Ce n'est pas comme si tu n'avais rien vu avant. »

« Je sais, mais— »

« Kane, » je dis sèchement. « Arrête d'essayer de te soucier de moi, ça ne te va pas. »

Ses lèvres s'entrouvrent sous le choc en me voyant exploser.

On dirait qu'il veut dire quelque chose mais je ne lui en laisse pas l'occasion. Au lieu de cela, j'attrape les vêtements et lui tourne le dos, en enfilant le boxer sous la serviette, je mets le maillot avant de retirer la serviette et de l'utiliser pour sécher mes cheveux.

« Je suppose que tu n'as pas de brosse à cheveux, n'est-ce pas ? », je demande, en sachant exactement dans quel état ma longue crinière se trouve.

« Tiroir du dessus. » Il fait signe vers sa commode et je l'ouvre.

À l'intérieur, je trouve un peigne, une brosse, du gel et quelques autres produits capillaires pour homme ainsi qu'une énorme boîte de préservatifs. C'est bien de savoir qu'il a l'intention de profiter de toutes les joies de la vie universitaire, même si je remarque quelque chose.

« On dirait que tu n'as pas été très occupé, » je marmonne.

« Quoi—oh, non. »

« Alors tu essaies de me dire que le tristement célèbre Kane Legend ne s'est pas tapée toutes les coureuses d'athlètes qui le reluquent ? »

Il me regarde d'où il est assis, appuyé contre la tête de lit avec une assiette sur ses genoux.

Il m'étudie une seconde pendant qu'il formule sa réponse.

« Comme Clara, tu veux dire ? »

« C'était comme ça qu'elle s'appelle ? » Je feins l'ignorance. La vérité est que je me souviens encore très bien de ce que je ressentais lorsqu'il l'a appelé Princesse.

Il rit, en secouant la tête alors qu'il porte un morceau de bacon à sa bouche et le mordille.

« Tu ne peux pas me mentir, Princesse. Je peux pratiquement sentir ta jalousie. »

« C'est vrai ? » Je hausse les sourcils, irritée qu'il puisse voir ce que j'essaye désespérément de cacher.

« Viens manger, Princesse. » Il n'y a aucune suggestion dans son ton et la domination qu'il exerce sur moi envoie un frisson dans tout mon corps.

Mon corps bouge en se soumettant à sa demande et avant que je ne m'en rende compte, je grimpe sur le lit à côté de lui et il pose une assiette sur mes genoux.

« Comment va ta tête ? J'ai apporté d'autres comprimés, » dit-il en faisant un signe de tête vers la bouteille sur le plateau.

« C'est douloureux. »

« Raconte-moi ce qui s'est passé. »

« Kane, » je soupire, en me disant que lui raconter les événements de la nuit précédente ne ferait que le mettre en colère et changer l'ambiance qu'il y a entre nous.

« Raconte-moi. Ensuite, je déciderai qui je dois tuer en premier. »

« Tu vois, c'est pour ça je ne te raconte pas. » Un grognement lui déchire la gorge devant mon refus.

« Raconte-moi ou j'irai chercher les infos ailleurs, mais tu n'aimeras pas les conséquences si tu me mens. »

« Je ne mens pas, je— »

« Tu ne me dis pas la vérité. Pourquoi essaies-tu de me protéger ? Tu me détestes. »

Un rire amer sort de sa bouche.

Ouais, c'est pour ça que je suis assise ici dans ton lit en train de prendre mon petit déjeuner, parce que je te déteste tellement.

« Je n'ai aucune idée de qui m'a kidnappée, » dis-je doucement. « Après que tu... est parti, je me suis dit que je ne pouvais pas retourner à la fête, alors je suis partie en traversant la forêt. »

La prise sur la fourchette de Kane se resserre car je suis sûre qu'il se souvient que j'étais à moitié à poil.

« Tu as décidé d'essayer de rentrer chez toi à pied... seule ? », il bouillonne.

« Eh bien, je n'allais pas retourner à la fête et annoncer à tout le monde que tu venais de me baiser contre un arbre, n'est-ce pas ? »

« Tu aurais dû. »

« Ouais, eh bien, avec le recul, c'est vrai. Affronter Luca et Leon après ça aurait été beaucoup plus facile que d'affronter Victor, mais il est un peu tard maintenant, tu ne penses pas ? », je crache, en devenant énervée qu'il joue le protecteur alors que, à la base, c'est lui qui m'a laissée seule dans les bois. Il s'attendait à ce que je fasse quoi exactement ?

« Qu'est-ce qu'il a fait ? »

« À part me frapper à la tête et m'attacher à une chaise, rien, en fait. Papa était mal en point, en revanche. Je dois l'aider, le sortir de là. »

« Princesse, je t'admire de vouloir essayer. Mais ton père fait partie d'un gang. Un gang très dangereux. Tu ne peux pas aller le trouver dans sa caravane, lui dire que tu n'es pas d'accord avec ça et t'attendre à ce qu'il s'en aille. Il fait ça depuis des années, c'est sa vie. »

« Sa famille devrait être sa vie, » je marmonne.

« Parfois, nous devons faire de mauvaises choses pour protéger ceux que nous aimons. »

« Du calme, tu vas finir par me montrer que tu as un cœur. »

Son corps se tend à côté de moi, et je me demande si je viens de toucher une corde sensible.

« Tu n'en as aucune putain d'idée. Les trucs que j'ai dû faire pour récupérer Kyle, je— » Il secoue la tête. « Cela n'a pas d'importance. »

« Tu peux me le dire, » dis-je, en coupant finalement l'un des pancakes posés sur mon assiette et en mettant un morceau dans ma bouche.

« Nan, c'est probablement mieux que je ne le fasse pas. »

« Oh mon Dieu, c'est vraiment super bon, » je gémis.

Il me jette un coup d'œil, ses yeux bleus prenant une nuance plus foncés que la dernière fois que je les ai regardés avant qu'ils ne se posent sur mes lèvres alors que je lèche ma lèvre inférieure pour récupérer le sirop qui avait coulé.

« Hmm... ouais. » La connexion qui est toujours entre nous crépite si fort que je peux presque l'entendre. « P-parle-moi de ça, d-de notre... » Il s'interrompt.

« De notre bébé ? », je termine pour lui.

« Ouais. Putain. » Il jette son assiette maintenant vide au bout du lit et passe sa main sur son visage. « Je n'arrive pas à intégrer le fait que tu étais enceinte de mon enfant. Cela semble tellement surréaliste. »

« Tu peux me croire, tout était bien réel. »

« Oh non, je ne voulais pas dire— »

« C'est bon. »

« Non, ce n'est pas bon. » Il se tourne et toute son attention se concentre sur moi. Ma peau se réchauffe alors qu'il regarde chaque centimètre carré de mon corps.

« D-d'accord. Je l'ai découvert environ quatre semaines après la fête. Je savais que je n'avais pas eu mes règles mais je pensais—j'espérais que c'était lié au stress ou à quelque chose comme ça. Je n'ai jamais eu un cycle régulier donc ça ne semblait pas inhabituel. Mais avec le temps, je savais que je repoussais l'inévitable.

Jusqu'à ce moment-là, regarder mon destin en face était la chose la plus effrayante que j'aie jamais vécue. Si seulement je savais ce que l'avenir allait me réserver, je n'aurais peut-être pas été aussi terrifiée. »

« Je déteste le fait que tu ne me l'aies pas dit. » L'abattement dans sa voix menace de me déchirer mais je sais qu'il comprend.

« Moi aussi. Au fil du temps, je me suis sentie si seule. Je ne peux pas te dire combien de fois j'étais assise là avec mon portable à la main en regardant ton nom. Je savais juste que tu ne l'accepterais pas. »

« Je déteste penser que tu as probablement raison. ».

« C'est comme ça, Kane. Ça ne sert à rien de t'en vouloir maintenant. Cela n'aurait pas changé l'issue. »

« Mais j'aurais pu être là. »

Je hausse les épaules. Nous savons tous les deux qu'il y a de fortes chances que non. Il ne l'aurait pas accepté.

« Alors, que s'est-il passé ? Pourquoi est-ce que— »

« Je ne sais pas. Ils n'ont jamais trouvé de raison. Notre fils... »

« Fils ? »

« Ouais. Ils me l'ont dit après que j'ai accouché. »

« Tu as dû... merde, Scarlett. »

CHAPITRE TREIZE

Kane

L'écouter parler de l'accouchement de notre bébé mort-né est la chose la plus déchirante que j'aie jamais vécue. J'ai vu et fait beaucoup de choses qui m'ont affectées au fil des années. Mais tout cela n'est rien en comparaison de l'écouter raconter si honnêtement ce qu'elle a vécu.

C'est horrible et savoir qu'elle a traversé cela toute seule rend les choses encore plus dramatiques.

Putain.

Mes poings se serrent de frustration. Je veux l'aider, lui enlever sa douleur, remonter le temps et être à ses côtés, en train de lui tenir la main et d'essuyer ses larmes.

Mais je ne peux pas. Le mal est fait, même si je sais que la douleur va rester en elle pour toujours.

« J'aurais aimé que tu le dises à quelqu'un, » je murmure après quelques instants de silence après qu'elle a courageusement raconté les événements qui ont suivi son échographie.

« Cela n'a plus d'importance maintenant. Maman le sait, j'ai finalement craqué et j'ai quitté New York. J'étais mal en point. Je l'étais depuis des mois et je n'en pouvais plus.

Je pensais qu'elle allait me détester d'avoir abandonné et ruiné la meilleure opportunité de ma vie, mais ça n'a pas été le cas. Elle m'a écouté pendant que je lui racontais toute l'histoire, me tenait dans ses bras et me disait que tout irait bien, et plus important encore, elle m'a aidée.

Sans elle, je ne suis pas sûre que je serais là en ce moment. »

« Tu veux dire à la fac, n'est-ce pas ? », je demande, en ne voulant même pas penser à l'autre alternative.

« Je ne sais pas, » murmure-t-elle. « Les choses allaient mal, Kane. Vraiment putain de mal. »

Je laisse tomber ma tête dans mes mains, incapable de réussir à digérer tout cela pour le moment.

C'est trop. Tout ce qui concerne Letty est trop, mais ça...

Je ne m'y attendais pas.

Je voulais être en colère contre elle parce qu'elle avait avorté. Je m'accrochais à cette colère et je ne m'autorisais à envisager aucune autre possibilité —que la raison pour laquelle notre bébé n'existait plus n'était pas à cause de son choix de ne pas le laisser vivre.

« Je devrais rentrer. Pour que tout le monde constate de ses yeux que je vais bien. »

« Tu n'es pas obligée d'y aller, » dis-je. Les mots semblent étranges quand ils sortent de ma bouche après toutes les fois où je l'ai repoussée.

« Si, Kane. Ça, » dit-elle, faisant un geste de la main

entre nous deux. « Ce n'est pas notre genre. Je dois m'éloigner, te laisser digérer tout ça et te rappeler que tu me détestes. »

Un sourire triste se dessine sur mes lèvres. Incapable de m'arrêter, je tends la main et prends une mèche de ses cheveux presque secs et bouclés entre mes doigts.

« Je ne— »

« Non, » dit-elle sèchement, en sautant du lit comme si je venais de la brûler. « Est-ce que je peux t'emprunter — » Elle baisse les yeux sur ses jambes. « Un truc. Je le laverai plus tard et je te le rendrai demain matin. »

« Bien sûr, mais garde-le aussi longtemps que tu voudras. » Je trouve le plus petit pantalon de jogging que je possède et lui passe, en la regardant avec regret alors qu'elle l'enfile pour couvrir ses jambes.

« Merci. Je vais appeler un Uber et te laisser tranquille. »

« Letty, tais-toi. Je te raccompagne. »

« Tu n'as vraim— » Elle s'interrompt quand elle finit par me regarder et voit la détermination sur mon visage. « Merci. »

« Ça te donnera une chance de me raconter ce qui est arrivé à ma voiture, hein ? »

Elle déglutit presque nerveusement comme si tout le drame qui s'était passé ces dernières heures lui avait fait oublier le petit tour de magie qu'elle avait réalisé avec ma voiture.

J'enfile rapidement quelques vêtements pendant qu'elle rassemble ses affaires et ensemble nous quittons la chambre.

Les gars discutent dans le salon quand nous arrivons au rez-de-chaussée et à la seconde où elle se tourne vers l'endroit d'où vient le bruit, j'enfonce ma main dans le creux de son dos pour l'encourager à continuer d'avancer mais je me rends vite compte que c'est trop tard.

« Legend, tu es avec un petit cul sexy là-haut ou un truc du genre ? » Les pas approchent vite et je n'ai pas le temps de faire sortir Letty de la maison.

À la seconde où Devin apparaît dans l'embrasure de la porte, son visage se tord de colère.

« Qu'est-ce que c'est que ce bordel ? », il aboie. « Tu es de retour pour tenter un nouveau coup monté ? »

« Non ce n'est pas— »

« Laisse tomber, Dev, OK ? »

« Que je laisse tomber ? » il demande, les yeux écarquillés. « Elle a essayé de nous balancer à Vic. Putain, je ne vais pas laisser tomber. »

« Eh bien, tu dois laisser tomber, » je grogne.

« Ou putain de quoi ? » Il referme l'espace entre nous, clairement encore plus énervé que je ne le pensais de trouver Letty dans sa maison.

« Les gars, s'il vous plaît, non. Je pars, OK ? Je n'ai rien fait. Je suis désolée pour ce qui s'est passé. Votre père ne m'a pas laissé le choix. »

Quelque chose scintille dans les yeux de Devin, de la compréhension, je crois. Il sait très bien à quel point il peut être difficile de faire autre chose que de suivre les ordres de son père parfois.

« J'ai échoué, OK ? Il n'a pas obtenu ce qu'il voulait de ces caméras et j'ai été punie, mon père aussi. Alors est-ce qu'on pourrait laisser tomber ? »

Devin finit par arracher ses yeux en colère des miens et regarde Letty.

Il est peut-être mon meilleur ami, mais la façon dont il la regarde me donne envie de la tirer derrière moi pour la protéger. Il est facile d'oublier que Letty n'est pas comme la plupart des filles. Elle a grandi parmi des hommes dont la plupart font partie des plus effrayants de l'État.

Les fils Harris ne sont peut-être pas comme leur père, mais son sang coule dans leurs veines et ça peut ressurgir à tout instant sur leur comportement.

« Fais-la dégager d'ici, » il aboie, son regard ne déviant pas d'elle.

« Frérot, » je dis en le frappant sur le torse. « Elle a dit ce qu'elle avait à dire. Laisse tomber. »

« Tu te fous de ma gueule, Legend ? Elle t'a drogué ou quoi, putain ? »

« J'aurais carrément préféré, » je marmonne, en guidant Letty vers la porte d'entrée. Tout serait plus facile à gérer que le coup de massue qu'elle m'a donné.

Elle est silencieuse alors que je la conduis vers ma voiture qui est garée devant la maison dans une drôle de position, exactement comme je l'ai laissée quand je me suis arrêté après avoir passé ce court laps de temps avec elle la nuit dernière. J'aurais dû me sentir mieux de l'avoir à nouveau, de lui avoir donné une leçon parce qu'elle pensait qu'elle pourrait m'acheter en réparant ma voiture. Mais en vrai, j'étais surtout reconnaissant d'avoir retrouvé mon bébé.

« Elle a l'air comme neuve, hein ? », je demande, en ayant besoin de savoir qu'elle va bien après cette altercation avec Devin.

« Elle est magnifique. »

Je sors de l'allée et me dirige vers le campus pendant qu'elle tripote le lien de mon pantalon de jogging serré autour de sa taille pour le maintenir.

« Pourquoi as-tu fait ça ? »

Du coin de l'œil, je remarque qu'elle hausse les épaules.

« Après tout ce que je t'ai fait, tu as réparé ma voiture sans hésiter et sans raison. »

« Je sais combien elle compte pour toi. Et c'est de ma faute si tu l'as bousillée. »

« C'est moi qui conduisais, Princesse. C'était de ma faute. »

Elle secoue la tête.

« J'aurais dû te parler des caméras. Peut-être que nous aurions pu trouver une solution pour apaiser Victor. De cette façon, je n'aurais pas tous les Harris à mes trousses maintenant. »

« Ils ne t'en veulent pas. Reid t'a amenée à la maison. Il sait que tu n'avais pas le choix. »

« Alors je t'ai laissé partir en pensant des horreurs sur moi, » poursuit-elle, en ne s'arrêtant pas pour considérer ce que je viens de dire à propos de Reid.

Mais la vérité est que si Reid n'a pas de problème avec elle, ce que j'imagine vu que c'est lui qui l'a éloignée de Victor et de tout danger en la ramenant chez moi, alors ça ira avec les autres aussi.

Les jeunes frères Harris sont peut-être d'accord pour défier leur connard de père, mais concernant Reid, c'est une toute autre histoire.

« Ce n'était pas de ta faute, Letty. J'ai tiré des conclusions hâtives, j'ai laissé le passé obscurcir mon jugement. »

« Un passé que tu vois complètement différemment de tout le monde. »

Ma prise sur le volant se resserre alors que j'imagine le visage de Riley.

« Peu importe, ça n'a plus d'importance maintenant. Nous sommes tous encore en vie et tu as récupéré ta voiture bien-aimée. »

« Ouais, tout va vraiment putain de bien, » je marmonne, ma colère commençant à refaire surface.

C'est la chose la plus facile à laquelle s'accrocher quand j'ai l'impression de perdre le contrôle sur tout ce qui m'entoure. Quand les choses qui m'ont animé toutes ces années commencent à se transformer en quelque chose de différent.

Je mets mon clignotant pour tourner dans le parking le plus proche de l'immeuble de Letty et je relâche le souffle que j'ai retenu pendant que je me garais.

« M-merci, » bégaie-t-elle, en libérant sa ceinture et en attrapant son sac à main, prête à sortir.

Ses doigts sont autour de la poignée quand je l'appelle.

« Ouais ? »

« Tu veux que je t'accompagne ? » Mes doigts se resserrent à nouveau autour du volant quand je pense au fait qu'il pourrait lui arriver quelque chose sur la courte distance jusqu'à son dortoir.

« Je ne pense pas que ce soit une très bonne idée. Personne là-haut ne t'apprécie beaucoup. »

« Je me fous de ce qu'ils pensent. »

« Eh bien, ouais, mais— »

« Mais rien, Princesse. »

« Laisse tomber, OK ? Ne cause pas plus de problèmes que tu ne l'as déjà fait. »

Ma mâchoire se serre en entendant ses mots.

« Que vas-tu leur dire ? », j'arrive à articuler.

« Je ne sais pas encore. Ce ne sera pas la vérité, c'est sûr. »

« Parce que passer du temps avec quelqu'un de si mauvais que moi n'est pas avouable, n'est-ce pas ? » Je déteste la tristesse qui m'envahit à chaque mot que je prononce.

« Kane, » soupire-t-elle en se retournant vers moi. « Je suis désolée de ne pas te l'avoir dit. Vraiment. Mais je sais que tu comprends pourquoi, et j'espère que tu ne m'en voudras pas. J'ai fait tout ce que j'ai pu pour notre bébé, mais il n'était pas censé venir au monde et je dois vivre pour toujours avec le souvenir de ce qui s'est passé. »

« Si... si les choses s'étaient passées différemment... me l'aurais-tu dit avant sa naissance ? »

« Je n'ai pas de réponse à cela, Kane. Je ne peux pas prédire ce que l'avenir nous réserve. Si je le pouvais, tout aurait peut-être été un peu plus facile à accepter. »

« Princesse, » je grogne, en n'obtenant pas la réponse que je voulais.

« J'espère que je l'aurais fait. Mais... »

Je la regarde pour la première fois alors qu'elle essaie de trouver les mots justes.

« Mais ? », je demande.

Un sourire se dessine sur ses lèvres. « Tu peux être vraiment effrayant quand tu veux. »

Je ris, mon sourire s'étirant sur mes lèvres alors qu'elle brise immédiatement la tension qui s'était installée entre nous.

« Ouais, ça fait partie du métier. »

« Je ne peux pas croire que tu travailles toujours pour ce connard. »

« Il faut ce qu'il faut, » je marmonne, en ayant une sainte horreur d'être toujours la marionnette de Victor après toutes ces années et toutes les promesses que j'ai tenues pour avoir une vie meilleure.

Elle hésite quelques secondes, me faisant redouter ce qu'elle va me demander ensuite. Elle n'est généralement pas du genre à se retenir, alors le fait qu'elle le fasse me noue l'estomac.

« Que fais-tu pour lui ? »

Mes lèvres s'entrouvrent pour répondre mais je ravale rapidement les mots. « Rien qui mérite d'être raconté. »

« C'est si terrible que ça, hein ? »

« Dans certains cas, mais j'ai laissé la majeure partie de tout ça derrière moi. Disons simplement que ma quête pour arriver ici a impliqué plus d'effusions de sang que nécessaire. »

« Putain de merde. » Elle passe sa main sur son visage. « Tu es meilleur que lui, qu'eux. Tu le sais, n'est-ce pas ? »

« Je suis un enfant de Creek, Letty. Je ne suis pas meilleur qu'eux, tu le sais. »

« Non, » elle crache. « Ce sont des conneries et tu le sais. Tu as un aller simple pour la ligue nationale si tu le veux. Si tu ne gâches pas cette opportunité. Tu dois t'éloigner de tout cela, te concentrer sur ce qui est important. »

« Et si je ne peux pas ? », je demande, en sachant qu'il est impossible de simplement 'm'éloigner' de Victor Harris et des Hawks, surtout après avoir été aussi profondément impliqué que je l'ai été. J'ai fait partie des affaires, des bagarres, des meurtres et des extorsions de fonds en étant plus impliqué que la plupart des membres à cause de mes liens avec les enfants Harris. Tu ne peux pas juste partir quand tu détiens ce genre d'informations.

Elle hausse les épaules. « C'est ta vie, pas la mienne, Kane. Je te dis juste ce que je pense. »

Quand je ne réponds pas, elle saisit à nouveau la poignée et cette fois, je ne l'arrête pas.

« Je suppose qu'on se croisera un de ces jours, » marmonne-t-elle. « Merci d'avoir pris soin de moi. »

La porte claque et elle est partie avant que je n'aie eu le temps de répondre.

« De rien, » je marmonne dans le silence de ma voiture alors que je la regarde s'éloigner.

Mes doigts se serrent sur le volant avec mon envie d'aller la surveiller, et à la seconde où elle disparaît à l'angle du bâtiment, je perds mon combat contre moi-même et sors de la voiture.

Je reste en retrait, en me tenant exactement au même endroit que la nuit où je l'ai regardée par sa fenêtre alors qu'elle disparaissait à l'intérieur du bâtiment.

Je sais que je devrais partir et retourner à ma voiture. Elle va avoir des explications à donner à ses colocs, donc ce n'est pas comme si elle allait apparaître dans sa chambre de sitôt.

Mais savoir tout cela ne me fait quand même pas partir et je reste exactement là où je suis, et j'attends. Pour être sûr de savoir qu'elle est de retour dans sa chambre et que personne ne l'attendait dans l'escalier.

Je sors mon portable de ma poche, et j'appelle Reid.

Il ne répond pas tout de suite, et quand il répond enfin, ses respirations sont haletantes et bruyantes dans l'écouteur.

« Tu es en pleine partie de jambes en l'air ? », je demande.

« Euh... ouais, un truc du genre, » il marmonne. « Qu'est-ce que tu veux ? »

« Est-ce que Victor en a fini avec Scarlett ? »

« Pour autant que je sache, oui. »

« Et qu'est-il arrivé à son père ? »

« Il a été renvoyé au travail avec un avertissement très douloureux. »

« OK, bien. S'il la touche à nouveau, je vais— »

« Il ne le fera pas, » m'assure Reid et je me détends instantanément. S'il y a une personne en qui j'ai entièrement confiance dans ce monde, c'est bien lui.

« OK. »

Il raccroche avant que je ne puisse dire quoi que ce soit d'autre. Je baisse la main et lève les yeux vers sa fenêtre.

Mon souffle se coupe en la voyant se tenir là comme un putain d'ange avec la lumière de sa chambre qui l'éclaire par derrière.

Nos regards se soutiennent quelques secondes avant qu'elle ne disparaisse, en me permettant de m'éloigner en sachant qu'elle est en sécurité. Pour l'instant, du moins.

CHAPITRE QUATORZE

Letty

À la seconde où je pousse la porte, tout le monde est debout et me fonce dessus.

« Je vais bien. Je vais bien, » je dis alors qu'Ella me regarde à la hâte sous tous les angles. Heureusement, mes cheveux en bataille recouvrent les strips que Kane a mis sur ma blessure.

Heureuse de ce qu'elle voit, elle jette ses bras autour de mes épaules.

« Dois-je aller le tuer dans son sommeil ? », me chuchote-t-elle à l'oreille, en me faisant me demander ce qu'elle a dit aux autres vu qu'elle me dit ça à voix basse.

« Non, tout va bien. Je te le promets. »

« OK. » Elle me serre un peu avant de me relâcher.

« Qu'est-ce qui s'est passé, Let ? » Brax aboie alors que lui et West se tiennent debout le torse bombé.

« Je suis désolée, je ne voulais inquiéter aucun d'entre vous. »

« Écoute, on a compris, d'accord ? Mais ne t'enfuis plus comme ça, je m'en fiche si tu as un rendez-vous avec la putain de reine. »

Je jette un coup d'œil à Ella qui me sourit et me fait un clin d'œil.

« Je suis vraiment désolée. Mon portable est mort et... c'était irresponsable de ma part. »

« Étant donné que tu vas bien, on te laisse tranquille pour cette fois, » dit West. « Mais Luca et Leon sont devenus fous. Ils vont peut-être être plus difficiles à convaincre. »

Mon estomac se noue en pensant à eux. Peu importe ce que je vais leur dire, que ce soit des mensonges ou la vérité, ils ne seront pas contents. Je suis vraiment étonnée qu'ils ne soient pas assis ici à attendre.

Comme s'il pouvait lire dans mes pensées, Micah lance : « Ils sont restés ici toute la matinée dans l'espoir que tu réapparaisses. Nous les avons renvoyés chez eux en sachant que tu étais en sécurité. » Il me fait un sourire entendu qui me fait me dire qu'il sait aussi.

« Je vais les appeler, j'ai juste besoin d'enfiler des vêtements à moi. » Je me regarde et grimace quand je remarque que le sweat à capuche qu'il m'a donné est un sweat des Panthers de MKU.

Tant pis pour la discrétion. Quelque chose me dit que si je devais regarder le dos, il y aurait probablement aussi son numéro dessus, pour bien enfoncer le clou sur le fait que je mens à mes amis.

« Tu as faim ? », demande Violet, en retournant dans la cuisine où je suppose qu'elle prépare le dîner.

« Pas maintenant, mais plus tard. »

« Très bien. Ce sera des enchiladas ce soir. »

« Mon soir préféré de la semaine, » annonce West en se frottant le ventre comme un petit garçon.

« J'ai trop hâte, », je dis en me dirigeant vers ma chambre, consciente qu'Ella est sur mes talons.

Je laisse ma porte ouverte, en la laissant entrer derrière moi, et je pose mon sac à main sur ma commode alors que je me dirige vers la fenêtre.

Je ne sais pas pourquoi je le fais, mais je ne suis pas surprise le moins du monde quand je trouve Kane en bas en train de me regarder.

Mon souffle se coupe malgré le fait que je suspectais ça, et cela ne passe pas inaperçu aux yeux d'Ella.

« Qu'est-ce qui ne va pas ? »

« R-rien, » je bégaie, en m'éloignant et en me tournant pour la regarder. « Vas-y alors, pose-les, » je dis avec un sourire narquois.

« Je n'ai pas de questions. Tu peux me raconter seulement ce que tu as envie. »

Avec un soupir, je me recroqueville sur mon lit, et elle imite mon mouvement à l'autre bout.

Ce serait si facile de ne pas s'étendre sur le sujet, de tout garder enfermé à l'intérieur, mais il y a quelque chose en moi qui me supplie d'arracher le pansement une bonne fois pour toute et de faire sortir tout ça.

J'ai tout avoué à Kane, et il était important qu'il soit le premier à savoir ce qui s'est passé après Maman. Il est maintenant temps de dire les choses et d'essayer d'avancer.

Je prends une profonde inspiration et laisse les mots sortir.

« Il y a un peu plus de dix-huit mois, je suis allée à une fête chez moi à Harrow Creek. On m'a assuré qu'il n'y serait pas, mais j'aurais dû l'anticiper quand même. Nous nous sommes retrouvés dans le jardin et— »

« Dans le jardin ? », demande-t-elle avec un sourire narquois.

« Yep, dans une flaque de boue pour être précise, parce qu'il a commencé à pleuvoir quand nous y étions. »

Elle hoche la tête tandis que l'amusement scintille dans ses yeux.

« Quoi qu'il en soit, je me suis retrouvée enceinte. » Elle ne sursaute pas et ne montre aucune sorte de choc, en prouvant que j'avais raison de penser qu'elle avait entendu notre dispute. « Mais j'ai fait une fausse couche à vingt semaines. » Maintenant, elle semble choquée.

« Vingt putain de semaines. Oh mon Dieu, Let. » Elle prend ma main alors que ses yeux se remplissent de larmes. De mon côté, je me sens étonnamment solide.

« Je ne lui ai jamais dit. J'avais trop peur. »

« Il n'en avait aucune idée ? » Ses yeux s'écarquillent tellement que je jure qu'ils sont sur le point de sortir de leur orbite.

« Je ne l'ai dit à personne. Je ne savais pas comment le dire. Je savais que ma mère serait déçue. Je savais que Kane me détesterait, dans le cas où il aurait cru que je disais la vérité. J'ai juste... J'ai paniqué. Et puis tout s'est arrêté brusquement, et j'ai pensé que je pourrais simplement passer à autre chose, tu vois ? »

Elle secoue la tête. « Non, pas vraiment. Tu ne surmontes pas un truc comme ça toute seule, Letty. »

Un rire sans humour sort de sa bouche. « Je ne te le fais pas dire. J'ai fini par toucher le fond fin mai et je suis rentrée chez moi, misérable, pour l'avouer à ma mère. Elle m'a aidée et je suis arrivée là. »

« Merde, Letty. Alors hier soir ? »

« Kane et moi... » Je m'arrête, comment puis-je expliquer ce que Kane et moi sommes l'un pour l'autre. « Kane me rend responsable de beaucoup de choses qui lui sont arrivées. Je suis presque sûre qu'il n'a jamais vraiment réussi à gérer tout ça et toutes ses émotions grandissent en lui et se transforment en haine contre moi.

Quand j'étais plus jeune, je sortais avec son meilleur ami, mais il est mort. Il m'en veut parce que la nuit où j'ai rompu avec lui, il s'est saoulé et a percuté un arbre avec sa voiture. »

« Jésus. »

« Le soir de la fête, son petit frère s'est fait arrêter pour possession de drogue et est allé en prison pendant un an. Kane était avec moi pendant tout ça. Encore une fois, il a considéré que c'était de ma faute. Les choses se sont enchaînées les unes après les autres. »

« Pas étonnant que tu n'aies pas voulu lui parler du bébé. »

« Je sais, mais j'avais tort. J'aurais au moins dû essayer. Cette dispute que tu as entendue, c'est quand je lui ai dit pour la première fois. Il a imaginé le pire et— »

« Il pensait que tu avais avorté. »

« Ouais. »

« Une autre raison pour laquelle te détester. »

« Ensuite, il est parti et a failli se tuer. À cause de moi et... »

« Tu es consciente que cela ferait un bon livre, n'est-ce pas ? »

« Un livre ? Mais tout ça n'est qu'un putain de désastre. » Et je n'ai même pas encore mentionné l'implication des Hawks ou de Victor.

« Il n'est pas trop tard pour une fin heureuse. » Je la regarde avec une totale incrédulité dans les yeux. « Quoi ? Je suis un peu romantique, et alors ? »

Je ne peux pas m'empêcher de rire en voyant son air niais.

« Alors ? Tu étais avec lui pour une baise haineuse chaude et torride la nuit dernière ? », elle suppose.

« Euh... ouais, quelque chose comme ça. »

« Meeuf, les jumeaux Dunn vont être brisés quand ils découvriront que tu étais en train de baiser avec le bad boy. »

Mon cœur bat la chamade. « Je dois leur parler. Ils savent que j'ai déjà été avec lui... après la dernière fois, ils ont vu les preuves. »

« Je ne t'envie pas cette conversation, mais s'ils ont besoin de réconfort, tu sais à qui les envoyer. » Elle agite les sourcils et j'éclate de rire.

« Tu n'es pas sortie avec Colt la nuit dernière alors ? »

Son visage s'affaisse, en me faisant regretter d'avoir demandé.

« Non, la dernière fois que je l'ai vu, il avait une rousse en train de lui lécher le visage. »

« Connard. »

« N'est-ce pas ? »

« Tu mérites mieux que lui. »

« Peut-être, mais en ce moment c'est lui que je veux. » Je lui souris tristement.

« Je devrais te laisser, pour que tu enfiles des vêtements à toi. » Elle regarde ma tenue mille fois trop grande. « Je veux dire, ça te va super bien, mais— »

« Ouais, c'est mieux si je porte mes sous-vêtements. »

« Tu es vraiment partie en courant la nuit dernière, hein ? »

Je déglutis nerveusement, alors que les souvenirs de mon départ de la fête me reviennent.

« Ouais, » je murmure.

Elle se lève de mon lit et se dirige vers la porte.

« Si tu as besoin de quelque chose, de quelqu'un pour t'accompagner quand tu parleras aux mecs, je suis là. »

« Merci, Ella. J'apprécie vraiment ton soutien. »

« Pas de souci. » Elle me sourit gentiment et disparaît.

Je retombe contre ma tête de lit et ferme les yeux quelques secondes, en essayant de trouver le courage de bouger et d'aller voir Luca et Leon.

Je dois le faire aujourd'hui, je ne peux pas attendre d'être en cours demain. Ce n'est pas juste pour eux.

Presque deux heures plus tard, je sors enfin de ma chambre. L'odeur des enchiladas de Violet remplit le dortoir en faisant grogner mon estomac mais je sais que je ne peux pas m'arrêter pour manger parce que sinon je ne ferai jamais ce que j'ai à faire.

« Ah, elle est là. Nous pensions que tu nous avais abandonnés, » dit Brax quand je m'approche.

« Ouais, euh... » Tous les yeux se tournent vers moi et j'avale nerveusement. « Je dois sortir alors ne vous inquiétez pas pour moi. »

« Je vais t'en mettre de côté pour plus tard. »

Mes lèvres s'entrouvrent pour argumenter mais le regard résolu sur le visage de Violet m'arrête net.

« Merci, » dis-je, en me dirigeant vers la porte avant qu'elle ne réussisse à me convaincre de rester.

Je suis une boule de nerfs au moment où je me gare devant la maison des Dunn. Il y a plein de voitures devant et je crains qu'il y ait des gens là-bas et de m'incruster.

En expirant longuement, je sors de ma voiture et me dirige vers la porte d'entrée.

Je reste là maladroitement après avoir frappé alors que personne ne semble pressé de répondre.

Finalement, j'attrape la poignée et l'ouvre.

« Il y a quelqu'un ? », j'appelle dans la maison, le rythme des basses de la musique du salon me parvenant aux oreilles.

Un visage familier sort de la cuisine pour voir de qui il s'agit, et les yeux de Colt s'écarquillent à la seconde où ils se posent sur moi.

« Oh merde, meuf. Tu es courageuse. »

Ses mots me frappent comme un camion et une vague de nervosité me traverse.

« O-où sont-ils ? »

« Suis-moi. »

Je fais ce qu'on me dit et le suit vers le salon. Mais quand il entre directement dans la pièce, je fais du sur-place dans l'embrasure de la porte.

« Luc, Lee, vous avez de la visite. »

Oh mon Dieu.

Ils tournent tous les deux leurs yeux vers moi, et je déglutis, en essayant de faire descendre la boule qui s'est soudainement coincée dans ma gorge.

Leurs traits se durcissent au moment où ils réalisent que c'est moi et leurs yeux se plissent. Leurs mouvements sont presque simultanés, et si je n'étais pas si nerveuse, je pourrais trouver ça drôle.

La pièce devient silencieuse, clairement l'équipe sait ce qui s'est passé la nuit dernière et est aussi curieuse que les jumeaux d'entendre mes explications. Je fais un pas en arrière quand ils se lèvent et font un pas vers moi.

Ils s'approchent de moi mais me regardent à peine alors qu'ils marchent dans le couloir. Je suppose qu'ils veulent que je les suive, alors je passe par l'autre porte qu'ils franchissent et ils tombent chacun sur un canapé différent.

Je regarde autour de moi la tanière avec l'immense écran plat au mur et plusieurs consoles de jeux en dessous.

Je ne réalise pas combien de temps s'est écoulé jusqu'à ce que Luca aboie : « Alors ? »

Debout, dos à la porte maintenant fermée, je le regarde dans les yeux. Même si c'est la dernière chose que j'ai envie de faire quand je remarque à quel point ils sont furieux.

« Je suis désolée, je n'aurais pas dû disparaître comme ça. »

« Putain, c'est clair tu n'aurais pas dû, Let. Nous étions en train de perdre la boule. Et puis Ella nous a appelés en nous racontant des conneries à propos du fait que tu aurais rencontré un vieil ami. Ce n'est pas toi Letty, tu n'agis pas comme ça. »

« Je sais, je suis désolée. J'avais bu et— »

« C'était lui, n'est-ce pas ? », Luca crache, en me coupant la parole.

Ma bouche se remplit de salive alors que mes mains commencent à trembler. Je savais en venant ici que je ne pouvais pas leur mentir, bien que je n'aie aucune intention de leur parler de Victor, je savais que je devais tout leur avouer à propos de Kane.

Mes lèvres s'entrouvrent pour répondre, mais aucun mot ne sort. Apparemment, c'est tout ce dont Luca a besoin parce qu'il se tient debout, en claquant sa paume sur l'appareil à côté de lui, en me faisant couiner quand je sursaute de peur.

« Luc, calme-toi, » supplie Lee.

« Elle est partie, avec lui, » bouillonne Luc. « Avec ce

putain de connard. Seigneur. » Il passe sa main sur son visage, la colère le submergeant par vagues. « Qu'est-ce que tu fous, Let ? »

« C'est compliqué, » je murmure.

« Non, c'est un putain de désastre, c'est ça que c'est. C'est un putain de connard, et pourtant tu reviens vers lui encore et encore. Tu ne te souviens pas la façon dont il t'a traitée la dernière fois ? »

« Ouais, mais je— »

« Non. C'est putain de ridicule. Je ne peux pas continuer à te regarder te faire ça. »

« Q-quoi ? »

« Est-ce que tu vas continuer à le voir ? »

« Je... hum... je ne sais pas ce qui va se passer. »

« Je le sais, putain. C'est lui ou moi, et. Si tu veux qu'il continue à te traiter comme de la merde, alors je ne vais pas m'asseoir et te regarder te briser en mille morceaux. »

« Tu ne le penses pas, » je gémis, en me sentant déjà comme si j'étais sur le point de craquer.

« Ah bon ? »

« Luc, s'il te plaît. On n'a pas besoin de faire ça. »

« Non, vraiment pas, » aboie-t-il avant de se précipiter vers la porte, et de la claquer si fort derrière lui que ça donne l'impression de faire trembler toute la maison.

Un sanglot me secoue et je couvre ma bouche avec ma main en essayant de l'arrêter mais c'est inutile.

Mes genoux faiblissent et je commence à glisser le long de la porte.

Ce n'était pas censé se passer comme ça.

Mais avant de toucher le sol, des bras s'enroulent autour de moi et je suis soulevée contre un corps dur mais chaud.

Mes sanglots deviennent plus forts alors que je suis portée et qu'il me pose sur ses genoux.

« Chut, Cupcake. C'est bon. »

Leon frotte sa main contre mon dos alors que j'essaye de me ressaisir.

« Non, non, pas du tout. Il... »

« Je sais, » me dit-il sur un ton apaisant. « Il est en colère. Il ne pense pas ce qu'il dit. »

« Il avait l'air plutôt sûr de lui quand il m'a donné cet ultimatum. »

« Il ne le pense pas. »

Les mots de Leon ne me rassurent pas.

« Il avait l'air plutôt sûr de lui, » je murmure.

« Laisse-lui un peu de temps. Il a paniqué à l'idée qu'il t'arrive quelque chose, que Kane te blesse. »

« Je sais à quoi ça ressemble vu de l'extérieur, Lee. Mais... c'est plus compliqué que ça. »

« Je suis sûr que c'est le cas. »

Il me laisse assise là le temps que je me ressaisisse.

« Je dois lui parler, » je dis, en essayant de me lever des genoux de Leon, mais sa prise se resserre.

« Laisse-le se calmer. Laisse-le réfléchir. Essaie peut-être demain. Il est stressé maintenant que la saison a commencé, on a notre père est sur le dos. Les choses s'accumulent, et tu— »

« Je n'ai pas arrangé les choses. »

« Non. »

« Merde, » dis-je en laissant tomber ma tête dans mes mains. « Je suis vraiment désolée. Je n'ai jamais voulu— »

« Je sais, Let. » Il retire mes mains de mon visage et prend ma joue en coupe, en me forçant à regarder ses yeux vert foncé.

Son inquiétude est évidente malgré sa colère qui persiste et je sanglote presque à nouveau à cette vue.

« Je suis d-désolée. » Ma voix se brise.

« Je sais. » Il me prend à nouveau dans ses bras et me serre fort, en laissant son soutien me réchauffer.

Je reste comme ça encore dix minutes avant qu'il ne me laisse partir. Je m'essuie les joues du revers de la main et garde la tête haute.

À aucun moment il ne me pose de questions, il me laisse la liberté de lui parler si j'en ai envie, ce que je ne fais pas. Le dire à Ella cet après-midi a déjà été assez épuisant.

« Je devrais y aller, te laisser profiter de ta soirée. »

« Tu peux rester aussi longtemps que tu en as besoin. »

Je secoue la tête. « J'ai une tonne de travail à faire. Ce week-end ne s'est pas exactement passé comme prévu. »

Il se lève alors que je me dirige vers la porte, mais sa voix grave m'arrête avant que je n'aie le temps de l'ouvrir.

« Let ? »

Je regarde par-dessus mon épaule, mes yeux se connectant aux siens.

« Je suis là. Si tu as besoin de parler, de quoi que ce soit, je suis prêt à t'écouter. »

Je lui souris. « Je n'ai pas oublié notre accord. » Je lui fais un clin d'œil, en me souvenant qu'il m'a dit qu'il me raconterait tout si je le faisais à mon tour il y a seulement quelques semaines.

Quelque chose qui ressemble à de la panique traverse ses yeux en me faisant me dire que, quoi qu'il cache, il est loin d'être prêt à en parler.

« Merci, » dis-je doucement avec un sourire. « Peux-tu veiller sur Luc ? Je m'inquiète pour lui. »

« Il ira bien, Let. Les choses sont juste tendues en ce moment. »

La culpabilité menace de m'engloutir toute entière. Je ne veux pas mettre plus de pression sur les épaules de Luca, je sais qu'il a en déjà assez avec le poids de l'équipe et des attentes folles de son père.

J'acquiesce en ouvrant la porte.

« À demain. »

« Ça marche. »

Leon m'accompagne jusqu'à la porte et dépose un baiser sur mon front avant que je lui fasse un signe d'au revoir et me dirige vers ma voiture.

Dès que je suis assise côté conducteur, je me tourne vers la maison et lève les yeux vers le deuxième étage.

Il fait noir maintenant mais avec la lumière qui brille derrière lui, la silhouette de Luca est clairement visible par la fenêtre.

Je crève d'envie de rentrer dans la maison et de le forcer à parler, à hurler, à me balancer tout ce dont il a envie. Mais je sais qu'il ne veut pas ça.

Je le connais depuis assez longtemps pour savoir comment il gère le stress, et c'est comme ça. Il s'enferme et peu importe ce que je pourrais faire, ce mec têtu ne l'accepterait pas.

Leon a raison. Je dois lui laisser du temps.

Nous nous en remettrons. Comme nous l'avons toujours fait dans le passé.

Je refoule la petite voix dans ma tête qui me crie que les choses sont différentes maintenant parce que je ne veux pas accepter que les choses changent.

Je démarre ma voiture et arrache les yeux de la fenêtre à regret.

J'ai trop à faire pour rester assise ici à regarder le mec qui semble me vouloir avec quatre ans de retard.

Le cœur lourd, je m'éloigne, en sachant que j'ai devant moi une assiette d'enchiladas et une dissertation qui m'attendent.

CHAPITRE QUINZE

Kane

« Tu ne devrais pas être ici, » résonne une voix grave à travers la musique dans mes oreilles.

En appuyant sur le bouton d'arrêt du tapis de course, je retire l'un de mes AirPods et me tourne vers l'entraîneur.

« Je sais, monsieur. Mais j'avais besoin de— »

« Tu ne joueras pas samedi. Ordre du médecin. »

« Je peux m'entraîner ? », je demande, en espérant qu'il me fera confiance pour connaître mes limites.

« Vas-y doucement. Si tu manques plus de deux matchs cette saison, nous pourrions trouver un moyen de nous débrouiller sans toi, Legend. »

« Ça marche, monsieur. » J'acquiesce, reconnaissant qu'il m'autorise à faire ça.

J'en ai besoin, putain. Depuis le moment où je me suis éloigné de Letty hier, j'ai la tête en vrac. J'ai passé toute la nuit à arpenter ma chambre, en essayant désespérément d'expulser mon énergie et ma colère refoulées. Ce matin, quand je me suis réveillé à temps pour l'entraînement, je savais que je devais faire quelque chose. Alors, me voilà.

J'étais le premier sur le parking et le seul à être dans le bâtiment.

Mais aller à la salle de sport ultramoderne m'a donné la libération dont j'avais besoin sans aller sur le ring et risquer de me casser des os.

Ce que Letty m'a dit hier. Ce qu'elle a avoué—

Putain. Je n'arrive toujours pas à me faire à l'idée.

Je prends une serviette sur le portant, je la frotte sur mon visage, en grimaçant légèrement lorsque je touche l'ecchymose encore en train de guérir sur le côté de mon visage.

Elle a perdu notre putain de bébé et a traversé tout ça toute seule.

Mes poings se serrent avec mon envie de frapper quelqu'un, quelque chose.

J'ai déjà ressenti de la colère. Souvent quotidiennement.

Mais ce que je ressens en ce moment. Cette haine, ce désespoir. Je n'ai aucune idée de comment gérer ça.

En sachant que l'entraîneur m'attend dans le complexe sportif, je me dirige immédiatement dans cette direction.

À la seconde où j'entre, le silence se fait dans l'équipe alors qu'ils me regardent tous.

Mais ce n'est que lorsque Luca s'avance, le regard foudroyant, que je réalise que les choses pourraient être bien pires que d'habitude.

« Putain de connard. Qu'est-ce que tu lui as fait cette fois ? », aboie-t-il, en se mettant droit devant moi et en faisant claquer ses paumes sur mon torse.

« Luc, calme-toi, putain. L'entraîneur sera là d'une minute à l'autre. »

« Je m'en fous. Je veux savoir ce qu'il a fait. »

« Je n'ai rien fait. »

« Elle n'aurait pas quitté une soirée avec nous pour être avec un déchet comme toi. »

Je le fixe un instant, en observant la veine qui gonfle sur son front et le muscle qui palpite dans son cou.

Il est vraiment énervé.

Un sourire se dessine sur mes lèvres en sachant que j'ai le pouvoir et j'attends juste qu'il essaie de donner son premier coup de poing. C'est une putain de mauviette qui se la pète. J'ai attendu des années pour le démolir.

« Alors tu dois commencer à reconsidérer ce que tu penses. Parce que c'est exactement ce qui s'est passé, Dunn. »

« Luc, » dit encore Leon, en enroulant sa main autour de l'épaule de son frère. « Laisse tomber. »

Luca grogne contre moi, ses poings serrés sur ses hanches, en se préparant à ce qui va suivre, mais malheureusement, il n'en a pas l'occasion.

« Luca, » aboie l'entraîneur. « Il y en a beaucoup d'autres qui aimeraient prendre ta place si tu ne prends pas les choses au sérieux. »

« Frérot ? », Leon souffle dans l'oreille de son frère, en tirant désespérément sur son épaule pour le forcer à céder.

« Putain, je te surveille, Legend. Si tu touches ne serait-ce qu'à l'un de ses cheveux, je te tuerai. »

Un sourire se dessine sur mes lèvres. « Tu imagines qu'elle n'adore pas ça quand je la blesse. » Je sais que je ne devrais pas mais je ne peux pas m'en empêcher.

« Putain de connard. »

« Luc. Dunn, » aboient Leon et l'entraîneur en même temps, en le forçant à s'éloigner, mais vu la tension de ses épaules alors qu'il met une certaine distance entre nous, il est clair que c'est la dernière chose qu'il a vraiment envie de faire.

Je ne sais pas si la pratique est plus brutale que d'habitude ou si c'est juste mon corps qui guérit, mais au moment où nous nous dirigeons vers les vestiaires, je suis foutrement rincé. Je peux à peine mettre un pied devant l'autre. Je me sens faible et je déteste ça.

Je suis le dernier dans les douches, ce qui est probablement une bonne chose car cela donne à Luca une chance d'y aller en premier et de ne pas me croiser.

S'il tentait quelque chose maintenant, je crains de ne pas avoir la force de tenir le coup. Et ce n'est pas comme ça que je veux que cette situation se passe. Quand ça arrivera, je veux être en pleine forme pour pouvoir démolir cet enculé. Lui montrer pourquoi Letty m'a choisi moi plutôt que lui.

La plupart des membres de l'équipe ont déjà quitté les vestiaires pour aller chercher de la nourriture, et il ne reste que quelques gars en train de traîner là.

Debout sous le jet chaud de la douche, je lève la tête et laisse l'eau pleuvoir sur moi et mes pensées reviennent à hier et aux révélations que contenaient la lettre de Letty, à la dévastation dans ses yeux alors qu'elle me racontait tout ce qu'elle avait enduré.

Avant de réaliser ce que je fais, je lève le bras et enfonce mon poing dans les carreaux devant moi.

Un rugissement guttural s'échappe de ma gorge alors que je répète mon geste encore et encore jusqu'à ce que la peau de mes articulations s'ouvre et que du sang rouge recouvre le mur.

L'émotion me bouche la gorge alors que je l'imagine seule dans un hôpital, les larmes aux yeux, avec seulement cette image d'échographie à laquelle se raccrocher.

« Putain, putain, putaaaaain, » je rugis en continuant de marteler le mur.

Épuisé, je pose mon avant-bras contre le mur et laisse tomber ma tête dessus alors que ma poitrine se soulève et que mon corps tremble d'effort et d'émotion.

Ce n'est que lorsque je me retire et me retourne que je réalise que j'ai un public.

Leon me regarde les sourcils froncés avec de l'inquiétude dans les yeux.

« Arrête ça, » je crache. « Je n'ai pas besoin de ta putain de pitié. »

« Eh bien, c'est bien parce que ce n'est pas ça le point. »

« Qu'est-ce que tu veux, bordel ? Ou peut-être veux-tu juste rester là pour me reluquer les fesses ? »

« Je n'étais—nan, en fait, va te faire foutre, Kane. J'allais te demander si tu allais bien, vu que tu étais en train de défoncer le mur. Je voulais juste être un putain d'humain convenable. Mais va te faire foutre. »

Il tourne les talons et s'éloigne des douches.

Rapidement, je coupe l'eau et attrape une serviette, en l'enroulant autour de ma taille.

« Attends, » dis-je, me précipitant après lui. « Est-ce que tu l'as vue ? »

Il se retourne et me fixe un instant.

« Ouais, elle est passée hier soir. Pourquoi ? »

Mes lèvres s'entrouvrent mais je refoule les mots qui sont sur le bout de ma langue. Je ne veux pas qu'ils pensent que quelque chose ne va pas si elle ne veut pas qu'ils le sachent.

« C-comme ça. »

Son front se plisse alors qu'il reste là, debout, les bras croisés sur sa poitrine, en attendant que je développe, sauf que je ne le fais pas.

« Est-ce que tu l'aimes vraiment ? Est-ce que tu vas vraiment te transformer en un putain d'être humain correct et la traiter comme elle devrait l'être ? »

Putain, j'ai envie de dire oui. Et cette pensée en elle-même me secoue profondément.

Je veux bien me comporter . Et je n'étais clairement pas là pour elle il y a un an quand elle avait besoin de moi. Elle se sent peut-être responsable parce qu'elle avait peur. Mais tout cela est de ma faute, pas de la sienne.

« Honnêtement, je n'en ai aucune idée. Les choses entre nous sont... compliquées. Elle m'a dit des trucs ce week-end qui ont changé les choses. Des choses dont elle aurait dû me parler il y a longtemps et putain... je ne... je ne sais pas quoi en faire. » Je lève les mains, et je passe mes doigts dans mes cheveux mouillés et tire jusqu'à ce que ça me fasse mal.

« C'est de ma putain de faute si elle est ici. Si elle a dû abandonner Columbia. Si elle a tellement souffert. Je— putain. » Je soupire, en remarquant l'air choqué sur son visage et en réalisant que j'en ai trop dit. « Putain, oublie ce que j'ai dit. »

Un regard incrédule apparaît sur son visage.

« Oh ouais, parce que c'est que je vais faire. Letty est l'une de mes meilleures amies, Kane. Elle a été là pour moi quand j'avais le plus besoin d'elle, et j'ai bien l'intention de faire la même chose pour elle. »

« Alors, où étais-tu l'année dernière ? », j'aboie, en

sachant très bien qu'elle était seule. Où diable était-il alors ? Il ne sait même pas ce qui lui est arrivé. Aucun d'eux ne le sait.

Il pâlit, ses lèvres sont entrouvertes pour s'apprêter à répondre, mais je sais déjà qu'il n'a pas d'argument.

« Nous avons tous été pris par nos nouvelles vies. »

« Ouais, eh bien. Elle avait besoin de toi, de quelqu'un, de n'importe quoi, et nous étions tous trop distraits par la vie. »

« Qu'est-il arrivé ? »

Je secoue la tête. « Bien essayé, mais tu vas devoir lui parler si tu veux savoir. Je n'ai pas le droit de révéler ses secrets. »

« C'est vrai. » Il reste silencieux derrière moi alors que je nettoie mes articulations et commence à enfiler des vêtements, prêt à aller en cours. « Est-ce que tu la veux vraiment ? »

« Et toi ? »

« Euh... »

« À la guerre comme à la guerre, Dunn. Que le meilleur gagne. »

Avec un dernier regard dans sa direction, je prends mon sac du banc et le jette par-dessus mon épaule. Mes muscles me font mal mais putain, je ne le lui laisse pas voir ça. Il en a déjà vu plus que je ne voulais lui montrer, il n'aura rien de plus de moi.

Je saute dans ma voiture, en ne perdant pas de temps à faire tourner le moteur et à partir du parking. J'ai quelqu'un à voir.

En regardant l'heure, je remarque que j'ai un peu de temps avant le cours. Avec un peu de chance, elle sera toujours là et Luca putain de Dunn ne m'aura pas devancé.

Le campus est toujours relativement calme alors que je m'arrête sur le parking. Je passe ma main dans mes cheveux encore mouillés et en bataille et je sors de la voiture.

La montée des escaliers me brûle les jambes après ma longue matinée mais je ne laisse pas ça m'arrêter, je dois prendre un moment pour reprendre mon souffle quand j'arrive au sommet comme une putain de mauviette.

Il est facile d'oublier l'accident et mon court séjour à l'hôpital quand je suis concentré sur mon retour à la vie normale.

Une fois que j'ai repris mon souffle, je marche vers la porte principale et entre comme si c'était chez moi.

La fille brune est dans la cuisine en train de préparer quelque chose qui me met l'eau à la bouche lorsque je m'approche, mais elle n'est pas toute seule et chaque paire d'yeux, à part celle qui m'intéresse, se tourne vers moi.

Tout comme lorsque je suis arrivé à l'entraînement ce matin, la pièce devient silencieuse alors qu'un million de questions non posées remplissent l'air.

« Est-ce que Letty est toujours là ? »

Les deux gars, choqués pour la deuxième fois depuis ce matin, se lèvent.

Leur côté protecteur me fait sourire, pas que je leur permette de le voir.

Ils m'ont peut-être énervé dans le passé en ne me laissant pas m'approcher d'elle et en étant toujours collés à elle, mais pour le moment, je suis content qu'elle ait ces gars près d'elle.

« C'est bon, » dit Ella pour apaiser les choses, son accent du sud plus prononcé que dans les souvenirs de notre brève conversation téléphonique.

Elle fait un pas vers moi, en soutenant mon regard

comme si elle ne mesurait pas à peine plus d'un mètre cinquante et comme si je ne pouvais pas la casser comme une brindille si je le voulais.

« Est-ce qu'elle sait que tu viens ? » Ses yeux se plissent en signe d'avertissement.

« Non. Est-ce important ? »

Ses yeux quittent les miens pour m'examiner, mais ce n'est pas d'une manière qui me fait penser qu'elle a envie de me baiser, c'est plutôt pour essayer de se figurer la meilleure façon de me tuer une fois que j'aurai inévitablement tout foutu en l'air.

Elle secoue la tête, ses yeux se lèvent à nouveau.

« Fais-lui encore du mal et on s'occupera de toi, connard, » elle lance. Si elle n'avait pas ce visage mortellement sérieux, ça me ferait rire mais j'ai le sentiment qu'elle croit vraiment en ce qu'elle dit.

« D'accord, ma chérie. Je ferai de mon mieux. »

Je fais un pas pour la contourner mais sa petite main se pose sur mon avant-bras, en m'arrêtant.

« Je suis sérieuse, Kane. Elle a eu le cœur suffisamment brisé, » murmure-t-elle, en s'assurant que personne d'autre n'entende ses mots.

Nos regards se soutiennent l'espace d'un instant et nous nous comprenons en silence.

Elle sait.

« Elle est dans sa chambre. Je pense qu'elle a eu une panne de réveil. »

Ce n'est pas vraiment une surprise après tout ce qu'elle a traversé ce week-end.

Je hoche la tête en regardant Ella et je me dirige vers sa chambre avec Brax et West qui commencent à exprimer leur désapprobation quant au fait de m'avoir autorisé à entrer.

Ignorant les querelles derrière moi, je frappe à sa porte avec mes articulations qui ne sont pas abîmées.

« Ouais, » appelle-t-elle, sa voix douce faisant frissonner mon dos.

Je n'ai aucune idée de comment elle va accepter ma venue ici. Lorsqu'elle s'est éloignée de moi hier, elle a clairement indiqué qu'elle s'attendait à ce que nous redevenions comme avant.

Mais je ne veux pas de ça.

En tournant la poignée, je pousse la porte et entre, seulement la pièce est vide.

Son maquillage et sa brosse à cheveux sont sur le bureau et l'odeur de son parfum imprègne l'air. J'en ai l'eau à la bouche, ma bite gonfle au souvenir de l'odeur de son corps.

« J'arrive, » appelle-t-elle depuis la salle de bain. « Tu peux y aller sans moi si tu veux. »

En supposant qu'elle pense qu'elle parle à Ella ou à l'un des autres, je m'assieds au bout de son lit et j'attends.

Quelques secondes plus tard, la lumière s'éteint et elle apparaît dans l'embrasure de la porte.

Mon souffle se coupe à sa vue. Elle est parfaite. Sa jupe courte exhibe ses jambes incroyables, son t-shirt moulant accentue sa petite taille et ses seins ronds. Son visage est impeccable et ne montre aucun signe des événements de samedi soir.

Elle a eu de la chance de s'en tirer à si bon compte. Un frisson me parcourt l'échine en sachant de quoi Victor est capable et à quel point cela aurait pu être pire.

« K-Kane ? », bégaie-t-elle, en redressant son dos comme si elle s'apprêtait à se battre. « Que fais-tu ici ? »

En m'avançant un peu, je place mes coudes sur mes

genoux, je fais semblant de la regarder de haut en bas une fois de plus avant de trouver ses yeux plissés et méfiants.

« Je suis là pour t'accompagner en cours. »

« Hum... pourquoi ? »

Je me moque d'elle en me levant du lit et en refermant l'espace entre nous.

Je ne m'arrête pas avant d'être juste devant elle.

« Comment va ta tête ? » En soulevant ses cheveux, j'expose la coupure qui descend jusqu'à la racine de ses cheveux. Elle halète à la seconde où je tends la main et la touche, même si j'effleure à peine sa tempe.

« Ç-ça va. »

Heureux que cela semble guérir, je lâche ses cheveux et me concentre sur ses yeux.

Elle essaie de reculer, mais avec l'angle dans lequel elle se trouve maintenant, tout ce qu'elle réussit à faire est de se cogner contre le cadre de la porte.

En tendant la main une fois de plus, je saisis sa mâchoire et frotte mon pouce contre sa joue.

« K-Kane ? »

Ses yeux cherchent les miens, la confusion remplissant les siens alors qu'elle se mord la lèvre inférieure, en essayant de deviner à quoi je suis en train de jouer.

Je suis incapable d'exprimer exactement la raison pour laquelle je suis ici. Bon sang, je ne peux même pas me l'avouer, encore moins lui avouer à elle, je me penche en avant avec l'intention d'être celui qui lui mord la lèvre.

« Non, » dit-elle, en plaçant rapidement ses doigts entre nos lèvres.

« Princesse, » je soupire, mes lèvres effleurant sa peau douce avant que ma langue ne sorte pour avoir un avant-goût.

« N-non, on ne fait pas ça. »

« Et que penses-tu que nous faisons ? »

« Je ne te permets pas d'être soudainement tout gentil et de prétendre que tu te soucies de moi parce que je t'ai finalement raconté l'enfer que j'ai traversé. Je ne veux pas de ta putain de pitié, Kane. Ce n'est pas pour ça que je te l'ai dit. »

Un rire amer sort de ma bouche. « Ce n'est pas de la pitié, Princesse. »

« Eh bien, quoi que ce soit, je n'en veux pas. »

Ses mots me frappent comme une putain de balle.

« Tu ne... » Je recule un peu et je garde fermement mes yeux rivés sur les siens. « Tu ne veux pas de ça ? » Je secoue la tête, en faisant courir mes yeux sur son corps. Son rougissement se propage de ses joues jusqu'à sa poitrine, ses tétons durcissent sous son t-shirt et ses cuisses se serrent étroitement l'une contre l'autre. « Alors tu ferais mieux de le dire à ton corps. »

Elle s'écarte du mur et me tourne le dos.

Ma colère monte d'un cran à l'idée qu'elle puisse simplement me rejeter comme ça. Je me déplace plus vite qu'elle et en l'espace d'une seconde, mon front est pressé contre son dos et j'ai un bras autour de sa taille, en la serrant contre moi et avec mon autre main autour de sa gorge.

Son pouls tonne contre mes doigts, en montrant exactement ce qu'elle ressent en ce moment.

« Tu ne peux pas me fuir, Princesse. »

« Ah, le revoilà, » plaisante-t-elle. « Le Kane Legend que je connais et que je déteste. »

Mes doigts se serrent en entendant ses mots.

« Tu ne veux pas que je sois gentil, n'est-ce pas, Princesse ? Tu veux que je sois méchant. »

Toute la longueur de son corps tremble contre moi.

« Tu es une sale petite pute, Scarlett. »

Son tremblement est accompagné d'un gémissement cette fois et je ne peux pas lutter contre mon sourire en sachant qu'elle ne peut pas me voir.

Nous restons ainsi pendant de longues secondes, sa respiration accélérée étant le seul bruit dans la pièce.

Ce n'est que lorsque je bouge ma main, en la passant sur son ventre pour pouvoir me serrer plus fort contre elle, qu'elle bouge.

« Kane, » souffle-t-elle, « Qu'as-tu fait ? »

Ses mains tombent sur les miennes et elle les soulève, en inspectant mes articulations éclatées.

« Cela n'a pas d'importance, » je marmonne.

« Qui as-tu frappé ? As-tu eu un travail à faire la nuit dernière ? Mon père— » Elle panique. « Est-ce que mon père va bien ? »

« Pour autant que je sache, il va bien, Princesse. »

Elle se détend un peu dans ma prise. « Il n'a pas répondu à son portable quand je l'ai appelé hier soir. »

« Il était probablement occupé. »

« Je dois le voir. »

« Non, » j'aboie.

Elle profite de mon moment de distraction pour se retirer de ma prise et se retourne pour me faire face.

« Non ? Je n'ai pas le droit d'aller voir mon père ? Tu dois partir, » dit-elle en levant le bras et en pointant du doigt la direction de la porte.

« Promets-moi quelque chose, » dis-je, en faisant un autre pas vers elle et en ignorant les 'laisse-moi tranquille' qui émanent de son corps.

Elle garde ses bras enroulés autour d'elle pendant que je la regarde.

« Te promettre quelque chose ? C'est censé être une blague, non ? Je ne te dois rien, Kane. Rien. »

En l'ignorant, je continue. « Ne va pas à Creek, » je préviens avec une voix basse et j'espère qu'elle comprendra tout le sérieux que je mets dans mon ton.

« C'est chez moi, Kane. Pourquoi n'irais-je pas là-bas ? »

« Parce que tu connais la vérité maintenant. Victor t'a peut-être laissée partir, mais il n'oubliera pas que tu es consciente de ce que fait ton père, et il n'a aucune raison de te faire confiance. Si tu veux éviter son attention, alors tu restes ici, putain. Si tu veux voir ton père, je vais arranger ça. »

Elle secoue la tête comme si je disais des bêtises.

« Si tu y vas, tu pourrais finir par ne jamais partir. »

Sa déglutition nerveuse me dit que, au moins, elle écoute mes mots.

« Maintenant, es-tu prête à aller en cours ? »

Son menton tombe sous le choc.

« Je ne vais pas en cours avec toi. Je n'ai pas besoin d'un putain de garde du corps. »

« Tu es en sécurité ici, et ce n'est pas pour ça que je te le proposais. »

« Pars, Kane. Je ne veux pas ni n'ai besoin que tu m'accompagnes en cours. Et— », elle ajoute rapidement. « Si je découvre que tes poings ressemblent à ça parce que tu as frappé Luca ou Leon, alors— »

« Alors quoi, Princesse ? » Je referme l'espace entre nous une fois de plus.

« Alors... alors... », elle bégaie.

Je tends la main, je saisis son menton et la force à me regarder.

« Ils ne te méritent pas, Letty. »

« Et toi, oui ? », murmure-t-elle, en craquant déjà sous ma prise.

« Bon sang, non, mais je vais me battre plus fort. »

Mes lèvres se posent sur les siennes avant qu'elle n'ait le temps de bouger.

Je crève d'envie d'approfondir mon baiser, de la forcer à se soumettre , mais si cela se produit, nous manquerons tous les deux les cours, et je ne peux pas me permettre de faire ça. Alors à la place, je recule bien avant d'être prêt à la relâcher.

« On se voit plus tard. Ne tente rien de stupide. »

CHAPITRE SEIZE

Letty

À la seconde où ma porte claque, je respire pour ce qui semble être la première fois depuis que j'ai trouvé Kane assis sur mon lit.

Je n'ai pas besoin de demander qui l'a laissé entrer ici. Le nom d'Ella, la Petite Mademoiselle Romantique, est écrit sur son front. Dieu sait que les gars ne l'auraient jamais laissé entrer ici sans se battre. Un combat que je sais déjà qu'il aurait gagné, bon sang.

Il a raison concernant ce qu'il vient de dire, il se bat plus fort, plus salement aussi.

Mon corps rougit en pensant à son côté sale. Putain, j'avais envie de lui quand il m'a attrapée et m'a plaquée contre lui.

Mais je ne peux pas. Je ne peux pas me perdre à cause de lui et de sa bouche perverse et de son toucher brutal à cause de... sa pitié et sa culpabilité envers moi parce qu'on a perdu notre bébé.

Non, ça n'arrivera pas.

Non, il ne se passera rien entre nous.

Je suis contente qu'il m'ait écoutée. Je suis contente qu'il m'ait crue. À aucun moment, il ne s'est demandé à quel point j'étais sûre que c'était son bébé ou a recommencé à m'insulter comme d'habitude en me traitant de pute et en suggérant que j'avais couché avec la moitié des gars de Columbia avant d'être avec lui. Il a juste pris mes mots pour ce qu'ils étaient : la vérité.

Bon sang, je le crois même quand il dit qu'il aurait été là pour moi. En l'apprenant un an plus tard, je crois vraiment qu'il pense qu'il aurait été là pour me soutenir. Je pense que la réalité aurait peut-être été très différente, mais il est un peu trop tard pour s'en inquiéter maintenant.

Un fracas à la porte me fait sursauter et quand je lève les yeux, je trouve Ella qui arrive en trombe.

« Est-ce que ça va ? », demande-t-elle précipitamment.

En faisant bonne figure, je remets tout ce qui concerne Kane dans la boîte où cela doit être et me tourne vers elle.

« Yep, je vais bien. Prête à aller en cours ? », je demande en jetant un coup d'œil à l'heure.

« Tu es sûre ? » demande-t-elle avec curiosité.

« Oui, vraiment. »

Elle se tait alors que je rassemble mes affaires et ensemble nous sortons du bâtiment.

« Que voulait-il ? »

« Honnêtement, je pense qu'il essaie juste de se déculpabiliser en étant gentil. »

« Il était gentil ? », demande-t-elle comme si c'était la chose la plus absurde qu'elle ait jamais entendue.

« Il voulait m'accompagner en cours. »

« Ouah, il voulait porter tes livres aussi ? »

Je ne peux pas m'empêcher de rire avec elle, et après le week-end que j'ai passé, ça fait tellement du bien.

Le soleil brille, la chaleur du petit matin frappe ma peau et le parfum de la fin de l'été remplit mon nez. En dépit de tout ça. Je me sens bien. Peu importe combien cela a été douloureux d'y repenser, savoir que je ne cache plus de secrets à Kane est comme un poids énorme qui m'a été retiré. Ajoutez à cela qu'Ella connaît également la vérité, et chaque pas que je fais me semble un peu plus facile.

Même si tout s'effondre un peu lorsque nous approchons du bâtiment et que je ne trouve qu'un seul Dunn en train de m'attendre.

Les événements de la nuit dernière me reviennent à l'esprit ainsi que la douleur et la colère sur le visage de Luca.

Je n'ai jamais eu l'intention de lui faire du mal, mais je n'allais pas non plus lui mentir.

« Bonjour, » dit-il avec un sourire forcé.

« Où est l'autre garde du corps ce matin ? », Ella demande innocemment.

« Euh... », hésite Leon, ses yeux trouvant les miens.

« Je leur ai dit à tous les deux la vérité sur l'endroit où j'étais samedi soir. Luca ne l'a pas très bien pris, » dis-je à Ella. « Comment va-t-il ? », je demande en me tournant vers Leon.

« Il est... tu te souviens comment il était au lycée quand la saison avait commencé ? »

« Ouais, » je murmure, en me souvenant trop bien de la pression qu'il s'imposait, sans parler de la pression de leur père.

« Eh bien, à la fac, les enjeux sont plus importants et la pression est pire. »

« Jésus. Peut-être que je n'aurais pas dû... »

« Non, Letty. Tu as bien fait. Il aurait détesté que tu lui mentes. »

« Euh, je sais. Je... »

« Tu ne peux pas le protéger, Let. Donne-lui le temps dont il a besoin, il reviendra. »

« Une fois la saison terminée ? », je demande sèchement.

« Nan, il s'en remettra avant. »

Ensuite, quelque chose par-dessus mon épaule attire son attention. Je n'ai pas besoin de regarder pour savoir que c'est le mec en question. Je peux le lire sur le visage de Leon.

La tension devient plus forte à mesure qu'il s'approche de nous.

« Nous allons être en retard, » dit-il froidement, ses yeux ne rencontrant jamais les miens.

Avant que l'un de nous n'ait eu l'occasion de dire quoi que ce soit, il tourne les talons et entre dans le bâtiment.

« Alors je suppose que nous devons y aller, » marmonne Ella, en partant après lui.

« Peut-être que tu devrais lui parler, lui proposer de lui remonter le moral, » dit doucement Leon à Ella avant qu'elle ne soit trop loin.

« Oh, j'aimerais bien, mais je ne pense pas être celle qu'il veut. »

Mon cœur tombe jusque dans mon estomac en entendant ses mots et ma poitrine se serre.

Je ne veux pas lui faire de mal.

Nous le suivons tous les trois alors que nous nous frayons un chemin à l'intérieur.

Ella fait ses adieux et disparaît vers son cours tandis que Leon et moi nous dirigeons vers le nôtre.

Luca est déjà assis au moment où nous entrons, mais par miracle, il a laissé nos deux sièges habituels à côté de lui.

Peut-être qu'il n'est pas si énervé que ça alors.

Alors que nous traversons le devant de l'amphi, une autre paire d'yeux en colère me brûle.

Mon cœur s'emballe alors que je continue à mettre un pied devant l'autre.

Je prends ma place habituelle à côté de Luca, mais contrairement à d'habitude, il est tendu à côté de moi.

Je le regarde, en voulant dire quelque chose mais incapable de trouver les mots que j'ai envie de dire. Il est conscient de mon attention car sa mâchoire tressaute alors que je fixe son profil mais il ne fait aucun effort pour se tourner vers moi.

Mes lèvres s'entrouvrent pour m'excuser mais les mots meurent sur ma langue avant même que j'aie sorti le premier.

Notre professeur en train de commencer le cours magistral détourne finalement mon attention de Luca et je me concentre sur le cours.

En sentant les yeux de Leon sur moi, je lui jette un coup d'œil et il sourit, bien que cela ne paraisse pas super sincère.

Je déteste ça. Je déteste que Luca soit en colère contre moi et provoque une rupture entre eux.

Je déteste que Kane soit en colère contre moi, même si je devrais vraiment me foutre de ce qu'il pense.

Le professeur Whitman fait son cours, je me concentre sur des petits bouts de ce qu'il dit mais je me retrouve bientôt à dériver, en m'inquiétant des gars assis autour de moi et de mon père à Creek.

Au moment où le cours se termine et que je regarde mes notes, je me rends compte que je n'ai pas écrit beaucoup plus de choses que le titre et la date.

Mon transfert ici était censé être un nouveau départ, et je ne peux m'empêcher d'avoir l'impression que je suis en train de tout foutre en l'air à nouveau.

Dès qu'il peut s'échapper, Luca quitte son siège puis l'amphi sans se retourner.

Je regarde chacun de ses mouvements avec le cœur lourd.

J'attends que Leon range ses affaires avant de sortir et de monter les escaliers.

« Café ? », je demande, en souhaitant que ce soit comme mes derniers lundis et que nous puissions aller tous les trois boire un café ensemble.

« Ça marche. J'ai envie d'un de ces cupcakes depuis que je me suis réveillé ce matin. »

« C'est à cause des vermicelles de toutes les couleurs. Ils créent une dépendance, » je plaisante, en essayant de me sortir de mon humeur morose.

Je suis à la porte quand je sens sa présence derrière moi.

« Il y a de l'eau dans le gaz, Princesse ? », il chuchote à mon oreille, en envoyant des frissons dans tout mon corps.

En gardant la tête haute, je continue de marcher, en ne voulant pas alerter Leon qui est devant moi en train de parler à Colt.

« Alors tu vas m'ignorer maintenant, c'est ta stratégie ? »

« Je n'ai pas de putain de stratégie, » j'aboie, en

tournant sur mes talons et en le fixant avec un regard furieux.

Tout ce qu'il fait, c'est me sourire avec ironie et je me maudis d'avoir réagi à sa provocation.

« Si tu essaies de me montrer que je ne te fais pas d'effet, c'est plutôt raté. »

« Je n'essaye pas de faire quoi que ce soit, tu ne me fais pas d'effet. » C'est un mensonge éhonté et nous le savons tous les deux, mais je ne suis pas prête à accepter ce que je ressens vraiment quand il est debout devant moi.

« Donc Dunn est énervé parce que tu as encore passé la nuit dans mon lit, » annonce-t-il un peu trop fort à mon goût.

« Ça n'a rien à voir avec toi, » je marmonne, mes yeux le suppliant de baisser la voix.

« Oh, Princesse. Quand ton petit cul passe la nuit dans mon lit, ça a totalement à voir avec moi. »

« Je ne t'ai même pas baisé, » je lâche, juste au moment où Leon apparaît à mes côtés pour voir ce qui se passe.

Mes joues brûlent alors que Kane réfléchit à mon commentaire.

« Dans mon lit, non. Je te l'accorde. » Il se penche, ses lèvres effleurent le lobe de mon oreille. « Mais je sais pertinemment que tu as toujours des égratignures dans le dos à cause de l'arbre. »

Je ne peux pas arrêter le gémissement désir qui jaillit de ma bouche à l'évocation de ces souvenirs que ses mots font remonter en moi.

« Laisse tomber. Nous en avons terminé. »

Il rit tandis que les doigts de Leon se mêlent aux miens et qu'il m'éloigne.

« Bien sûr, Princesse. Continue à le croire. »

Je ne peux pas m'empêcher de lui faire un doigt par-dessus mon épaule alors que nous quittons la pièce.

———

Ella nous retrouve à la cafétéria après son cours du matin, à une table de trois comme nous en avons l'habitude, mais l'absence de Luca est flagrante. Je n'ai aucune idée de l'endroit où il a disparu et quand j'ai demandé à Leon s'il pensait que nous devrions aller le chercher, il m'a rembarrée, alors j'ai décidé de garder ma bouche fermée à partir de ce moment-là. Je sais que Leon est également inquiet et continuer d'en parler n'aidera personne.

Heureusement, sans Luca et Kane dans mon cours de psycho de l'après-midi avec Ella, je parviens à me concentrer et à prendre des notes convenables qui m'aideront à rédiger ma dissertation.

« Tu as des plans pour ce soir ? », demande Ella alors que nous nous dirigeons vers notre dortoir.

« Ouais, en fait. Je rentre à la maison pour voir mon père. »

L'image de lui, tabassé et ensanglanté sur la chaise à côté de moi dimanche me glace le sang.

Kane m'a assuré qu'il allait bien, mais tant que je ne le verrai pas de mes propres yeux, je ne pourrai pas éloigner de mon esprit cette image de lui avec du sang dégoulinant de ses poignets et Victor avec une paire de pinces à côté de lui.

« Et toi ? », je demande.

« Oh, tu sais, j'ai un rendez-vous torride avec un devoir d'économie. Je pense que c'est peut-être le bon, » plaisante-t-elle.

« Ouah, ça va être la folie ce soir. »

« Je sais, c'est bon. Je pensais que la fac était faite pour faire la fête et délirer. »

Nous rions en nous dirigeant vers notre dortoir avant qu'elle ne disparaisse dans sa chambre, en me souhaitant une bonne soirée avec mon père.

Je lui souris gentiment, mais j'ai le sentiment que cette soirée va être tout sauf agréable.

Maintenant que je connais la vérité, je veux tout savoir. Et je n'ai pas l'intention de quitter cette caravane jusqu'à ce qu'il m'ait dit tout ce que j'ai envie de savoir.

Je dépose mes livres sur mon bureau et je passe une brosse dans mes cheveux et me vaporise un peu de parfum avant de repartir.

Mon estomac se noue à cause de ma nervosité pendant tout le trajet jusqu'à Creek. Toutes les questions que j'ai à poser à mon père tournent dans mon esprit comme un tourbillon et le temps que j'arrive à destination, le nombre de choses que j'ai envie de savoir n'a fait que se multiplier.

Les lumières sont éteintes dans la caravane quand je m'arrête devant et c'est la première fois que j'envisage la possibilité qu'il ne soit pas à la maison.

Il est toujours à la maison, c'est pour ça que j'ai supposé qu'il ne travaillait plus.

Les rideaux bougent un peu quand je m'arrête à côté de sa vieille voiture délabrée et que je coupe le moteur, ma main tremblant quand je presse le bouton d'arrêt.

Alors que je descends de ma voiture, je regarde la caravane d'en face, la caravane de la grand-mère de Kane, et je pousse un soupir.

J'aurais envie de dire que j'aimerais pouvoir revenir en arrière et faire les choses autrement le concernant, mais la vérité est que je n'ai rien fait pour mériter la façon dont il m'a traitée au fil des années.

Il y a une époque où nous étions amis, bien sûr. Il fut même un temps où nous étions plus jeunes où je pensais qu'on aurait pu avoir un avenir ensemble. Mais ensuite Riley m'a invitée à un bal d'hiver, et j'ai dit oui, et puis voilà. Je suis devenue sienne.

C'est à ce moment-là que Kane a changé. Mais je ne lui ai jamais rien fait. Rien de ce qu'il m'a toujours reproché.

En détournant les yeux, je mets cette partie de ma vie de côté et me concentre sur la raison pour laquelle je suis ici. En me retournant, je me dirige vers la porte d'entrée. Mais contrairement aux nombreuses autres fois où j'ai rendu visite à mon père depuis que nous sommes tous partis, il n'est pas là pour m'accueillir avec un large sourire.

Je frappe, même s'il sait que je suis là, avant de pousser la porte bombée et d'entrer.

« Papa, » j'appelle. « C'est moi. »

Il reste silencieux alors que je traverse la cuisine et me tourne vers le salon.

Il est assis à sa place habituelle sur le canapé mais contrairement à la normale, il ressemble à peine à mon père. Les ecchymoses et les enflures causées par les coups sont encore pires que ce à quoi je m'attendais.

« Oh mon Dieu, » je crie, en courant pour m'asseoir à côté de lui.

« Je suis OK, » il dit en se forçant.

« Non, vraiment pas. As-tu vu un médecin ? »

« Je vais bien. »

« Papa, allez, » je dis. « Tu ne vas pas bien. Tu dois t'assurer que tu n'as rien de cassé. »

« Je ne peux pas, ma chérie. Les médecins vont appeler les autorités et... » Il s'interrompt parce qu'il sait que je sais exactement ce qu'il veut dire.

« On est à Harrow Creek, Papa. On doit bien pouvoir trouver un docteur douteux que tu pourrais appeler. »

« Letty, ça va. Tout ira bien. Rien de pire que ce que j'ai pu affronter auparavant. »

La colère monte en moi parce que c'est la vie de Papa et qu'aucun de nous n'était au courant.

« Non, c'est des conneries, » j'aboie, à sa grande surprise. « Je ne te laisserai pas assis là à souffrir. Tu as peut-être un truc cassé. »

« Non, » dit-il sur un ton ferme.

« D'accord... eh bien... »

Je me lève et quitte la pièce avant même qu'il n'ait le temps de dire quoi que ce soit.

« Scarlett, s'il te plaît. Je suis... je suis d-désolé. » Sa voix se brise et mes pas vacillent sur le chemin de la salle de bain.

En secouant la tête en me disant qu'il pensait que je partais à cause de son entêtement, je continue d'avancer et cherche la trousse de premiers soins qui était toujours dans le placard sous l'évier.

Ses yeux sont pleins de larmes retenues quand je reviens avec la boîte à la main.

« Je suis tellement désolé, » murmure-t-il.

« Pas maintenant. »

Je rampe sur le canapé à genoux et ouvre la boîte pour pouvoir prendre ce dont j'ai besoin.

Aussi doucement que possible, je nettoie tout le sang séché sur son visage. On dirait qu'il a essayé de le nettoyer depuis son retour à la maison, mais sans succès.

Il est silencieux pendant que je m'active mais il garde

les yeux sur moi. C'est presque comme s'il me suppliait de ne pas poser les questions qu'il sait que j'ai sur le bout de la langue, mais il a peu de chances d'éviter l'inévitable.

Je le nettoie, couvre certaines de ses coupures avec des sutures adhésives avant de m'occuper de ses poignets qui ont l'air affreux avec des lacérations tout autour. Je déteste qu'il soit comme ça à cause de moi, parce qu'il essayait de me protéger.

« Je suis tellement désolée, Papa. » Les mots sortent de ma bouche malgré moi et il me regarde avec incrédulité.

« Oh, ma chérie. Ce n'est pas ta faute. La raison pour laquelle j'étais là relevait entièrement de ma responsabilité. Victor me punissait. Il pensait que je me retournais contre lui et il t'a utilisée comme levier pour me faire peur et me faire avouer. »

« Non, » dis-je en secouant la tête. « J'étais là parce que j'ai échoué concernant un travail qu'il m'avait donné. » Je ne peux pas le regarder dans les yeux pendant que je prononce ces mots, pourtant je sens sa déception venir de lui par vagues.

« Scarlett, non. Pourquoi ? Pourquoi aurais-tu fait ça ? »

Mes yeux se posent sur les siens. « À cause de toi. À cause de vous tous. Il allait vous faire du mal si je ne le faisais pas. »

« Eh bien— », commence-t-il mais je l'interromps.

« Clairement, je n'avais aucune idée que tu travaillais pour lui à l'époque. Je n'avais aucune raison de croire que tu avais quelque chose à voir avec ce putain de chef de gang, Papa. À quoi diable pensais-tu ? »

« Exactement à la même chose que toi. Je devais protéger ma famille. »

« Il devait y avoir un autre moyen. »

Il ouvre la bouche pour répondre mais seule une bouffée d'air s'en échappe avant qu'il ne secoue la tête.

« J'étais sur le point de tout perdre, Letty. L'entreprise, la maison, tout ce pour quoi j'avais travaillé des années à cause de cet accident. »

« J-je sais, mais Victor Harris ? Tu aurais sûrement pu obtenir un prêt ailleurs, trouver un autre acheteur. »

« J'ai essayé. Personne n'était intéressé par un garage qui tournait à peine. Mais il m'a fait une offre que je ne pouvais pas refuser. »

« Devenir sa putain de marionnette ? » je dis sèchement.

Les lèvres de Papa se tordent de frustration à cause de mon langage mais je ne m'en excuse pas. Nous avons largement dépassé ce stade.

« Je ne voyais pas d'autre moyen. Ta mère rêvait de partir d'ici et je voulais ça, Let. Je le voulais tellement pour vous tous. J'ai pensé que je pourrais travailler pour lui quelques années, me faire un peu de de l'argent, et ensuite que nous pourrions partir tous ensemble. Pour avoir la vie de famille que nous avions toujours voulue. »

« Mais nous sommes partis sans toi, » je murmure, en me souvenant trop bien du jour où nous lui avons dit au revoir et sommes partis pour commencer notre nouvelle vie à Rosewood.

Le laisser derrière nous a été l'une des choses les plus difficiles que j'aie jamais faites. Enfant, j'avais les parents les plus heureux du monde. Ils ne se sont jamais disputés et j'ai toujours été convaincue à cent pour cent que la relation à distance marcherait. Mais les disputes ont commencé peu de temps après l'accident de Papa et tout a commencé à changer pour nous. Tout a tellement de sens maintenant.

« Est-ce que Maman savait ? »

« Au début, non. Mais il ne lui a pas fallu longtemps pour apprendre la vérité. » Un sourire triste se dessine sur ses lèvres, l'amour qu'il éprouve pour ma mère, et dont je ne me souviens que trop bien, apparaissant dans ses yeux. « Elle était tellement en colère. J'ai littéralement pensé qu'elle allait me tuer. »

« Jésus, Papa, » je marmonne, en repoussant la trousse de premiers soins et en regardant son visage brisé.

« Je suis tellement désolé. Je voulais juste que vous ayez tout ce dont vous aviez besoin et— »

« Je comprends. Je sais que tes intentions étaient bonnes. Bonnes mais stupides, » j'ajoute rapidement. « Que s'est-il passé ? Pourquoi n'as-tu pas pu venir avec nous ? Recommencer à zéro en famille comme tu l'avais prévu ? »

« J'ai naïvement occulté quelque chose. On ne peut pas quitter Victor Harris et les Hawks comme ça. Surtout quand on a toutes les informations sur leurs expéditions et leur chaîne d'approvisionnement. J'ai signé mon arrêt de mort en vendant mon âme au diable. J'ai donc dû vous laisser tous partir et payer le prix de mon erreur. »

« Tu l'aimes toujours, n'est-ce pas ? Les engueulades, les mots durs, c'était— »

« J'aimerai ta mère jusqu'à mon dernier souffle, Scarlett. C'est la femme la plus incroyable que j'aie jamais rencontrée. Elle est si intelligente, si forte, si... » Il s'arrête en pensant à elle. « Tu es comme elle, tu sais. » Il prend ma main et grimace de douleur en la serrant. « Tu as la même force, la même détermination. Tu vas faire quelque chose de vraiment incroyable de ta vie, je le sais. »

Ses mots font se former une boule d'émotion dans ma gorge et j'ai de plus en plus de mal à avaler.

« En es-tu vraiment sûr ? Je me suis retrouvée exactement dans la même situation que toi. »

« Que t'a-t-il demandé de faire ? »

Je lui parle des caméras et de leur installation dans la maison des Harris. « Je n'ai aucune idée de ce qu'il essayait de découvrir, mais clairement il pense qu'ils lui mentent. »

« Je lui mens, » il déclare.

« T-tu lui mens ? »

« Chérie, j'en sais plus que je ne l'aurais voulu. Je suis plus impliqué que je ne m'y attendais. Reid s'est occupé de toi ? »

« Q-quoi ? » Je bégaie, en me prenant un coup de fouet à cause de son changement soudain de sujet.

« Reid, après t'avoir fait sortir, s'est-il occupé de toi ? »

« Euh... ouais. »

« OK, bien. Scarlett, j'ai besoin que tu me promettes quelque chose, d'accord ? »

« Euh... bien sûr, » je murmure, en n'aimant pas la dureté de sa voix.

Le grondement d'un moteur remplit le silence autour de nous alors que j'attends le coup de massue qu'il est sur le point de m'infliger, mais aucun de nous n'y prête attention car elle s'arrête et une porte claque.

« J'ai besoin que tu restes loin de lui. Loin des Harris et de toute personne liée à eux. »

Mes lèvres s'entrouvrent pour répondre lorsque la porte de la remorque s'écrase contre le mur et qu'une voix froide et colérique résonne, en faisant se dresser tous les poils de mon corps.

CHAPITRE DIX-SEPT

Kane

Je suis venu à l'entraînement après le cours en pensant bien faire malgré le fait que mon corps me fasse toujours mal depuis la séance de ce matin. J'ai hâte de revenir à une situation normale, de sortir sur le terrain et de sentir ce cuir sous mes doigts. Mais l'entraîneur m'a vu et m'a renvoyé avec fermeté, au grand soulagement de Luca si son sourire satisfait par-dessus l'épaule de l'entraîneur voulait dire quelque chose. Je lui ai fait un doigt avant de partir, mais cela n'a pas vraiment soulagé mon envie de lui faire autre chose.

J'ai vu la façon dont il a ignoré Letty en cours ce matin. La façon dont il refusait de la regarder alors qu'elle crevait clairement d'envie de lui parler, et puis la façon dont il s'est presque enfui de l'amphi à la seconde où Whitman a terminé son cours.

Quand Letty m'a expliqué qu'elle leur avait dit la

vérité sur l'endroit où elle était, j'ai su qu'ils seraient tous les deux énervés. Mais que Luca l'ignore? Je ne m'attendais pas à ça. Je pensais qu'il était trop amoureux d'elle pour même considérer cela. Intéressant.

En sachant qu'elle ne s'attendra pas à me voir, je me dirige vers son dortoir. Je l'ai prévenue que je me battrais pour prouver qu'elle a tort et cela peut très bien commencer maintenant vu que je ne suis désiré nulle part.

« Oh tiens, il est de retour pour un autre round, » marmonne Ella, en levant à peine les yeux de son cahier sur la table à manger quand je me précipite dans leur dortoir pour la deuxième fois de la journée.

« Elle est dans sa chambre ? », je demande, en marchant dans cette direction avant même qu'elle n'ait répondu.

« Nope. »

Ce seul mot m'arrête net.

« OK, alors où est-elle ? »

Lentement, elle détourne les yeux de ce qu'elle est en train de faire comme si je la dérangeais sérieusement.

« Pourquoi je te le dirais ? »

« Parce que tu n'es pas stupide. »

« Tu n'arrêtes pas de lui faire du mal, Kane. Encore et encore. » Mes dents grincent et mon poing se serre en entendant ses mots.

« Et ça te concerne parce que... »

« Parce que c'est mon amie et qu'elle souffre. Elle ne veut pas de toi ici. Elle ne veut pas que tu sois près d'elle. »

« Est-ce que ce sont ses mots ou les tiens parce que je sais qu'elle adore quand je suis tout près d'elle. »

« Beurk, tu es vraiment un porc. »

Les pieds de sa chaise crissent sur le sol carrelé alors qu'elle se lève.

« Euh, bizarre parce que je pensais que tu avais un faible pour les joueurs un peu pervers. Cela devrait faire de moi ton type idéal. »

« Je n'ai pas de faible pour les connards, » grogne-t-elle en me regardant de haut en bas.

« Ah, c'est pour ça que Colt t'a jetée pour trouver quelqu'un de mieux samedi soir ? », je demande en lui faisant se décrocher le menton.

« C-comment sais-tu cela ? », bégaie-t-elle, incapable de masquer sa peine.

Je fais un pas vers elle. « Parce que... » Je baisse le ton de ma voix, en sachant que cela la terrifiera et la fera se tortiller comme une petite souris. « Je sais tout. »

En vérité, c'est juste une hypothèse après avoir entendu les gars parler ces deux dernières semaines et avoir vu ce qui traînait sur les réseaux sociaux, mais elle n'a pas besoin de le savoir parce que je sais que j'ai frappé là où ça fait mal.

« Est-ce que ça fait mal d'être rejetée comme la coureuse d'athlètes que tu es vraiment ? »

« Va te faire foutre, Kane. Va. Te. Faire. Foutre. »

En faisant glisser son cahier sur le côté, elle passe devant moi avant de claquer la porte de sa chambre si fort que tout le dortoir vibre à cause de sa colère.

De mon côté, je ne peux m'empêcher de sourire.

« Hé, mec. Qu'est-ce... euh... qu'est-ce qui se passe ? », demande le mec tranquille du groupe . Je l'ai vu avec Ellis quelques fois, donc je sais qu'ils sont amis.

« Rien. Elle est juste un peu trop émotive. »

« Ella ? », il confirme. « Ouais, ça dépend des jours. » Il secoue la tête, un doux sourire jouant sur ses lèvres alors qu'il pense à elle avant de se diriger vers le réfrigérateur pour prendre une bouteille d'eau.

« Est-ce que tu sais où est Letty ? », je demande à tout hasard.

« Ouais, elle est rentrée chez elle pour voir son père, » répond-il innocemment.

Mon sang se transforme en lave en entendant ses mots.

Je jette un coup d'œil à sa porte pendant un bref instant alors que notre conversation de ce matin se rejoue dans mon esprit.

« *Promets-moi quelque chose. Ne va pas à Creek.* »
Putain.

En lui faisant un sourire qui n'est vraiment, vraiment pas sincère, je remercie le gars avant de retourner à ma voiture.

Ma prise sur le volant est trop serrée alors que j'appuie sur l'accélérateur vers notre trou à rat que nous appelons chez nous, et mes articulations s'ouvrent une fois de plus, mais je ne laisse pas ça m'arrêter parce que l'idée qu'elle tombe directement sur Victor putain de Harris à son arrivée à Harrow Creek me fait peur.

Elle s'en est plutôt bien sortie samedi soir, mais ça ne veut pas dire qu'il ne va rien se produire lorsqu'il la trouvera en train de fouiner sur son territoire.

Le parc à caravanes ressemble exactement à ce qu'il a toujours été, il est sombre, humide et c'est l'un des endroits les plus déprimants où j'aie jamais eu la joie de passer du temps. Il y a des voitures défoncées sur la route pourrie, des meubles cassés, des jouets, et toutes sortes d'autres trucs partout.

Je déteste cet endroit, putain.

Comment mes parents ont réussi à se retrouver

coincés ici ? Je ne sais pas. Je me suis demandé plus d'une fois au fil des ans si le fait de mourir dans cet accident ce jour-là n'était pas la meilleure chose qui leur soit arrivée. C'est mieux que de pourrir en enfer dans cet endroit.

J'arrête la voiture derrière chez Letty et je saute.

Je ne prends pas la peine de frapper, je sais déjà qu'elle est à l'intérieur.

« Scarlett ? », je crie à la seconde où la porte est ouverte. Je marche à l'intérieur de la caravane démodée, plus reconnaissant que jamais d'avoir une putain de maison convenable où habiter et je me mets à sa recherche.

« Qu'est-ce que c'est que ce bordel, Kane ? », dit-elle sèchement en sautant du canapé comme si elle avait l'intention de m'éloigner physiquement de la maison de son père.

En baissant la voix, je garde les yeux rivés sur elle. « Je t'ai dit de ne pas venir ici. »

« Et je t'ai dit d'aller te faire foutre. »

Mes dents grincent au point que je me demande si je vais m'en casser une.

« On dirait que tu aimes me contrarier, Princesse, » je grogne, en ignorant le fait que le regard mortel de William Hunter perce des trous dans mon crâne.

Ses lèvres s'entrouvrent, je suis sûr qu'elle s'apprête à me cracher d'autres injures qui vont me donner envie de la punir, mais ce n'est pas sa voix qui remplit l'espace.

« Tu dois partir, » aboie William, en s'asseyant un peu plus en avant sur le canapé même s'il a l'air de pouvoir à peine bouger.

« Pas de problème, mais j'emmène votre fille avec moi. »

« Dans tes rêves, putain. Je ne suis pas une poupée de chiffon que tu peux traîner où tu veux, Kane. »

« Tu seras ce que je veux que tu sois chaque fois que tu feras exprès de me défier et que tu te mettras en danger. »

« Elle n'est pas en danger, » crache William.

En détachant mes yeux de Letty, je tourne mon attention vers son père.

« Êtes-vous sûr de cela ? » Il pâlit légèrement, en me donnant la réponse dont j'ai besoin. « Exactement. Vous avez merdé, vieux. Elle connaît la vérité maintenant, ce qui signifie qu'elle est en putain de danger. »

« Victor ne prendrait pas le risque de la toucher. »

Un petit rire non amusé s'échappe de ma bouche.

« Victor se fout de tout. Il éliminerait sa propre chair et son propre sang si cela lui était profitable. On n'a pas vu Gray depuis des putains de mois. Est-ce que Victor a l'air de s'inquiéter de l'endroit où se trouve son plus jeune fils ou de savoir s'il est encore en vie ? »

« Il a failli tuer ma fille, » grogne William.

« Encore plus de raisons de la protéger, vous ne pensez pas ? », je demande en haussant un sourcil.

Son regard soutient le mien un peu plus longtemps qu'il ne faudrait, et je peux lire un avertissement silencieux en lui. Il ne veut pas de moi près de Scarlett, c'est évident, mais il sait aussi que j'ai raison.

« Mais tu es l'un d'entre eux. Pourquoi te ferais-je confiance ? »

« Parce que vous n'avez pas d'autre choix. Vous le saviez, mais vous n'étiez pas pressé de la renvoyer là où elle est en sécurité. »

« Tu penses qu'elle est en sécurité à Maddison ? »

« Plus en sécurité qu'elle ne l'est ici dans ce trou à rat. »

« Mais les frères Harris— »

« Ne sont pas une putain de menace pour elle. Je ne suis pas une menace pour elle, » je l'interromps. « Mais Victor Harris, c'est une putain de menace. »

William hoche la tête et me concède ce point.

« Il a raison, ma chérie. Tu devrais partir. »

« Quoi ? » Letty hurle après son père. « Non. Non, tu ne peux pas être sérieux. Je ne vais pas te laisser dans cet état. As-tu mangé depuis ton retour ? »

« Je vais bien, Scarlett. Je peux parfaitement m'occuper de moi. »

Letty fulmine, ses lèvres pincées de frustration et ses petits poings serrés de colère.

« Super, on y va ? », je demande en désignant la sortie. Je pense être plutôt poli car ce que j'ai vraiment envie de faire, c'est de la jeter par-dessus mon épaule et de la faire sortir d'ici.

« Je ne vais nulle part avec toi, » elle crache, pour le plus grand plaisir de son père.

« Tu vois, tout comme ta mère, » marmonne-t-il alors qu'elle se tient avec ses mains sur les hanches et un air agacé.

« Vous êtes incroyables. »

« S'il te plaît, Let. Retourne à la fac pour être loin de tout danger. Tu pourras m'appeler par téléphone, m'appeler en vidéo. Je te promets que je vais bien. »

« Tu travailles pour le diable, tu ne vas pas bien. »

« Letty, c'est ma vie, » dit-il avec un soupir vaincu. « C'est ma vie depuis des années. S'il te plaît, laisse-moi faire. »

« Non, je ne pars pas tant que je ne t'aurai pas préparé le dîner et rangé cet endroit. »

Alors que le père et la fille se regardent, tous les deux trop têtus pour céder, ma patience atteint ses limites.

« Kane, qu'est-ce que tu fous ? », crie-t-elle quand je fais exactement comme j'aurais dû faire à la seconde où je suis arrivé ici et que je la jette sur mon épaule.

« On s'en va. »

« Non, il a besoin de— »

« De dîner, j'ai entendu. Nous lui commanderons une pizza sur le chemin du retour. »

« Je ne veux pas venir avec toi. » Ses poings tapent sur mes fesses alors que je nous éloigne de la caravane de son père. « Papa, aide-moi, » crie-t-elle en donnant des coups de pied dans l'espoir de me faire lâcher.

Cela ne fonctionnera pas.

Je tourne les talons en regardant son père avant de sortir de chez lui.

Ses traits sont durs, ses yeux sont plissés vers moi.

« J'espère que tu sais que je venais juste de la prévenir de rester loin de toi, Legend. »

« Ouais, eh bien. Parfois, les choses ne sont pas si simples. »

« Si tu la mets en danger, je te tuerai moi-même. »

« Vous pouvez me faire confiance, monsieur. Rien ne lui arrivera. Ce n'est pas moi le méchant ici. »

Letty rit en entendant mes mots.

« Non, tu es le putain de diable, » elle crache.

« Désormais, nous savons tous que ce titre est réservé à Victor, » je grogne. « Je vais appeler quelqu'un pour vous aider à nettoyer un peu cet endroit, pendant que vous récupérez. »

Je lui fais un signe de tête avant d'ouvrir la porte et de sortir, Letty s'agitant toujours dans mes bras.

« Repose-moi, » crie-t-elle, en recommençant à donner des coups de pied et des coups de poing. Des adolescents qui jouent au ballon sur la route lèvent les yeux vers nous, mais comme pour tout ce qui se passe ici, ils ne bronchent pas sur le fait que je maltraite une femme. Cela résume assez bien à quoi ça ressemble ici.

J'ouvre ma portière passager et la pose à l'intérieur.

« Je ne viens pas avec toi. » Elle se bat, en m'agrippant l'avant-bras quand je l'immobilise avec ma main autour de son cou.

En me penchant jusqu'à ce que mon nez touche presque le sien, je fixe ses yeux sombres et en colère.

« Tu as totalement ignoré mes ordres, Princesse. »

Elle rit avec un air moqueur. « Je ne reçois pas de putains d'ordres de ta part, Kane. En fait, je ne reçois d'ordres de personne. Je voulais m'assurer que mon père allait bien. Je m'en fous de Victor ou de ces putains de Hawks. En ce qui me concerne, vous êtes tous une bande de criminels pourris et psychopathes. »

« Tu ne devrais pas t'en foutre. Combien de fois dois-je te le dire ? Il va te tuer. »

« Alors, putain, laisse-le me tuer, » crie-t-elle, en haussant les épaules comme si elle s'en fichait vraiment.

Mes doigts se resserrent autour de sa gorge mais elle ne bronche pas.

« Vas-y, sois un bon petit serviteur et fais son sale boulot. C'est ce que tu fais, n'est-ce pas, Kane ? Tu tues des gens pour ce connard. »

Ma mâchoire tressaute, mes dents grincent si fort que ça me fait vraiment mal. Mon cœur s'emballe et je dois lutter pour empêcher ma main de trembler contre elle.

« Princesse, » je dis en me forçant à sortir de la brume de colère qui m'envahit.

Elle me regarde comme si elle s'en fichait royalement. Malheureusement pour elle, je peux sentir son pouls tonner sous ma main.

« Ne bouge pas ou ton père va être témoin de quelque chose qu'il n'a vraiment pas envie de voir. »

Ses lèvres s'entrouvrent pour répondre mais quand ses yeux se détachent des miens et regardent par-dessus mon épaule, je sais que, en effet, il nous regarde.

Elle déglutit nerveusement avant de baisser la tête et de regarder ses genoux.

C'est bon à savoir qu'elle peut suivre les ordres lorsque sa famille est impliquée.

En serrant sa gorge en signe d'avertissement, je jette son sac à main sur ses genoux et claque la porte avant de courir jusqu'au siège conducteur.

Je démarre le moteur et sans lever les yeux vers l'endroit d'où je sais que William nous regarde, je m'éloigne de sa caravane et j'appuie à fond sur l'accélérateur pour quitter cet endroit où je serais heureux de ne plus jamais remettre les pieds.

« Kane, je— »

« Non, » j'aboie, ma prise sur le volant est si serrée que c'est douloureux jusqu'à en avoir des crampes aux doigts.

Elle expire et se retourne, en posant sa tête contre la fenêtre.

En appuyant mon dos contre l'appui-tête, je prends quelques profondes inspirations, en voulant que ma colère à cause de ses putains de décisions stupides se calme.

Cela fonctionne pendant une seconde, mais je lui jette

un coup d'œil et l'image d'elle attachée à une chaise, comme Reid me l'a décrite après qu'elle m'a seulement raconté les grandes lignes de ce qui s'est passé, me revient à l'esprit.

« Qu'est-ce que tu fous ? », crie-t-elle, effrayée quand je prends un virage serré à gauche, en coupant la route à la voiture qui approchait en face de nous.

Je serre les dents et ravale ma réponse alors que nous continuons d'avancer sur quelques kilomètres avant que la voiture ne commence à être secouée à mesure que le terrain change. Nous nous retrouvons rapidement sous des arbres et totalement seuls.

« Oh super, tu m'as emmenée au milieu de nulle part pour me tuer. »

« Putain, ne me tente pas, Princesse, » je grogne, en tendant la main vers elle pour glisser mes doigts dans ses cheveux à la base de son cou et la tirer vers moi.

Ses lèvres s'entrouvrent sous le choc mais elle ne dit rien alors que je pose violemment les miennes sur les siennes. Je plonge ma langue dans sa bouche alors que ses mains frappent mes bras et ma poitrine— et tout ce qu'elle peut— pour tenter de me repousser.

Elle lutte contre chacun de mes mouvements, contre ma langue qui essaie de la forcer à se soumettre mais ce n'est que lorsque je la prends à nouveau à la gorge que ses mains abandonnent leur assaut et que son corps commence à se détendre sous ma prise.

« Abandonne, Princesse. »

« Fuck you, Kane. »

« Quelle bonne putain d'idée. »

Alors qu'elle refuse toujours de m'embrasser, nos bouches restent collées l'une contre l'autre sans bouger tandis que nos respirations accélérées se mélangent. Son regard soutient le mien mais à chaque seconde qui passe, je vois sa détermination commencer à faiblir.

J'ouvre la braguette de mon pantalon et le fait descendre avec difficulté le long de mes jambes.

En glissant ma main dans ses cheveux, je l'éloigne de mon visage et ses yeux se dirigent immédiatement vers l'endroit où je branle lentement ma bite dure.

Le désir assombrit ses yeux, ses taches d'or sont presque scintillantes.

« Kane ? »

« Tu m'es redevable, Princesse. »

« Euh— »

« Tu m'as désobéi. Tu m'as forcé à aller à Creek pour venir te chercher. »

« Je n'ai pas— » Pas intéressé par son argumentation, je pousse sa tête plus bas jusqu'à ce qu'elle survole ma queue.

« Suce-moi, Princesse. Fais en sorte que tout ça en vaille la peine. »

CHAPITRE DIX-HUIT

Letty

Mon cœur tonne et ma température monte en flèche alors que ses doigts serrent mes cheveux, en me forçant à m'approcher de sa bite.

Je suis tellement en colère contre lui en ce moment, mon corps tremble à cause de ma retenue. Mon envie de m'avancer et de le mordre pour me venger de l'attitude de mâle alpha qu'il a affichée devant mon père est forte. Mais pas aussi forte que mon désir pour lui.

Mon clitoris palpite alors que je m'immobilise, suspendue au-dessus de la console centrale comme une pute bon marché.

Mais je suppose que c'est ça.

Il pense que je lui suis redevable, et quelle bonne façon de me faire payer !

« Princesse, » grogne-t-il, sa voix grave et profonde envoyant un violent frisson dans tout mon corps. « Je n'ai pas tout mon t—putain, » aboie-t-il alors que je referme l'espace entre nous et que je l'aspire profondément dans ma bouche.

Son goût explose sur ma langue, en me faisant saliver à l'idée d'en avoir plus.

Sa prise sur mes cheveux est ferme alors qu'il me tire vers le haut, mais la douleur ne fait qu'ajouter à l'intensité de ce que je ressens entre mes jambes.

« Putain, Princesse, ta bouche est... » Ses mots s'éteignent alors qu'il me pousse à nouveau vers le bas, en prenant le contrôle total de mon rythme.

Chaque fois qu'il me fait redescendre sur lui, il me force à prendre sa bite plus profondément dans ma gorge jusqu'à me faire avoir un haut-le-cœur.

« Putain. Putain, c'est bon, Princesse, » gémit-il en continuant à se servir de moi pour son plaisir.

Au moment où il commence à durcir encore plus dans ma bouche, en me montrant qu'il est proche de l'orgasme, ma culotte est trempée et mon entrejambe se serre avec l'envie de le sentir à nouveau en moi.

« Kane, » je gémis quand il me tire, en me faisant le relâcher.

« Ce n'est pas toi qui prends les décisions en ce moment, Princesse, » il grogne, la rugosité de sa voix n'arrangeant pas ma situation.

Avant que je ne sache ce qui se passe, ses mains géantes sont autour de ma taille et je suis soulevée de son côté.

« Tu portes une jupe. C'est presque comme si tu savais que ça allait arriver, » murmure-t-il en remontant le tissu autour de ma taille et en enroulant ses doigts autour de ma culotte, le son de la dentelle déchirée se mélangeant à celui de nos respirations haletantes.

La colère me submerge en entendant ses mots. Comment peut-il avoir l'audace de dire ça ? Je ne pensais absolument pas qu'il me courrait après et que j'aurais le privilège d'être forcée à sucer sa bite.

Ma main s'envole sans y penser mais il est plus rapide que moi et ses doigts entourent fermement les miens bien avant que j'entre en contact avec lui.

« Tu as envie d'aggraver les choses, Princesse ? »

Sa prise sur mes poignets et sur ma hanche se resserre jusqu'à me faire mal, et suffisamment pour que je sois sûre d'avoir des bleus demain.

« Alors n'insinue pas que j'avais prévu ça, » je dis, en colère.

« Alors ne prétends pas que tu n'as pas envie de ça. »

En déplaçant ma main pour l'enrouler autour de son cou, il fait descendre la sienne jusqu'à mon entrejambe.

« Tu dégoulines, putain, » déclare-t-il, en plongeant deux doigts en moi et en faisant se contracter mes muscles pour l'absorber plus profondément en moi. « Sale petite pute. »

Comme toujours, ses mots envoient un éclair de chaleur dans ma chatte, en inondant encore plus sa main, et ça ne lui échappe pas.

« Putain, Princesse. »

Je pleure presque quand il retire ses doigts, mais j'oublie bientôt quand il fait courir son gland sur ma chair humide.

« Kane, » je gémis, en essayant de le forcer à entrer en moi quand il arrive à l'entrée de mon vagin. Ma main se resserre autour de son cou alors que je me bats pour reprendre le contrôle.

« Ce n'est pas comme ça que ça marche, » il dit du

bout des lèvres, en tendant la main pour saisir ma gorge une fois de plus et en me repoussant contre le volant.

Dès que je me trouve là où il me veut, ses hanches se soulèvent, et sa bite me remplit dans un mouvement rapide.

« Kane, » je crie alors que la brûlure de son intrusion laisse place au plaisir.

« Je t'avais manqué, Princesse ? »

La suffisance de son ton et le sourire narquois sur son visage me donnent envie d'essayer de le gifler à nouveau, mais je sais que c'est inutile parce qu'il peut lire dans mes yeux, j'en suis sûre.

Mes bras s'agitent en essayant de trouver quelque chose à quoi m'accrocher alors qu'il commence à me marteler, en tirant mes hanches vers le bas pour épouser chacune de ses poussées brutales.

Ma paume se pose sur la fenêtre, le verre froid refroidissant ma peau chauffée pendant une seconde alors qu'elle glisse vers le bas.

« Quand apprendras-tu à faire ce qu'on te dit, putain ? », crache-t-il en continuant à me baiser.

Ses cheveux sont retombés sur son front et sa peau est rougie par l'effort, ses lèvres tordues comme s'il avait mal.

« Merde, » dis-je dans la précipitation, en essayant de me débattre pour garder un pied dans la réalité qui s'évanouit rapidement alors qu'il est en moi. « Est-ce que tu vas bien ? Tu ne devrais pas être— »

« La ferme, Princesse, » grogne-t-il et mes lèvres se referment immédiatement.

Je le regarde avec mes sourcils levés.

Tu sais quoi ? J'espère que ça fait vraiment mal.

Son sourire narquois me dit qu'il sait exactement ce que je pense.

Ses doigts se resserrent et je suis tirée plus bas sur lui, pour que sa bite touche cet endroit magique à l'intérieur de moi à chaque fois qu'il s'enfonce en moi.

Mon corps brûle, mes terminaisons nerveuses picotent, prête pour la jouissance qui est juste à portée de main.

Il sait que je suis proche de l'orgasme. Nous avons joué à ce jeu assez longtemps maintenant pour qu'il sache interpréter mes mouvements. En passant la main sous mon t-shirt, il fait glisser le bonnet de mon soutien-gorge vers le bas et serre mon téton jusqu'à ce qu'il me brûle de douleur.

« J'ai un million de raisons de ne pas te laisser jouir, Princesse », me prévient-il. « Et si tu me disais pourquoi je devrais t'y autoriser ? »

Je le regarde. Les muscles qui courent le long de son cou se contractent sous la tension. Mes yeux parcourent son torse et ses abdominaux, en souhaitant comme pas possible qu'il n'ait pas de maillot pour que je puisse aussi voir ses muscles se contracter alors qu'il s'enfonce en moi.

Je retrouve ses yeux. Le bleu a été presque entièrement englouti par la noirceur de sa colère et de son désir. Le fait de savoir que je suis celle qui provoque cette réaction chez lui me fait me sentir comme une putain de déesse.

« P-parce que tu en as envie ? »

« Putain, Letty. Putain. » Sa paume claque contre la fenêtre avec une telle force que je laisse échapper un cri de surprise avant qu'il n'attrape mes hanches pour me déplacer exactement où il veut que je sois alors qu'il augmente les enchères.

« Viens, Princesse. Viens sur ma putain de bite. »

Il s'enfonce à nouveau en moi et ma tête retombe en

arrière alors que le plaisir m'envahit. Mon corps convulse alors que, vague après vague, le plaisir me submerge encore et encore.

Les va-et-vient brutaux de Kane, et sa prise sur mon corps, ne faiblissent pas jusqu'à ce que sa bite gonfle encore, en m'étirant un peu plus alors qu'il tombe dans la jouissance. Cette vision de lui et la sensation de sa bite qui convulse en moi entraîne une réplique de mon orgasme presque avant la fin du premier.

Incapable de me relever, je tombe en avant contre son torse alors que je me bats pour reprendre le contrôle de ma respiration.

Sa queue ramollit mais pas assez pour glisser de mon corps avant que je ne me relève et ne m'asseye.

Un gémissement s'échappe de sa gorge à mon mouvement et quand je trouve ses yeux, je vois ses paupières fermées.

« Je devrais te prendre sur le capot de la voiture et te traiter comme tu le mérites, » grogne-t-il.

« Parce que me baiser sur le siège avant n'était pas suffisant ? », je demande, avec un peu d'amusement dans ma voix.

« Ce n'est jamais suffisant, putain, » marmonne-t-il, mais son souffle se coupe comme s'il n'avait pas vraiment eu envie de prononcer les mots à voix haute.

En ne voulant pas admettre ce que signifie cette déclaration, je commence à m'écarter de lui.

Ses mains glissent le long de mes cuisses, ses doigts me serrent pendant quelques secondes mais il finit par me relâcher et me laisse retomber sur le siège passager.

« Nous devrions rentrer. » Ma voix est neutre, vide de toute émotion alors que je me rassieds et essaie de remettre mes vêtements en ordre. Mes cuisses me font mal et la preuve qu'il vient de rentrer en moi sans putain de préservatif commence à se faire sentir.

Mon cœur continue de s'emballer mais je refuse de laisser les pensées du passé ressurgir dans ma tête.

En me sentant nue avec ma jupe courte et sans culotte, je lui jette un coup d'œil alors qu'il se remet en place mais je ne manque pas le bout de dentelle rouge qui sort de sa poche.

« Tu es sérieux ? », je laisse échapper, mes yeux toujours fixés sur sa taille.

Il émet un petit rire sinistre mais ne dit rien alors qu'il se redresse et baisse un peu la vitre, en laissant un peu d'air frais de la forêt se mélanger à l'odeur de sexe qui remplit la voiture.

Ma peau me brûle alors que je me souviens de ce qui vient de se passer.

Je lève les mains et je passe mes doigts dans mes cheveux pour les lisser et j'essaie de retrouver un peu de calme dans tout ce chaos.

Le regard furieux de Kane me brûle le côté du visage mais il ne fait rien pour nous éloigner d'ici.

« On peut y aller ? S'il te plaît ? »

« Toujours à vouloir t'éloigner de moi, Princesse. »

« Et ça te surprend ? », je marmonne, plus que prête à mettre toute cette soirée derrière moi.

« Tiens, » dit-il en me passant son téléphone. « Commande à dîner pour ton père. »

Je baisse les yeux vers le téléphone et fronce les sourcils.

« Je peux le faire moi-même, » dis-je, en tendant la main vers mon sac à main et en espérant y trouver aussi un putain de mouchoir parce que... beurk.

« Commande-lui à manger, Princesse, » grogne-t-il,

avec une voix rauque et grave qui me fait frissonner alors qu'il jette son portable sur mes genoux.

« O-OK. »

Je le prends avec mes mains tremblantes et constate qu'il a laissé une application ouverte pour moi.

Je fais défiler jusqu'à ce que je trouve quelque chose que je sais que Papa aimera, puis je tape son adresse.

« C'est fait. Tiens. » Je le lui balance, un peu comme il l'a fait il y a deux minutes, et je ne peux pas combattre mon sourire narquois quand je vois que le téléphone atterri sur ses couilles et qu'il sursaute sous le choc.

Il me jette un coup d'œil alors que nous retournons sur la route principale mais il ne dit rien.

Je me recroqueville et garde les yeux rivés sur les bâtiments qui défilent devant nous avant que le paysage ne change quand nous sortons de la ville.

« MKU se trouve par-là, » dis-je, en désignant un virage qu'il a raté pour, enfin, nous éloigner de Harrow Creek.

« Je suis au courant, Princesse. »

« Mais— »

Il me jette un regard qui coupe habilement tout argument que je m'apprêtais à formuler.

Je n'ai aucune idée de ce qui se passe, nous sommes maintenant entourés d'arbres, mais j'ai le sentiment que quoi qu'il se passe, ce n'est pas bon.

Je déglutis nerveusement et le regarde conduire. Quelques minutes plus tard, un panneau apparaît.

« Kane ? »

« Quoi ? J'ai faim, » dit-il comme si c'était le plan depuis le début.

« T-tu m'emmènes chez Hallie ? »

« Ouais. Ça te pose un problème ? »

Je secoue la tête alors qu'il entre dans le parking.

Je ne suis pas venue ici depuis des années. Je me souviens que Maman et Papa nous ont emmenés ici une fois pour manger des pancakes quand nous étions enfants. Je pense que c'était pour l'anniversaire de Zayn ou pour une occasion spéciale. Nous n'avions pas assez d'argent pour manger beaucoup au restaurant.

Ce n'est que lorsque je me lève de la voiture que je me souviens de ce que je n'ai pas. L'air frais entoure mon entrejambe gonflé et j'en ai le souffle coupé.

« Tu as un problème ? » Kane me demande, en faisant le tour du capot et en s'approchant de moi avec une expression sombre sur le visage.

« Ouais, tu as ma putain de culotte, » je siffle, en me sentant nue malgré le fait que personne ne puisse s'en rendre compte.

« Ah celle-là ? », il demande, un sourire narquois se dessinant sur ses lèvres alors qu'il la sort de sa poche.

Mes dents grincent alors qu'il la tient en l'air.

« Elle ne te sert plus à rien maintenant. Elle est ruinée. Tout comme ta chatte, Princesse. Parce qu'au cas où tu ne l'aurais pas réalisé... » Il fait un pas en avant, en me forçant à reculer contre la voiture. La longueur de son corps se presse contre le mien, sa bite encore dure contre mon ventre alors qu'il descend vers mon oreille. « Putain, tu m'appartiens. »

Sa main se glisse entre nous et il trouve le bas de ma jupe.

Oh mon Dieu.

Je ferme les yeux pour essayer d'oublier où nous

sommes alors que ses doigts me séparent et frôlent mon clitoris encore très sensible.

« Tu es tellement mouillée pour moi, Princesse, » il grogne, en glissant sa main plus loin en arrière et enfonçant son doigt en moi.

« K-Kane, nous sommes dans un parking, » je soupire, en voulant désespérément qu'il s'arrête et en devenant de plus en plus excitée en même temps.

Je n'ai jamais rencontré quelqu'un qui ait fait à ce point se battre ma tête et mon corps comme Kane.

Je le hais, j'ai envie de lui.

Je veux qu'il parte, je veux qu'il reste.

Je veux que ça se termine, j'en veux plus.

La seule chose que je sais, c'est qu'il me rend folle.

« Un parking vide, » corrige-t-il. « Personne ne nous verrait si je te baisais ici. »

« Kane, » je gémis alors qu'il incline ses doigts et commence à frotter mon point sensible. « Oh merde. »

« Mais tu sais quoi ? », murmure-t-il, son souffle chaud faisant éclater une chair de poule sur tout mon corps.

Je secoue la tête, mais le mouvement est si léger que je suis même surprise qu'il le remarque.

Je sursaute alors qu'il retire rapidement ses doigts.

« Je ne le ferai pas. »

Il recule, fait courir ses yeux le long de mon corps avant de porter ses doigts à sa bouche et de les sucer.

Une bouffée de chaleur inonde mon entrejambe tandis que ses yeux se ferment alors qu'il me goûte.

Pourquoi diable a-t-il l'air si dangereux quand il fait ça ?

Parce qu'il sait très bien à quel point ça t'excite.

« Viens alors, » dit-il brusquement, en attrapant ma

main et en me tirant de la voiture pour nous diriger vers l'entrée du restaurant.

Le parking était peut-être désert, mais l'intérieur du restaurant ne l'est pas et à la seconde où je vois des yeux se poser sur nous, mes joues rougissent, en sachant qu'ils étaient probablement en train de regarder.

Je recule légèrement, en me cachant derrière Kane.

« Hé, » dit-il sèchement, en me ramenant à côté de lui. « Ils sont juste jaloux. » Son sourire narquois montre à quel point il est fier qu'ils sachent exactement ce qu'il était en train de me faire contre sa voiture.

Connard.

« Je m'en fous qu'ils soient jaloux. » Je ne veux pas qu'ils me fixent comme ça, comme s'ils me déshabillaient du regard.

Cette pensée me retourne l'estomac.

« Ne t'inquiète pas, Princesse. Ils seront morts avant d'avoir pu s'approcher de toi. Je peux te le promettre. »

« Kane, fiston, » dit une douce voix féminine alors qu'une femme plus âgée se dirige vers nous avec un large sourire sur le visage.

Elle ressemble à la grand-mère que j'ai toujours voulu avoir. Celle qui t'apprend à cuisiner, à confectionner des vêtements pour tes poupées et à te laisser faire toutes les bêtises que tu ne ferais jamais avec tes parents. Et elle regarde Kane comme s'il était littéralement son rayon de soleil.

En le regardant, je vois une tendresse similaire dans ses yeux et un doux sourire qui n'apparaît pas très souvent sur ses lèvres. Cette vision fait virevolter quelque chose dans mon ventre et l'envie qu'il me regarde de cette façon est soudainement impossible à ignorer.

« Oh, oh, oh. » Elle s'arrête net lorsqu'elle me repère à

côté de Kane. « Scarlett Hunter, eh bien, je n'aurais jamais pensé ça ! »

Mon souffle se coupe à l'idée qu'elle connaisse mon nom. J'ai quitté Creek il y a des années, comment pourrait-elle savoir qui je suis ?

« Euh... B-bonjour, » je bégaie. « E-est-ce qu'on s'est déjà rencontrées ? », je demande, totalement confuse par la situation.

« Quelques fois, mais tu étais petite, » dit-elle doucement.

« Je suis Hallie. » Elle sourit. « Ta table habituelle, jeune homme ? »

« Ça marche, H. »

Elle sourit à nouveau à Kane d'une manière dont je suis sûre qu'elle sourirait à un jeune garçon adorable, pas à un membre d'un gang vicieux qui pourrait probablement la tuer d'une seule main et sans le moindre effort.

Avec la main de Kane sur le bas de mon dos, nous sommes conduits à un box au fond du restaurant, à l'écart de tous les autres clients. Je m'assieds et m'attends à ce qu'il se glisse en face de moi mais à mon grand étonnement, il se laisse tomber à côté de moi.

Mon estomac se noue mais je ne sais pas si c'est d'excitation ou de peur lorsque sa paume chaude se pose sur ma cuisse nue.

« Vous voulez boire quelque chose ? », demande Hallie, soit en ne voyant pas où se trouve la main de Kane, soit en ignorant simplement son geste. J'ai envie de penser que c'est la deuxième option.

« Un s-soda, s'il vous plaît. » J'essaie de repousser sa main, ou du moins de la descendre un peu, mais il n'en a rien à faire.

« Pareil, » ajoute Kane.

« Et ton plat habituel ? »

« Oui, pour nous deux. »

« Ça arrive. Amusez-vous bien, les enfants. » Elle fait un grand sourire à Kane et mon cœur fond. C'est bien qu'il ait une sorte de famille en dehors des Harris après avoir perdu ses parents quand il était plus jeune, puis sa grand-mère il y a moins d'un an.

« Je n'ai pas mon mot à dire sur ce que je mange ? », je demande tandis qu'il regarde Hallie repartir vers la cuisine.

« Nope. »

« Et si je n'aime pas ça ? »

« Tu aimeras, » déclare-t-il plein de confiance. Il se penche vers moi, en repoussant mes cheveux de mon oreille avec son nez. « Je sais exactement ce dont tu as envie, Princesse. »

Ma respiration se coupe en entendant ses mots, sa voix grave et la promesse silencieuse de ce qui va arriver ensuite me font frissonner.

Sa main serre ma cuisse avant de remonter un peu plus haut.

« Kane, » je préviens, mes yeux balayant l'espace autour de nous à la recherche de spectateurs.

« Personne ne peut nous voir et personne n'oserait venir à cette table à moins que ce soit pour apporter de la nourriture ou des boissons. »

« Ça suffit. Hallie a l'air trop gentille pour des gens comme toi. »

Il rit en m'écoutant. « Ne te laisse pas berner par son doux sourire. Cette femme sait tout. »

« Ouais, apparemment. Comment savait-elle exactement qui j'étais ? »

Il réfléchit un instant.

« Parce que je lui ai parlé de toi, » admet-il, bien qu'il ne me regarde pas quand il me parle.

« Pourquoi ? Qu'as-tu dit ? »

Il hausse les épaules tandis qu'une jeune serveuse s'approche avec nos sodas et les pose devant lui. Ses yeux ne se détournent pas de lui, et si elle ne venait pas de nous servir deux verres, je n'aurais aucun doute sur le fait qu'elle n'a aucune idée que j'étais assise ici.

Kane, en revanche, ne la regarde même pas, pas même lorsqu'il marmonne un merci.

« Qu'est-ce que tu lui as dit sur moi, Kane ? »

« Cela n'a pas d'importance. »

« Ça en a pour moi. » Je ne sais pas pourquoi je dis ça ni même pourquoi je pense qu'il pourrait avoir pitié de moi.

Il s'immobilise avant de se retourner lentement sur son siège pour pouvoir me regarder.

« Elle sait tout, » avoue-t-il. Son regard soutient le mien pour que je puisse lire la vérité en eux.

« T-tout ? »

« Eh bien, pas les événements récents. Ou le sexe dans la bibliothèque. Ça la ferait probablement marrer, cela dit. Alors— » Il se tourne et lève le bras. « Hal— »

« Non, » je couine, en attrapant son bras. « Ne t'avise pas de faire ça. »

Quand il me regarde, j'ai l'impression que je m'arrête de respirer parce qu'il a le sourire le plus époustouflant que j'aie jamais vu.

« Je plaisantais. Mais c'est bon de savoir ce que tu penses de l'idée de partager tes histoires. »

« C'est une vieille femme, Kane. Assez vieille pour être ta grand-mère. »

Il hausse les épaules alors que deux assiettes arrivent avec des hamburgers énormes dessus.

« Je ne mangerai jamais tout ça, » je marmonne en regardant la quantité de nourriture.

Hallie me sourit doucement alors que je regarde la nourriture avec horreur.

« Mange ce que tu veux, ma chérie. Il finira ce que tu n'auras pas terminé. »

« Merci. »

« Scarlett, » dit-elle comme si elle ne pouvait pas vraiment croire que j'étais là. « Tu es plus que bienvenue ici. » La façon dont elle m'étudie me fait me demander ce qu'elle sait exactement sur moi. Si ce que dit Kane est vrai et qu'elle sait tout, alors pourquoi ne me déteste-t-elle pas autant que lui ? Il n'y a aucun moyen qu'il lui ait fait un portrait de moi sous mon meilleur jour.

« Mange, » dit-il après quelques secondes une fois que Hallie nous a laissés et que je suis toujours assise là, perdue dans mes pensées.

« Pourquoi ne me déteste-t-elle pas ? »

Kane tient le hamburger géant devant son visage quand je le regarde mais je ne manque pas la façon dont ses yeux se plissent avec son sourire.

« Pourquoi te détesterait-elle ? »

« Parce que tu me détestes. »

« Hallie est plus intelligente que moi, » c'est tout ce qu'il dit avant de mordre dans le hamburger et d'interrompre la conversation.

« J'ai le ventre tellement plein, » je me plains depuis le siège passager de Kane avec mes mains sur mon ventre gonflé alors qu'il nous ramène enfin vers Maddison. « Ça fait longtemps que je n'ai pas été aussi grosse. »

« Tu n'es pas grosse, Princesse. »

« Comme si je ne le savais pas. J'ai perdu tellement de poids après tout ça. »

L'ambiance dans la voiture s'assombrit lorsque j'évoque le passé et ce que nous avons perdu.

« Tu aurais dû mieux prendre soin de toi. »

« Plus facile à dire qu'à faire quand la vie n'a plus d'intérêt. »

« Jésus. » Il se frotte la mâchoire avant mettre ses doigts dans ses cheveux de frustration. « Je continue de merder. Je ne sais même pas quoi dire pour arranger les choses. »

Mon menton tombe en entendant la vulnérabilité dans son ton. Il essaie, je sais qu'il le fait. Mais je ne suis pas sûre qu'il puisse comprendre un jour ce que ça m'a fait de perdre notre bébé dans ces conditions.

« Tu ne merdes pas. Il n'y a pas de mots justes, il n'y aucun moyen de réparer par magie ce qui est brisé. »

« Tu n'es pas brisée, Let, » dit-il, me regardant brièvement avant de tourner.

« Je ne parlais pas vraiment de moi mais je suis contente que tu ne penses pas que je le sois. » Dommage que je ne ressente pas la même chose. J'ai passé l'année dernière avec ce sentiment que je pourrais me briser en mille morceaux à tout instant. Certes, ça va mieux, mais c'est toujours là, au fond de moi.

Le silence se fait entre nous alors qu'il prend le dernier virage vers le parking de mon dortoir.

« Et ma voiture ? », je demande, en n'ayant pas oublié qu'elle était garée devant la caravane de Papa.

« Je vais demander à des gars de te la ramener. »

« Non, c'est bon. Je demanderai à l'un des mecs de m'aider demain. » Il est impossible de ne pas remarquer combien ses doigts serrent fort le volant.

« *Ils* n'ont pas besoin de s'impliquer. »

Pendant une seconde, je n'ai aucune idée de ce dont il parle mais ensuite ça me frappe.

« Je ne parlais pas de Luca ou de Leon, Kane. Tu dois tourner la page. Ce sont de bons gars. »

« Luca t'ignore parce que tu étais avec moi samedi soir. Ce n'est pas un bon gars. »

« Il veut juste le meilleur pour moi et tu ne lui as jamais donné de raison de lui faire penser que tu l'étais. »

« Non, il te veut pour lui, il ne veut pas le meilleur. »

Je secoue la tête. « Ça n'a pas d'importance. C'est trop tard. »

« Alors tu as baisé avec lui ? », demande-t-il en tournant ses yeux plissés vers moi.

« Luca ? Non, jamais. » Il hoche la tête, mais ses yeux brillent de colère alors qu'il interprète mes non-dits. Cela ne semble pas l'énerver autant que d'imaginer que quelque chose s'est passé avec Luca.

« Va préparer ton sac, » exige-t-il.

« Hein ? »

« Va préparer ton sac, » répète-t-il comme si j'étais une idiote. « Tu ne restes pas ici. »

« C'est ici que j'habite. »

« Peut-être, mais ce n'est pas là que tu dors ce soir. »

« Euh... »

Ses yeux descendent sur mon corps et s'arrêtent là où mes cuisses sont serrées l'une contre l'autre. « Ai-je besoin de te rappeler pourquoi ce serait dans ton intérêt de faire ce qu'on te dit ? »

« N-non, » je bégaie alors que des picotements éclatent dans le bas de mon ventre.

« Bien. Tu as dix minutes ou je viens te chercher. Et tu n'aimerais pas ce qui se passerait si je devais faire ça. » Sa menace fait déferler une flaque de chaleur entre mes jambes.

« Euh... OK, » j'acquiesce, en sachant que je n'ai pas vraiment le choix, pas que j'aie vraiment envie d'en avoir un.

Ses yeux bleus pétillent avec une sorte d'intention perverse alors que je déboucle ma ceinture et attrape mon sac à main.

« Dépêche-toi. »

« Tu te sens d'humeur impatiente ? »

« J'ai passé presque deux heures avec toi assise à côté de moi sans culotte. Je suis plus que foutrement impatient, Princesse. »

En me sentant nue mais satisfaite, je sors de sa voiture, en faisant attention à ne pas attirer l'attention de quiconque qui traînerait dans le parking et je me précipite vers mon dortoir.

Je ne devrais pas être aussi excitée à l'idée de passer la nuit avec le diable, mais ses petites attentions et taquineries des dernières heures, en plus de voir combien il a été gentil avec Hallie, ont fait s'adoucir quelque chose en moi. Enfin, c'est ça ou je suis juste vraiment excitée. C'est probablement mieux que je n'y pense pas trop et que je prenne les choses comme elles viennent. Faire ce qui me semble juste.

Le dortoir est vide alors que je me dirige vers ma chambre. Je suis contente parce que la dernière chose dont j'ai envie est d'expliquer où j'étais et où je m'apprête à partir avec un sac de voyage.

Je me précipite dans ma chambre, en énumérant mentalement toutes les choses dont je vais avoir besoin pour ma soirée pyjama impromptue, mais à la seconde où je pousse la porte, je m'arrête brutalement.

CHAPITRE DIX-NEUF

Kane

Je baisse la main et tire sur mon pantalon pour essayer de faire de la place à ma bite qui durcit alors que je regarde son cul se balancer quand elle s'éloigne de moi.

Une partie de moi a envie d'aller avec elle pour m'assurer qu'elle fait ce qu'on lui dit, qu'elle fait son sac et revient. Mais une autre partie de moi a envie de voir si elle va réellement le faire. Cette partie de moi espère aussi secrètement qu'elle ne le fera pas parce que j'aimerais vraiment aller la retrouver dans dix minutes et lui donner une fessée parce qu'elle n'aura pas suivi les ordres.

Mon poing se serre à cette seule pensée, ma bite menaçant de bander comme pas possible alors que l'image de mon empreinte de main sur ses fesses rondes emplit mon esprit.

Elle est belle, putain. Carrément belle.

Je serre le volant dans l'espoir que cela m'aidera à rester assis au lieu de céder à ma pulsion de la suivre.

Heureusement, mon portable sonne dans ma poche, c'est la distraction parfaite.

Ou du moins ça devrait l'être.

Je réponds à l'appel, en sachant que c'est le seul moyen de me débarrasser de lui.

« Legend, » aboie Victor à la seconde où je décroche. « Mercredi soir. Alana. Aucune excuse, et toute la nuit cette fois. »

« Non, Vic. J'ai en fini, souviens-toi. »

« Et je peux te faire virer de cette équipe plus vite qu'Alana ne peut te faire jouir. Fais ce que tu as à faire. »

La tonalité qui emplit mon oreille me dit qu'il a déjà raccroché.

« Enfoiré, » je lâche, en claquant ma paume sur le volant. « Putain. Putain. »

La tête en arrière, j'essaie de contrôler ma respiration.

Je savais que cela allait arriver. Je savais qu'il n'allait jamais respecter sa part du marché, mais quel choix avais-je ? Soit je faisais ce qu'il attendait de moi, soit je disais au revoir à la tutelle de Kyle et à mon rêve de jouer au football à l'université.

« Putain. »

Lorsque mes yeux regardent l'heure, je remarque que Letty est partie depuis longtemps et la colère fleurit en moi, en envoyant une fureur brûlante dans mes veines.

J'aurais juste été en colère qu'elle m'ignore, mais après cette très brève conversation avec Victor, c'est encore pire.

En sautant de la voiture, je cours presque vers le bâtiment et je monte quatre à quatre les escaliers jusqu'à son étage.

La zone commune est déserte alors que je me précipite vers la porte fermée de Letty.

Je ne m'arrête pas pour penser à ce qui pourrait se passer à l'intérieur, à part le fait qu'elle se cache de moi. Je m'attends à ce que la porte soit verrouillée dans une tentative pathétique de me tenir à l'écart, alors je suis surpris quand je pousse la poignée vers le bas et que la porte s'ouvre mais ce qui me choque encore plus, c'est la scène qui se déroule devant mes yeux.

Mes dents grincent et mes poings se serrent, prêts à enfin donner le coup de poing dont je crève d'envie.

Debout au milieu de sa chambre se trouve Letty et son visage est pris en coupe par les mains d'un Luca à l'air contrarié.

Seulement, il ne la regarde plus, mais balance un regard mortel dans ma direction.

« Retire tes putains de mains d'elle, » je bouillonne, mon sang étant en ébullition à cause de ce simple contact innocent.

Ses lèvres se retroussent en un sourire narquois.

« Va te faire foutre, Legend. Elle ne veut pas de toi ici. » Il la libère et la ramène derrière lui.

« Moi ? », je demande, incrédule. « Elle ne veut pas de moi ici ? Je ne suis pas celui qui l'a ignorée toute la journée. Je suis celui qui l'a bien traitée, qui l'a fait crier et qui l'a emmenée dîner. »

Le menton de Luca se décroche alors que Letty siffle. « Kane. »

« Tu étais avec lui ce soir ? » Luca demande à Letty, en ne croyant clairement pas un mot qui sort de ma bouche.

« Oui, » murmure-t-elle.

« Et vous avez encore baisé ? »

« Luca, s'il te plaît. Est-ce qu'on doit vraiment faire ça ? » Elle le regarde à travers ses cils, en le suppliant de laisser tomber.

Ses épaules s'affaissent en guise de défaite alors qu'il la fixe.

Je n'aime peut-être pas ce con, mais pour le moment, je ne peux pas m'empêcher d'avoir un peu pitié de lui.

Il l'aime bien, c'est évident, mais ça ne mènera à rien et sa réaction ne fait que confirmer ce que Letty m'a dit tout à l'heure à propos du fait qu'ils n'ont jamais couché ensemble. Il s'accroche à la moindre lueur d'espoir même si je suis presque sûr qu'au fond il sait qu'il est déjà perdant.

« Est-ce que tu as vraiment envie de lui ? »

J'arrête de respirer à la seconde où la question sort de sa bouche.

« Euh... » Letty me jette un bref coup d'œil.

« Continue, Princesse. Réponds à sa question. »

« Je... hum... » Elle nous regarde tour à tour, la panique emplissant ses yeux. Pour elle, il n'y a pas de bonne réponse ici, elle va blesser l'un d'entre nous, peu importe ce qu'elle dira.

« Let, » supplie-t-il, en la faisant ramener ses yeux vers lui.

« Tu devrais partir, » je suggère, en donnant à Letty un moyen de s'en sortir étant donné que nous connaissons déjà tous les deux la réponse à sa question.

Elle est venue ici pour préparer un sac pour passer la nuit avec moi. Avec moi, pas avec lui.

La raison pour laquelle elle se tient là sans culotte, c'est moi. Et c'était mon nom qu'elle criait il y a seulement quelques heures alors que sa chatte était serrée autour de ma bite.

Il expire et j'inspire dans la foulée, ma poitrine se soulevant en sachant à sa réaction que j'ai gagné.

Il tourne les talons et referme l'espace entre nous.

« Si tu lui fais encore du mal, je te tuerai. » Son doigt appuie sur mon torse alors que son regard soutient le mien.

Le feu qui était en eux quand j'ai fait irruption pour la première fois est parti. Il a juste l'air... vaincu.

Contrairement à d'habitude, je ne lui fais pas un sourire narquois ni ne lui balance des insultes pour ne pas ajouter du sel dans la plaie.

« D'accord. »

Ses yeux s'écarquillent un peu de surprise mais il ne dit rien, à la place, il hoche la tête puis sort de la pièce, en claquant la porte derrière lui.

« Luca, » crie Letty en panique alors qu'elle se précipite pour lui courir après mais mon bras l'arrête dans son élan. « Non, je dois y aller— »

« Non, Princesse. Non. C'est un grand garçon, il peut s'occuper de lui. »

« Je ne veux pas lui faire de mal, Kane. »

Je l'attire contre mon corps et enroule mes bras autour de sa taille, en regardant les larmes qui remplissent ses yeux et le léger tremblement de sa lèvre inférieure.

« Tu n'es pas responsable de lui. »

« C'est mon meilleur ami, » murmure-t-elle, incapable de me regarder plus longtemps dans les yeux.

« Donc, il devrait te soutenir, pas te faire sentir comme ça. »

Sa tête se redresse, ses yeux se plissent de colère. « Ne

retourne pas ça contre lui, » dit-elle sèchement. « Il n'a rien fait de mal. »

« Et toi, oui ? »

Ses lèvres s'entrouvrent pour répondre mais elle ne trouve aucun mot.

En nous faisant tourner, je l'appuie contre le mur.

« Exactement. Tu n'as rien fait de mal non plus. »

« Je lui ai menti. »

« Et donc ? C'est ton droit. Juste parce que c'est ton ami— » Je crache presque ce mot. « Ça ne veut pas dire qu'il doit tout savoir de ta vie. »

« Je lui ai menti pendant des années, » admet-elle. « Je ne lui ai jamais dit que nous avions un passé. »

« Eh bien, j'imagine que cela explique beaucoup de choses. »

« La rivalité entre vous était déjà terrible. Je ne voulais pas aggraver les choses en lui disant à quel point tu me détestais. »

« Hmm... » je murmure.

« Je n'aurais jamais pensé que nous finirions tous au même putain d'endroit. » Elle soupire, en ayant l'air épuisée par toute cette situation.

« Eh bien, le destin en a décidé autrement parce que nous sommes là, et j'ai bien l'intention de te montrer à quel point cela peut être une bonne chose. »

« Pourquoi, Kane ? Pourquoi te comportes-tu... si bien tout d'un coup ? » Son corps se tend sous ma prise et je suis convaincu que si je ne la tenais pas, elle se serait enfuie.

En prenant sa mâchoire en coupe, je frotte mon pouce sur sa joue, en tenant ses yeux captifs.

« Putain, on ne va pas chez moi. On va rester ici. »

Elle halète quand je la soulève, en l'épinglant avec mes hanches. Ses jambes s'enroulent automatiquement autour de moi et ses lèvres s'entrouvrent pour moi.

Je plonge ma langue dans sa bouche, elle joue avec avidement. La question qu'elle a posée est vite oubliée, et ça me donne juste un peu plus de temps pour trouver la réponse car pour le moment, tout ce que je sais, c'est qu'il n'y a nulle part ailleurs dans le monde où je préfèrerais être.

« T-tu dois partir, » elle se force à dire quand j'arrache mes lèvres des siennes pour trouver son cou.

« Putain, Princesse. Je ne vais nulle part. »

J'enroule mes doigts autour de l'ourlet de son t-shirt, et je le fais remonter sur son corps. Elle résiste pendant une seconde avant de lever les bras pour me laisser faire.

« Continue de me résister, tu sais à quel point j'adore ça. »

« Tu es un connard, » elle halète alors que j'embrasse sa poitrine gonflée, en tirant sur la dentelle pour exposer son téton dur en dessous.

« Je sais. »

J'enroule mes lèvres autour de sa pointe, je l'aspire profondément dans ma bouche, en la faisant se cambrer contre le mur avec sa tête qui tombe en arrière de plaisir.

« Oh mon Dieu, Kane. »

« Tu veux que je parte maintenant, bébé ? »

Je passe de l'autre côté, en lui infligeant le même traitement. Ses hanches se frottent contre moi alors qu'elle essaie de trouver la friction dont elle a envie.

Je l'éloigne du mur, je dégrafe son soutien-gorge tout en la rapprochant de son lit.

Je la fais descendre, je défais le bouton de sa jupe et la lui retire en faisant tomber ses Vans de ses pieds.

La vision d'elle allongée devant moi me serre le cœur.

Elle ne devrait pas avoir envie de ça après tout ce qui s'est passé. Elle ne devrait pas me laisser faire ça après ce que je lui ai fait subir. Mais quand je me mets à genoux et écarte ses cuisses, je sais avec certitude qu'en ce moment, elle non plus ne voudrait être nulle part ailleurs, ni avec quelqu'un d'autre.

Je l'écarte et je me penche en avant en faisant courir ma langue le long de sa chatte, et avale son jus sucré en la faisant mienne.

« Kane, » elle crie assez fort pour alerter tout le dortoir. Pas que ça m'importe. Elle peut crier mon nom jusqu'à avoir la voix cassée si ça lui chante.

Ses hanches se soulèvent du lit alors que j'aspire son clitoris dans ma bouche et fais glisser mes dents tout le long, en mordillant assez fort pour causer une douleur que je sais qu'elle adore.

D'autres pourraient penser qu'elle est douce et innocente, mais je connais la vérité. Et ma nana aime quand c'est un peu brutal.

Je lève mon bras et je glisse ma main sur son ventre, en la maintenant en place jusqu'à ce que je retrouve ses seins.

Je fais rouler son téton entre mon pouce et mon index et je taquine son entrée avec mon autre main, en la faisant se tordre et en redemander encore.

« Tu t'impatientes, Princesse ? » Je grogne contre elle, en m'assurant qu'elle ressent chaque vibration de ma voix grave.

Ses doigts se faufilent dans mes cheveux, en m'attirant plus près jusqu'à ce que ça commence à brûler. Ça me rend fou.

« Viens pour moi, Princesse. » Je plie les doigts, en

trouvant l'endroit qui la fait crier et je lèche plus fort son clitoris jusqu'à ce qu'elle n'ait d'autre choix que d'exploser sous moi.

« Kane, » crie-t-elle. « Putain. Putain. Putain, » scande-t-elle alors qu'elle chevauche les vagues de son plaisir.

Au moment où elle a fini, je me lève, en m'essuyant la bouche avec le dos de ma main. Je retire mon maillot, je laisse tomber mon pantalon au sol, enlève mes baskets et je plonge vers elle, en capturant sa bouche dans un baiser obscène et humide alors que je prends ma bite en main et m'aligne avec son entrée.

« C-capote, » marmonne-t-elle, en interrompant notre baiser.

« Je n'en ai pas, Princesse. »

Je recule légèrement juste à temps pour voir la peur traverser ses yeux.

Mon cœur se serre en pensant à la douleur qu'elle a été forcée d'endurer à cause de moi. Parce que j'étais tellement con qu'elle ne pensait pas pouvoir me dire la vérité.

« On peut arrêter, » dis-je, même si ça me tue de le proposer.

Je m'attends à ce qu'elle soit d'accord, alors quand ses lèvres s'étirent en un sourire et qu'elle éclate de rire, mes sourcils se froncent de confusion.

« Tu ferais vraiment ça ? Tu t'arrêterais maintenant ? »

Chaque partie de moi crie non, exige que je lui dise que cette fois-là ce n'était vraiment pas de bol et que cela ne se reproduira plus et a envie de la prendre. C'est ce que j'aurais fait habituellement. C'est ce à quoi je suis sûr qu'elle est habituée. Mais je ne peux pas, pas cette fois.

« O-oui, » je m'oblige à dire, en sachant que c'est la bonne chose à faire.

Le plus beau des sourires apparaît sur ses lèvres.

« Kane, » soupire-t-elle en tendant la main pour prendre ma joue en coupe. « Qui es-tu ? » Ses yeux cherchent les miens pendant quelques secondes, j'ai peur de lui dévoiler plus que je ne veux lui montrer mais, en même temps, je suis incapable de détourner les yeux.

Je ne réponds pas, je ne peux pas. Je n'ai aucune idée de ce qui se passe en ce moment, tout ce que je sais c'est que je ne veux pas que ça s'arrête.

« Dans le tiroir du haut. »

« Euh... » J'hésite, mon cerveau ne comprenant pas pendant quelques secondes.

« Les capotes. Tiroir du haut. »

« Oh... ouais. »

Je me penche, j'ouvre le tiroir et trouve la boîte mais avant que je puisse en sortir une, Letty l'arrache de mes doigts et l'ouvre.

Je m'assois sur mes talons et la regarde alors qu'elle la retire du sachet et avance sa main vers moi.

Dès la seconde où elle me touche, un éclair électrique traverse mon corps.

En le remarquant, elle me regarde à travers ses cils, un sourire charmeur jouant sur ses lèvres.

« Tu joues avec le feu, Princesse. »

« Parfait. J'ai envie de me brûler. » Elle fait rouler le bout caoutchouc le long de ma bite puis s'assoit sur ses paumes, ses jambes écartées avec chaque centimètre carré d'elle exposé à ma vue. « Baise-moi, Kane. Ne te retiens pas. »

« Putain, » je grogne, en enroulant mon bras autour de

sa taille et en la tirant vers moi pour la mettre dans la position dans laquelle je peux directement entrer en elle.

Elle crie, ses ongles s'enfonçant dans mon dos alors que je l'étire largement.

En glissant mes mains dans ses cheveux, je tire sa tête en arrière et écrase mes lèvres sur les siennes. J'aspire sa lèvre inférieure dans ma bouche et je la mords jusqu'à ce que le goût du cuivre remplisse nos bouches.

« Tu es à moi, » je grogne, en m'asseyant en avant et en la mettant sur le dos pour la baiser exactement comme elle en a envie.

En écartant largement ses cuisses, je sors lentement pendant que sa chatte ondule autour de moi avant de m'enfoncer si fort que le lit cogne contre le mur.

Avec une main autour de sa hanche pour la tenir en place, je tends l'autre main et l'enroule autour de sa gorge, en sentant immédiatement son pouls battre sous mes doigts.

« Tu veux que je te baise ? Pas de problème, Princesse. »

Un sourire narquois se dessine sur ses lèvres avant que je ne m'enfonce une fois de plus et l'efface de son visage.

« Oh putain, » crie-t-elle.

Au moment où je m'effondre à côté d'elle, nous sommes tous les deux haletants, notre peau couverte d'une couche de sueur, rouge et à vifs avec des égratignures, des suçons et des marques de morsure.

Exactement comme ça devrait être.

Par miracle, personne ne frappe à sa porte pour s'assurer que je ne suis pas en train d'essayer de la tuer parce que je peux seulement imaginer à quoi ça ressemblerait pour ses colocs.

Quand je m'évanouis enfin, mon corps me fait mal de la manière la plus délicieuse du monde et c'est avec elle blottie contre moi, nos membres enchevêtrés et son parfum qui remplit mon nez.

Je sais que je dois partir, mais là tout de suite, je ne peux pas me résoudre à le faire.

CHAPITRE VINGT

Letty

J'étire mes jambes alors que je commence à revenir à moi et la douleur entre mes cuisses me force à me réveiller plus rapidement alors que les souvenirs de la raison pour laquelle j'ai si mal me percutent comme un camion.

« Kane ? » Je murmure en me tournant pour regarder de l'autre côté de mon petit lit. Je ne sais pas pourquoi je m'embête à le faire, je sais déjà ce que je vais trouver.

« Putain, » je soupire, en voyant la place vide et je laisse retomber mon visage dans l'oreiller.

Est-ce que j'ai merdé hier ?

Aurais-je dû lutter plus fort et le repousser ?

« Putain. Putain. »

Un coup à ma porte me fait sursauter et instinctivement je tire les couvertures pour cacher mon corps nu.

« O-ouais ? », j'appelle.

« C'est Vi et moi. On peut entrer ? », dit Ella avec un ton amusé.

« Euh... »

« Inutile de te cacher, Let. Nous avons tout entendu, » ajoute Violet.

« Putain de merde, » je marmonne, en laissant tomber ma tête dans mes mains. Pas étonnant qu'il ait eu envie de rentrer chez lui. « Attendez une seconde. »

Je sors du lit, mon corps me faisant mal alors que j'enfile un short et un t-shirt. Puis, je range les sachets de préservatifs vides qui jonchent le sol et la table de chevet avant d'ouvrir la porte à ces petite curieuses.

« Putain de merde, » halète Ella à la seconde où elle entre dans ma chambre et me regarde.

J'aurais probablement dû me regarder dans le miroir en premier.

« OK, où est-ce que je peux trouver un mec comme ça ? Est-ce qu'il a des amis sexy ? Parce que, bon sang, meuf, » dit Violet, avec un sourire épaté aux lèvres alors qu'elle me regarde de haut en bas.

« Il a des amis mais je ne voudrais pas leur présenter les miennes, » je marmonne, en marchant vers la salle de bain pour aller constater les dégâts qui semblent tellement les impressionner.

« Putain de merde, » je murmure pour moi-même. Bien que je ne sache pas pourquoi je suis si surprise, non seulement je peux ressentir tout ce qu'il m'a infligé la nuit dernière, mais ce n'est pas non plus ma première fois avec Kane. Je savais exactement comment ça allait se passer quand j'ai exigé qu'il me baise. Je savais exactement ce que je faisais et ce que je demandais.

Un sourire se dessine sur mes lèvres car malgré le fait

que j'ai encore l'air d'avoir été mutilée par un ours, je ne peux pas le regretter une seconde.

Dès qu'il me touche, il fait ressortir quelque chose en moi dont j'ignorais l'existence avant lui.

Je pensais que c'était à cause de la haine, à cause du fait qu'il me détestait autant que moi.

Mais la nuit dernière n'avait rien à voir avec ça.

OK, dans sa voiture, peut-être. Il était furieux. Tellement furieux que j'aie ignoré ses demandes et que je sois allée voir mon père à Creek. Mais quand nous sommes revenus ici, la façon dont il m'a embrassée, dont il m'a touchée, bien que brutale, était différente. Tout en lui était différent.

Et aussi bon que ce soit, c'est aussi terrifiant.

En prenant un élastique sur le côté, j'attache ma crinière en bataille en un chignon désordonné, puis je me brosse les dents et me nettoie le visage.

J'ai toujours l'air d'avoir été attaquée, mais au moins je n'ai pas de maquillage qui a coulé sur tout le visage.

« Alors, » dit Ella, en me tendant une tasse de café que je n'avais pas remarqué qu'elle avait quand elle est entrée. Je la lui prends avec enthousiasme en attendant ce qui est sur le point de sortir de sa bouche.

« Nous imaginons que ta nuit a été aussi torride qu'elle en avait l'air. »

Je ne peux m'empêcher d'étouffer un rire alors que mon visage devient rouge vif.

« Euh... c'était quelque chose. »

« Je parie que Luca était aux anges. Qu'en est-il de— »

« Ce n'était pas Luca, » je lâche, en la coupant.

« M-mais je l'ai laissé entrer. Il est venu mettre les choses au clair avec toi et— »

« Il était là quand je suis rentrée, mais il est

parti. » Elles me fixent toutes les deux, en attendant d'en savoir plus.

Avec un soupir, je me laisse tomber sur ma chaise et leur raconte les grandes lignes des événements de cette soirée avant que je ne revienne ici pour faire mon sac et ne trouve Luca en train de m'attendre.

« Il s'est excusé, a essayé de m'expliquer pourquoi il s'était énervé de cette façon, mais Kane est entré dans la pièce, clairement trop impatient pour m'attendre et— »

« Qui a lancé le premier coup de poing ? », demande Violette.

« Personne, en fait. C'était... presque calme. »

« Tu lui as brisé le cœur, n'est-ce pas ? »

Je prends une inspiration, en essayant de trouver un moyen d'expliquer les choses concernant Luca.

« Luc ne veut pas de moi, pas vraiment. »

« Il t'a dit ça ? », demande Ella. « Parce que ça ne ressemble pas à ça quand il te regarde. »

« C'est compliqué mais je connais Luca presque mieux que moi-même et je sais qu'il essaie de tenter un truc qui aurait pu se passer il y a quelques années. Il a beaucoup de pression sur lui et il essaie de se raccrocher à une période de sa vie qui était plus simple. »

« C'est ce qu'il a dit ? » Ella demande à nouveau.

« Non, il n'en a probablement aucune idée. » Je secoue la tête, mon inquiétude pour mon meilleur ami devenant de plus en plus forte.

« Mais si tu te trompais ? »

Je réfléchis à sa question pendant quelques instants. « Je ne me trompe pas, » je dis avec assurance. « Il a juste besoin de le réaliser. »

« Alors il est parti. Comme ça ? », demande Violet, l'air confus.

« Après avoir menacé de le tuer, ouais. »

« Ça a l'air plus vraisemblable. » Elle rit.

« Donc, Kane ? Vous êtes ensemble maintenant, alors ? », demande Ella.

« Dieu sait ce qui se passe. À un moment, il me déteste et l'instant d'après, et... » J'échange un regard avec Ella, en lui précisant silencieusement au milieu de ma phrase qu'il a découvert la vérité.

« Vous vous envoyez en l'air et il te fait crier comme pas possible ? »

« Ouais. Je ne sais pas. Il s'est probablement réveillé ce matin, en se souvenant qu'il me détestait et en regrettant tout ça, » je marmonne.

Elles me regardent toutes les deux comme si j'avais soudainement deux têtes.

« Tu regrettes ? », demande Ella, la tête penchée sur le côté comme un petit chiot.

« Je devrais, » je réponds honnêtement.

« Mais tu ne regrettes pas ? »

« Argh, » je gémis, en me levant de la chaise et en commençant à arpenter la pièce. « Je sais que tu penses que je suis folle, que je ne devrais pas l'approcher après ce qu'il a fait. Je— »

« Ouah, » dit Ella, en se tenant devant moi et en me forçant à m'arrêter. « Je ne pense rien. Tu es seule maître de cette situation, tu es la seule qui sait tout. Je te l'ai déjà dit. Je ne juge pas. Je veux juste m'assurer que tu prennes les bonnes décisions et que tu ne finisses pas meurtrie. »

« Mais c'est ce qui va se passer, n'est-ce pas? Il n'y a pas de fin heureuse avec un gars comme Kane. »

Je pense aux Hawks et à toutes les veuves qui vivent encore à Creek parce que devenir membre de ce putain de gang est comme une condamnation à mort. Je pense à

Hallie hier et à Kane qui me racontait comment elle avait perdu son mari dans une guerre des gangs.

Si quelque chose se passait avec Kane, si par un putain de miracle nous trouvions un moyen de surmonter tout ce qui s'est passé avant, comment diable pourrais-je être avec lui en sachant le genre de travail qu'il fait, avec qui il est impliqué, et qui plus est, qu'il va probablement mourir.

« Il y a toujours une chance pour que ça se passe bien, » dit doucement Ella, son côté romantique se révélant.

« Peut-être, » je murmure, en ne voulant pas parler de mes véritables préoccupations concernant Kane. Je ne veux pas qu'elles sachent que j'ai un lien avec les Hawks. Moins elles en savent, plus elles sont en sécurité.

« La nuit dernière était chouette, » je dis, en riant quand je vois leur expression. « Et c'est peut-être tout ce que c'était censé être. Nous avons enfin expulsé toute la tension qui s'est accumulée au fil des années. Peut-être que cela se reproduira ou peut-être que cela ne se reproduira plus. Peu importe. Ce n'est pas comme si j'avais le temps pour quelque chose de sérieux et il a le foot. Il y a des choses plus importantes à gérer en ce moment. »

Mon cœur se serre lorsque je prononce ces mots, mais je contrôle mes traits pour m'assurer qu'elles ne puissent pas voir combien l'idée que cela ne se reproduise plus me fait vraiment mal.

« Je devrais me préparer. Je vais voir si je peux trouver quelque chose à porter qui camoufle tout ça. »

« Les coureuses d'athlètes vont te détester, » dit Violet, l'air hautain.

« Raison de plus pour camoufler ça, » je marmonne,

en me dirigeant vers mon petit placard pour trouver quelque chose à porter.

« D'accord, on te laisse. On part dans trente minutes ? »

« Ça marche, » dis-je alors qu'elles se dirigent vers la porte.

Je pense qu'elles sont toutes les deux parties quand la porte se referme, alors la voix d'Ella me fait sursauter.

En lui jetant un coup d'œil, je vois son visage romantique et mielleux et je gémis intérieurement.

« C'est OK si tu veux plus que ça avec lui, Let. Je sais que tu penses que cela se terminera par un désastre, mais il y a toujours une chance que ce ne soit pas le cas. Tout ce que tu as traversé, c'était peut-être le chemin à parcourir pour finir par vous retrouver ensemble. »

Mes lèvres s'entrouvrent mais je réalise que je n'ai pas de mots.

Elle me sourit et finit par disparaître, en me laissant réfléchir à sa théorie.

Jusqu'à cette échographie de vingt semaines, je croyais que tout arrivait pour une raison, ou du moins je voulais y croire. Mais entendre que mon bébé n'était plus a brisé tout ce que je pensais savoir sur la vie.

Je sors un pull oversize de mon placard et un legging. Le col est largement ouvert et ne couvrira jamais toutes les marques autour de ma gorge et de ma clavicule, mais c'est ce que j'ai de mieux.

Après avoir pris une douche rapide et avoir mis un peu de maquillage, je sors de ma chambre pour aller prendre mon petit-déjeuner avant de me rendre en cours avec les filles.

Seulement, il n'y a pas que les filles car tous les mecs

sont dans la cuisine et je suis en quelque sorte l'attraction vedette du zoo.

Je lève les yeux au ciel en marchant vers eux, en luttant contre mon envie de retourner dans ma chambre et de me cacher.

« Tu as passé une bonne nuit, Mlle Scarlett ? » West me demande avec un sourire amusé qui ressemble à celui de Brax et même à celui de Micah. Je pensais qu'au moins il allait masquer sa joie alors que je me tortille sous leur attention.

« Oui, merci. Et toi ? » Je me rends compte de mon erreur à la seconde où la question sort de ma bouche.

« Oh ouais, bordel. C'était comme un putain de porno live. Ma main n'a pas fait ce genre d'exercice depuis— aïe, » se plaint-il alors que Violet le tape à l'arrière de la tête. « C'était pour quoi ? » Il prend une mine boudeuse.

« Nous ne voulons pas en entendre parler. »

« Oh, mais, par contre, c'est OK pour nous d'entendre ça ? » Il agite sa main dans ma direction et je prie pour que le sol m'engloutisse.

« Beurk, tu es un chien, » se plaint-elle, en se levant et en jetant son assiette dans l'évier.

« Hé, ce n'est pas moi qui me suis fait sauter la nuit dernière, en faisant tellement de bruit que ça nous a tous empêchés de dormir. »

« Je pars, » dis-je en marchant vers la porte, et en renonçant à mon petit-déjeuner. Je ne pense pas pouvoir le digérer de toute façon.

« Letty, attends, » appelle Brax avant que je ne parvienne à m'échapper.

« Oui, » je siffle, en me retournant à contrecœur.

« Kane avait l'air aussi défoncé que toi ce matin. Bon travail, meuf. Tu devrais être fière. »

Je lève la main et leur fais un doigt d'honneur, à lui et à West, et je m'enfuis du dortoir.

Je dévale les escaliers, mon cœur battant dans ma poitrine quand je réalise que Kane est allé s'entraîner en ressemblant à quelqu'un qui se serait fait attaquer par une chienne en chaleur et que Luca l'aura vu.

« Argh, » je crie alors que je franchis l'entrée principale et aspire à pleins poumons l'air de la fin de l'été.

Je déteste ce sentiment d'être tiraillée entre deux mecs complètement différents. Je lève les yeux au ciel, trois si vous ajoutez Leon, bien qu'il semble être capable de voir ce qui se passe alors que Luca ne peut pas. Il est capable de prendre du recul et d'examiner la situation avec un esprit plus ouvert.

Je ne veux pas blesser Luca, il a été le meilleur ami que j'aurais pu souhaiter au fil des années, mais en même temps, je ne peux pas être la personne qu'il pense que je dois être en ce moment. Il fuit la réalité et ça ne va pas l'aider à long terme.

Et puis, Kane... Je ne sais même pas quoi penser de ce qui se passe avec lui.

Je ne sais pas si les filles viennent ou pas, mais je ne traîne pas dans les parages. La perspective d'une promenade silencieuse pour aller en cours et me vider la tête semble en fait être une meilleure option.

Je garde les yeux baissés pendant que ma tête tourne en pensant à Luca et à Kane et à tout ce qui s'est passé depuis que je suis arrivée ici.

Je n'ai fait que quelques pas lorsqu'une voix familière qui m'appelle me fait vaciller.

Quand je l'entends à nouveau, je m'arrête et me retourne.

Je n'aurais jamais pensé voir un jour ce que je vois devant moi, mais je ne peux pas empêcher mes lèvres de former un sourire que je rends à Kane alors qu'il court pour me rejoindre.

« Hé, tu essaies de t'enfuir ? », demande-t-il, en se mettant directement devant moi et en m'attirant dans ses bras.

« Euh... ouais, quelque chose comme ça. »

Ses sourcils se froncent d'inquiétude. « Je t'ai laissé un mot en te disant de m'attendre. »

« Ah bon ? Je ne l'ai pas vu. J'ai été prise en embuscade par les filles qui voulaient les détails de la nuit dernière, » dis-je en fronçant les sourcils en signe d'accusation.

« Hé, ne me blâme pas. Je voulais t'emmener chez moi. »

« Eh bien, il semble que ça leur ait plu. Ils ont bien profité des... effets sonores en live. »

Un sourire satisfait se dessine sur ses lèvres tandis que ses yeux pétillent d'excitation.

« Tu n'as pas besoin d'avoir l'air si content de toi, » je marmonne en lui frappant le torse en faisant semblant d'être exaspérée. J'ai de plus en plus de mal à me mettre en colère contre lui ces jours-ci. Ce sourire narquois que je pensais être diabolique a maintenant un effet bizarre sur mes entrailles.

« Princesse, si tu voyais mon dos, tu saurais pourquoi je suis si fier de moi. »

« Oh mon Dieu. »

« Mais encore une fois, » dit-il, en tendant la main pour écarter mes cheveux de mon cou. « Tu as l'air plutôt parfaite. » Son regard me brûle la peau alors qu'il admire son travail.

« Oh ouais ? Pourquoi ne suis-je pas surprise que tu sois plus qu'heureux que je me promène comme ça ? »

Sa main s'enroule autour de mes cheveux et il tire, en me forçant à lever les yeux vers lui.

« J'adore ça, putain. Il faudrait juste y ajouter ma signature un jour. »

« Qu'est-ce que— » Je ne peux pas lui demander ce qu'il veut dire par là parce que ses lèvres s'écrasent contre les miennes et toutes mes pensées sortent de ma tête alors que sa langue s'enfonce dans ma bouche.

« OK playboy, lâche notre copine, » crie Ella à la seconde où elles sortent du bâtiment et voient Kane en train de me malmener.

J'essaie de m'éloigner, mais Kane saisit mon menton et m'oblige à rester là où je me trouve alors qu'elles nous rejoignent toutes les deux.

« Vous êtes juste jalouse, » dit-il, ses lèvres effleurant les miennes, son souffle chaud et mentholé se répandant mon visage.

« Putain, carrément, » confirme Violet, au grand amusement de Kane. « Je ne suis pas sûre d'avoir déjà passé une nuit comme ça. »

« Est-ce que vous venez ou avez-vous l'intention de remettre ça sur le trottoir ? », marmonne Ella.

« On arrive, » je lui dis. « N'est-ce pas ? » Je fixe Kane avec un regard qui signifie qu'il n'a pas d'autre choix que d'être d'accord.

Il roule des hanches en s'assurant que je puisse sentir sa bite presser contre mon ventre. « S'il le faut. Même si je pense à une bien meilleure façon de passer la matinée. » Il continue de se frotter contre moi.

« Nous avons cours. »

« Hmm, alors allons-y. Tu penses que je pourrais avoir

ma chance au dernier rang ? », demande-t-il en faisant remuer ses sourcils.

« Je dirais que tes chances sont minces, playboy. »

Il jette la tête en arrière et éclate de rire quand j'utilise le surnom que lui a donné Ella.

« Allez, » dis-je, en profitant de sa distraction et en m'écartant, même s'il ne me laisse pas aller bien loin car il passe ses doigts dans les miens et côte à côte nous suivons Ella et Violet.

CHAPITRE VINGT-ET-UN

Kane

Je ne savais pas à quoi m'attendre quand je suis arrivé à l'entraînement ce matin. Une partie de moi pensait que Luca volerait droit sur moi après ce qui s'était passé dans le dortoir de Letty la nuit dernière. Il a eu des heures pour ressasser, pour imaginer ce qui a pu se passer après son départ, alors je ne pouvais qu'imaginer qu'il était prêt à me casser la gueule.

Ce à quoi je ne m'attendais vraiment pas, c'est qu'il m'ignore totalement.

Il n'a pas levé les yeux de sa place sur le banc quand je suis entré, et la seule réaction qu'il a eue face aux autres gars qui me taquinaient sur l'état de mon dos meurtri a été la tension de ses muscles.

Je n'ai aucune raison de penser qu'il s'en moque soudainement. Une partie de moi est reconnaissante que Letty ait un ami qui ferait probablement n'importe quoi pour elle si elle le lui demandait, mais une autre partie de moi ne veut pas qu'elle ait quelqu'un d'autre vers qui se tourner. Égoïstement, maintenant que je l'ai, je la veux pour moi tout seul.

L'entraînement s'est déroulé sans aucun drame, à mon grand étonnement mais aussi à celui de Leon qui a passé presque la majeure partie de son temps à regarder son frère et moi comme si nous étions une bombe à retardement. Je suppose que c'est le cas.

À un moment donné, la tension entre nous va finir par exploser. Je pense que même l'entraîneur sait que c'est inévitable, il est probablement en train de prier pour que cela n'arrive pas sur le terrain.

J'étais sur le point de partir pour pouvoir aller la chercher et l'accompagner en cours quand une ombre est tombée sur moi, seulement quand j'ai regardé, ce n'était pas la personne à laquelle je m'attendais. Au lieu de cela, c'était Zayn.

« J'apprécie que tu n'aies pas mentionné son nom une seule fois quand les gars te charriaient à ce sujet. » Il fait un signe du menton vers les marques de morsure sur mon cou. « Mais ne pense pas que je suis naïf concernant l'identité de la personne qui a fait ça. » Ses yeux se plissent en signe d'avertissement alors que je le fixe en retour. « Si tu lui fais du mal— »

« Épargne-moi ton discours, Hunter. Que dirais-tu de te tenir derrière notre capitaine pour que me casser la gueule une fois qu'il l'aura fait quand j'aurai tout foutu en l'air ? »

« Quand tu auras tout foutu en l'air ? »

Ouais, quand, je me dis. Je pense que nous savons tous que cela va arriver, peu importe mes efforts.

« Y avait-il autre chose ? »

« Elle a traversé tellement de choses, Kane. Tu ne— »

« Je sais, » dis-je en baissant la voix. « Elle m'a tout raconté. »

« T-tout ? » demande-t-il, abasourdi.

« Ouais. Nous avons discuté. Tout réglé, donc. » Je fais un geste vers mon corps.

« Vous avez parlé. Vraiment ? » Il sourit.

« Un peu, » j'admets parce que Dieu sait que nous aurions pu parler beaucoup plus. Nous avons plein d'années à rattraper.

« D'accord, est-ce que je peux te suggérer de discuter davantage au lieu de simplement l'utiliser pour tes jeux malsains et tordus. »

« Je ne jo— »

« Je te connais, Kane. Je connais les gars comme toi. N'oublie pas ça. » Il fait un pas en arrière comme s'il voulait que ce soient ses derniers mots mais il n'y a aucune chance que je le laisse faire.

« Tu ne connais rien concernant les *gars comme moi,* » je crache. « Ce n'est pas parce que tu es né à Creek que tu sais ce que c'est que d'y vivre vraiment, d'y survivre. »

Il secoue la tête, ses yeux s'assombrissant de mépris.

« Je sais que la seule raison pour laquelle tu es ici en ce moment c'est grâce à tes relations. Des relations avec certaines personnes dont je ne veux pas que ma sœur s'approche. »

Je ne peux pas m'empêcher de rire.

« Je ne suis pas celui dont tu dois t'inquiéter. Je mourrais avant de laisser quoi que ce soit lui arriver. »

« Je le croirai quand je le verrai, Legend. »

« Peu importe. » J'enfile mon sweat à capuche et balaie mes cheveux en arrière, en continuant de sentir son regard sur moi. « Ce qui se passe entre moi et ta sœur ne te regarde pas. Tout comme ce qui se passe entre ta petite sœur et mon petit frère ne me regarde pas. Excuse-moi. » Je passe devant lui, bien longtemps après son petit sermon. S'il se souciait vraiment de Letty ou s'il était aussi proche d'elle qu'il le prétend, alors peut-être qu'elle n'aurait pas été seule l'année dernière.

***

Nous avons passé la journée ensemble comme nous ne l'avions jamais fait auparavant. J'ai gardé sa main dans la mienne quand nous sommes entrés dans notre cours de socio et nous nous sommes assis ensemble à l'arrière comme je le lui avais dit, même si je n'ai pas pu réaliser la seconde partie de mon fantasme. C'est une sorte d'objectif, en somme.

« On sort ce soir, » lui dis-je après avoir suivi du regard West et Brax sortir du cours de statistiques à la fin de la journée.

Elle s'arrête net, en faisant s'écraser sur elle des étudiants en train de marcher derrière nous.

« Hé, regarde où tu vas, » gémit une voix aiguë.

Je parviens à peine à retenir mon gémissement lorsque je regarde par-dessus l'épaule de Letty et que je trouve Clara en train de la fixer avec les lèvres retroussées de dégoût comme si elle s'apprêtait à mordre Letty.

« Désolée, » marmonne Letty, en s'écartant pour laisser tout le monde passer.

« Oh, Kane, » dit-elle dans un souffle à la seconde où elle réalise que je suis là. Son expression se transforme instantanément, son visage de garce a disparu alors qu'elle bat des cils et fait la moue avec ses lèvres charnues. « Ça fait longtemps, » ronronne-t-elle en faisant un pas en avant et en levant la main comme si elle était sur le point de la poser sur mon torse.

En tirant sur la main de Letty, qui est toujours verrouillée dans la mienne, je l'attire contre mon torse et enroule mon bras autour de sa taille.

« Je vais bien. J'ai été très occupé. » En détachant mes yeux d'elle, je regarde Letty. « Prête à y aller, Princesse ? »

« Euh ? » Clara sursaute mais à la seconde où je tourne mon regard mortel sur elle, elle ferme la bouche. Si elle ose dire quelque chose à propos de Letty, je n'ai aucun problème à lui donner une leçon sur le respect.

En éloignant Letty de Clara, je la guide hors du bâtiment.

« C'est une salope, » marmonne Letty une fois que nous sommes hors de portée de voix de Clara.

« Jalouse, Princesse ? »

« D'elle ? Et puis quoi encore ? »

« Pas d'elle, mais parce qu'elle me veut. »

Elle me regarde avec un air incrédule sur le visage. « Vraiment ? », crache-t-elle avant de se détourner de moi et d'essayer de s'éloigner.

« Quoi ? Elle ne s'en cache pas vraiment, » dis-je en courant après elle.

« Ouais, et il y a de fortes chances que tu l'aies déjà baisée. »

« Q-quoi ? », je demande.

« Oh, n'aie pas l'air si choqué. Tu es un coureur et tu le sais. »

J'ouvre la bouche pour argumenter mais je ne peux pas vraiment. « J'ai eu mes périodes. »

Elle lève les yeux au ciel et essaie de repartir.

En la rattrapant, je passe ma main autour de son cou et la serre contre moi.

« Princesse, je n'ai été avec personne d'autre que toi depuis que je suis arrivé ici. » Je la regarde dans les yeux pour qu'elle puisse y voir la vérité.

Elle détourne brièvement le regard en soupirant avant de me regarder à nouveau.

« Cela fait environ quatre semaines, Kane. Ce n'est pas si impressionnant que ça. »

« Un peu si tu savais combien de propositions on m'a faites. » Ses lèvres s'entrouvrent pour me crier dessus. « Je plaisante, je plaisante. » *Vraiment pas.*

« Ouais eh bien, je n'ai été avec personne d'autre que toi depuis *cette* nuit-là alors... »

« Princesse, » dis-je en posant ma tête contre la sienne. « Je ne veux pas de Clara. Je ne veux pas de coureuses d'athlètes ni d'autres filles. »

Je ne pense pas qu'elle savait qu'elle avait besoin d'entendre ça, mais à la seconde où les mots sortent de ma bouche, tout son corps se détend.

« Qu'est-ce qui se passe entre nous, Kane ? », demande-t-elle, la vulnérabilité suintant de sa voix. « Je m'attends à chaque instant à ce que tu m'abandonnes et que tu me dises que tout ça n'était qu'une mauvaise blague. »

Mes doigts se resserrent et je la tire encore plus près de moi, en ne laissant aucun doute à quiconque autour de nous sur ce que je ressens pour elle, même si elle n'en a aucune idée.

« Ce n'est pas une blague, Let. C'est... je ne sais pas. Nouveau. Excitant. Le début de quelque chose ? »

« Excitant jusqu'à ce que tu te souviennes que tu me détestes et que tu changes d'avis ? » Je peux déjà voir l'échec et le désespoir dans ses yeux alors que je n'ai rien dit.

« Non. Excitant parce que je découvre des choses, j'ai été trop stupide pendant toutes ces années. »

Elle hoche la tête, en acceptant ce que je lui dis, du moins pour le moment.

Une ombre tombe sur nous, en me forçant à la relâcher alors que ce que j'ai vraiment envie de faire, c'est de la jeter dans ma voiture et de la ramener chez elle.

« Aussi mignon que cela puisse être, nous avons un entraînement, Legend, » dit West, tandis que lui et Brax nous regardent.

On dirait que ses gardes du corps me font autant confiance qu'elle.

« Je sais, j'arrive. » Je me tourne vers Letty et dépose un baiser sur son front.

« Viens, » dis-je en lui prenant la main et en la faisant tourner dans la direction de son dortoir, vu que ma voiture est dans le parking.

West et Brax nous suivent de près mais je les repousse pendant que nous parlons du devoir que Letty va commencer à faire pendant que je serai à l'entraînement.

« Je viendrai te chercher à sept heures, » lui dis-je quand nous nous arrêtons devant son bâtiment. « Tiens-toi prête et porte quelque chose de sympa. »

« Tu n'as pas besoin de m'emmener dans un endroit chic. »

« Chut. » Je passe mes doigts sur ses lèvres. « Pas chic, juste pas un fast-food. »

« OK, » soupire-t-elle, en retirant ma main de ses lèvres pour les frotter contre les miennes.

« Et fais ton sac. Tu dors dans mon lit ce soir. »

Un sourire charmeur se dessine sur ses lèvres, en faisant gonfler ma bite rien qu'à cette seule pensée.

Elle me regarde depuis le parking alors que je monte

dans ma voiture et que je m'éloigne. Je peux encore sentir sa perplexité concernant ce qui se passe, mais je suis déterminé à lui prouver que je ne joue pas.

Mon portable sonne pendant que je conduis et ce n'est que lorsque j'arrive au centre d'entraînement que je le sors de ma poche.

Mon estomac se noue quand je vois le nom s'afficher sur mon écran.

Alana : J'ai hâte de te voir demain, chéri x

« Putain de merde, » je marmonne, en frottant ma main sur mon visage.

Je dois réussir à m'échapper de ça, mais je ne suis pas sûr qu'une solution existe, mis à part ma propre mort.

Je lève les yeux vers l'imposant bâtiment devant moi. Cela a toujours été mon rêve, ce dont je rêvais littéralement quand j'étais petit garçon. Le football universitaire, une chance d'entrer à la ligue nationale. Et contre toute attente, je suis là, je l'ai fait. Mais à quel prix ?

Est-ce que ça vaut la peine de rester sous les ordres de Victor ? Les enfants de Creek n'ont pas ce genre d'opportunités, est-ce que c'était censé rester un rêve inaccessible ?

Je me perds dans mes pensées jusqu'à ce que quelqu'un tambourine sur la vitre de ma voiture, en me foutant une trouille d'enfer.

« Tu viens ? », crie Zayn en désignant la porte.

En hochant la tête, je coupe le moteur et sors.

« Ne me dis pas que tu as déjà tout foutu en l'air, » commence-t-il avant même que j'aie refermé la porte.

« On sort ce soir, si tu veux tout savoir. »

« C'est un rencard ? », demande-t-il comme si je venais de lui dire que je l'emmenais sur la putain de lune.

« Oui, un rencard. »

« Ouah, tu as l'air d'être sérieux, » marmonne-t-il alors que nous franchissons les portes principales.

« Je le suis. »

« Est-ce qu'elle t'a donné un coup sur la tête quand elle t'a tout raconté ? »

« Ça m'a fait le même effet, putain, mec. Comment va ta copine ? », je demande après quelques secondes de silence.

« Elle va bien. Elle en a marre d'être coincée au lycée alors que je suis ici. »

« Ça doit être chiant. »

« Tu n'en as aucune putain d'idée. »

« Elle sera là d'ici peu. »

Nous poussons la porte des vestiaires et tous les regards se tournent vers nous. Luca me regarde puis regarde Zayn à côté de moi et son visage vire presque au rouge alors qu'il se tourne vers moi.

« Hunter ? », il aboie.

En les ignorant tous, je me dirige vers mon casier et j'ouvre la porte. Je n'ai pas envie de forcer qui que ce soit à choisir son camp. On n'est pas une équipe de pom-pom girls. Nous sommes censés être des putains de professionnels maintenant.

« Quelle pétasse Papa chéri t'a demandé de sortir ce soir ? » Devin demande quand je m'arrête dans l'embrasure de la porte du salon vêtu d'une chemise blanche et d'un pantalon de costume noir.

Mes ongles s'enfoncent dans l'encadrement de la porte en bois en entendant son insinuation.

« Aucune. Je sors avec Letty. »

Devin recrache presque sa gorgée de bière.

« Letty ? Tu sors avec Letty ? »

« Oui, » je siffle, irrité qu'il semble toujours penser que c'est elle la méchante. Le seul qui essaie de détruire nos vies est son connard de père. « Ça te pose un problème ? »

Il hausse les sourcils, en me disant en silence qu'il a effectivement un putain de problème.

« Tu dois tourner la page. Victor ne lui a pas laissé le choix. »

« N'empêche qu'elle nous a trahis. Et, au cas où tu l'aurais oublié, tu la détestes. »

« Ouais, eh bien. Les choses changent, Dev. »

« Ouais, comme toi qui entres dans sa putain de chatte. Est-ce vraiment si magique ? »

Mes dents grincent d'exaspération.

« Je la ramène ici ce soir. Sois gentil. »

Il lève les mains en signe de défaite. « Quand est-ce que je ne suis pas gentil ? » Je le regarde, en ne voulant vraiment pas lui rappeler comment il lui a parlé la dernière fois qu'elle est venue.

« Peu importe. »

« J'ai entendu dire qu'ils leur ont offert un sacré porno à écouter en live, » marmonne Ezra, en entrant dans la pièce avec un bol fumant de quelque chose à la main.

« Comment diable sais-tu ça ? »

« J'ai entendu des rumeurs concernant hier soir. »

Un sourire narquois se dessine sur mes lèvres.

« Les murs des dortoirs sont très minces apparemment. J'ai mon lubrifiant prêt pour plus tard. »

« Il y a quelque chose qui ne va pas chez toi, Ez. Mais si te branler en pensant à moi t'excite, alors qui suis-je pour juger ? »

« Quoi—non... ce n'est pas ce— »

« Je sors. À plus. » Je leur fais un doigt à tous les deux avant de me diriger vers la porte, mais pas avant de les avoir entendus discuter de comment je suis devenu un mec soumis si maintenant j'emmène une fille à un rendez-vous au lieu de simplement me la taper. Connards.

Je ne suis jamais nerveux. Victor m'a envoyé dans les situations les plus pourries au fil des ans et je n'ai pas sourcillé, mais alors que je me dirige vers le dortoir de Letty, quelque chose qui n'est pas familier flotte dans mon estomac.

Je me dis que c'est juste de l'excitation en pensant à ce que ce soir nous réserve, mais au fond de moi, je sais que c'est plus que ça.

J'arrive dans leur dortoir et cette fois quand j'entre à l'intérieur tout le monde me regarde comme si j'avais ma place ici autant qu'eux.

« B'soir, » marmonne West en hochant la tête. « Tu as fait du bon boulot. »

« Je sais que ça fait un moment, mec, mais sérieusement, reluquer ses coéquipiers, ça fait un peu désespéré, » déclare Brax sur un ton impassible.

« Va te faire foutre, » crache West en frappant Brax à l'arrière de la tête.

« Bien. Elle est prête ? »

« Presque, » dit Ella, en se glissant juste au bon moment hors de la chambre de Letty. « Tu es beau, Legend. Tu ferais mieux d'avoir préparé quelque chose de bien pour notre copine. »

« Je pense que vous savez tous déjà que je sais

comment la traiter correctement. » Je fais un clin d'œil à Ella et elle rougit immédiatement et West et Brax aboient en même temps : « Carrément, ouais. »

« Vous allez devoir trouver un autre moyen de vous divertir ce soir, elle reste avec moi. »

« Rabat-joie. »

« Eh bien, on ne voudrait pas que ton abonnement à PornHub ne te serve à rien, n'est-ce pas ? »

Le menton de West tombe alors qu'il est prêt à me gueuler dessus mais il se tait, en confirmant seulement à tout le monde dans la pièce qu'il passe en effet trop de temps à regarder les autres baiser au lieu de le faire lui-même.

« Peu importe. Ce n'est pas comme si vous n'aviez jamais regardé, » marmonne-t-il.

Nous sommes toujours en train de rire lorsque la porte de Letty s'ouvre à nouveau.

Je regarde son ombre remplir l'espace avant qu'elle n'émerge.

« Putain de merde, » je souffle, en faisant un pas en avant.

Un sourire timide se dessine sur ses lèvres alors que chaque paire d'yeux se tourne vers elle. L'envie de la forcer à retourner dans la pièce pour que personne d'autre ne puisse la regarder est forte, mais je lui ai promis une soirée sympa et j'ai bien l'intention d'aller jusqu'au bout.

En m'approchant d'elle, j'enroule ma main autour de sa nuque et tire son corps contre le mien.

« Cette robe— », je murmure à son oreille.

« Est-ce trop ? », demande-t-elle nerveusement.

« Non, Princesse. C'est putain de parfait. On dirait— »

« Celle que je portais cette nuit-là, » termine-t-elle pour moi.

« Ouais. Tu es super sexy. »

« J'ai pensé que nous devrions peut-être prendre un nouveau départ. » Mon cœur tonne alors qu'elle s'écarte de moi, ses yeux parcourant mon corps. « Tu n'es pas trop mal non plus, Legend. »

Mon corps se réchauffe, mes vêtements me donnent soudainement l'impression d'être trop petits car mon envie de les déchirer et de renoncer à sortir ne fait que se renforcer.

CHAPITRE VINGT-DEUX

Letty

J'avais l'intention de passer quelques heures à travailler comme je l'avais dit à Kane, mais à la seconde où Ella a entendu parler de mon rendez-vous improvisé de ce soir, elle m'a immédiatement traînée vers mon placard et m'a demandé ce que je comptais porter.

Incapables de se mettre d'accord, elle m'a balancé mon sac à main et m'a traînée hors du bâtiment jusqu'au centre commercial le plus proche.

Nous ne sommes même pas entrées dans un magasin. J'ai vu la petite robe noire dans la vitrine et j'ai immédiatement ralenti pour m'y arrêter.

Ce n'était pas la même que celle que je portais à la fête de Skye, mais elle était assez similaire.

Je n'ai pas pris la peine de regarder autre chose, nous avons juste trouvé le portant avec les robes, pris la bonne taille et sommes allées directement en caisse.

C'était probablement un peu too much pour ce que Kane avait prévu, il m'a dit qu'on ne ferait rien d'exceptionnel, mais j'ai su à la seconde où mes yeux se sont posés sur elle que c'était le destin et que c'était la seule robe que je pourrais porter ce soir.

Il y a une grande partie de moi qui veut oublier cette nuit, pendant longtemps j'ai pensé que rien de bon n'en sortirait, mais les mots d'Ella de tout à l'heure n'arrêtent pas de se répéter dans ma tête, et peut-être, juste peut-être, qu'elle a raison.

Avons-nous toujours été censés finir comme ça ?

Je souris alors que Kane ouvre la portière passager pour que je puisse monter.

« Tu sais, j'aurais parié que tu ne changerais jamais, mais apparemment tu as su faire ressortir ton côté gentleman. »

« Princesse, » grogne-t-il en prenant mon menton dans sa poigne ferme. « Je pense que tu sais déjà que je peux t'offrir tout ce dont tu as besoin. »

Mes genoux faiblissent un peu en entendant ses mots. J'acquiesce, autant que sa prise me le permet, alors que mes muscles se contractent et me font mal en me rappelant exactement ce qu'il peut m'offrir.

« Continue à me regarder comme ça et nous devrons baptiser la banquette arrière de ma voiture cette fois. »

Le désir remplit mes veines alors que je me souviens très bien à quel point le capot et le siège avant de sa voiture étaient bons. Je ne doute pas que la banquette arrière sera tout aussi époustouflante.

« Tu sais, » dis-je, en faisant courir mon doigt le long de son cou et sur son torse qui est exposé avec son col ouvert. « Tu ne m'as pas laissée jouir sur le capot. Tu m'es toujours redevable de ça. »

Ses yeux brillent de désir.

Il s'approche, en me faisant me cogner contre la voiture, sa grande main atterrissant à son endroit préféré, autour de mon cou. Son geste envoie des picotements dans tout mon corps. Ce qui est encore mieux, c'est quand elle est autour de ma gorge. « C'est vrai ? », me demande-t-il en me regardant droit dans les yeux.

« Mmh mmh. »

« On pourrait penser que tu n'as pas envie d'aller dîner, Princesse. »

« Je n'ai aucune idée de ce qui te fait penser ça, » dis-je innocemment, bien que le ton rauque de ma voix me trahisse.

Sa main glisse vers le bas, son doigt rentrant dans le décolleté et le tirant. Ses yeux quittent les miens pour regarder à l'intérieur.

« Princesse, » grogne-t-il, en voyant mes seins nus.

Sa queue qui grossissait déjà contre mon ventre, durcit encore plus.

« Dis-moi que tu portes une culotte. »

« Hmm... Je ne me souviens plus. J'imagine que tu le découvriras. »

Son regard soutient le mien pendant de longues et pénibles secondes alors que nos deux poitrines se soulèvent de désir.

« Monte dans la putain de voiture, Princesse, » grogne-t-il, sa voix étant si grave que ça ressemble presque à une menace.

Ses yeux s'assombrissent encore jusqu'à ce qu'ils deviennent terriblement noirs, ce qui me fait chavirer.

Je savais que je jouais avec le feu quand j'ai acheté cette robe, mais putain ça en vaudra le coup plus tard.

En me glissant entre lui et la voiture, je me laisse

tomber sur le siège passager, en faisant attention à ne pas montrer ce que je pourrais ou non porter en dessous.

Après quelques secondes, il laisse échapper un long soupir de frustration et claque la porte sur moi, en coupant notre connexion et en laissant mon corps refroidir, même si c'est juste le temps qu'il fasse le tour de la voiture pour aller côté conducteur.

Il ne dit pas un mot alors qu'il démarre le moteur et recule de la place.

« Où allons-nous ? », je demande alors que le campus disparaît au loin derrière nous.

Sa prise sur le volant se resserre avant qu'il ne me jette un coup d'œil. Mon souffle se coupe lorsque je remarque que son regard pervers est toujours présent.

« Attends de voir. »

Il s'approche et pose sa main sur ma cuisse, ses doigts se faufilant sous l'ourlet pour caresser ma peau.

Je me bats pour garder le contrôle de ma respiration alors qu'il continue de me taquiner pendant que nous traversons la ville.

Lorsqu'il s'arrête enfin, c'est dans une rue parsemée de restaurants de toutes sortes possibles et imaginables. Je les regarde un par un, en essayant de deviner dans lequel il m'emmène.

En supposant qu'il veut que j'attende, je reste assise sur mon siège jusqu'à ce qu'il ouvre la porte et me tende la main pour m'aider.

« Merci, monsieur, » dis-je sur un ton charmeur alors que je me lève. Il est si proche que mes seins frôlent son torse et ça me fait haleter.

Ma réaction à ce contact innocent ne lui échappe pas.

« On va passer une soirée sympa, Princesse, » me promet-il.

Avec ma main serrée dans la sienne, il me conduit vers un restaurant grec. L'odeur de la nourriture qui cuit à l'intérieur me frappe avant même qu'il n'ouvre la porte et mon estomac gronde d'impatience.

« Bonsoir, M. Legend. Madame, » dit le maître d'hôtel lorsque nous nous arrêtons devant l'accueil.

Je jette un coup d'œil à Kane après avoir entendu l'homme le saluer en utilisant son nom de famille mais il ne me regarde pas, à la place, il dit bonjour comme s'il venait de tomber sur une vieille connaissance.

« Adrian, voici Scarlett. »

« Salut, » dis-je maladroitement, en me demandant comment Kane peut si bien connaître quelqu'un ici alors qu'il a passé presque toute sa vie à Creek.

« J'espère que tu as faim, » dit-il avec un sourire. « Nous servons la meilleure nourriture grecque du coin. »

« J'ai trop hâte, » dis-je, en espérant avoir l'air enthousiaste alors que je suis surtout confuse.

Il nous conduit à une table dans le coin arrière du restaurant où nous sommes à l'abri des regards des autres convives qui sont dans la salle. Nous recevons pas mal de regards des autres tables, probablement parce que je suis beaucoup trop habillée mais je les ignore tous quand nous passons devant.

Le restaurant est magnifique, tout est lumineux, les murs sont en briques apparentes et il y a des plantes vertes luxuriantes partout. On a presque l'impression d'être en vacances et pas dans le centre de Maddison.

Adrian nous laisse en posant des olives au milieu de la

table et des sortes de verres à vodka que Kane descend alors que le gars s'est à peine éloigné de la table.

« Tu viens ici souvent ? », je demande, quelque chose me paraissant bizarre.

« Quelques fois, ouais. La nourriture est à tomber par terre. »

Je jette un coup d'œil à Adrian qui accueille un autre couple et j'essaie d'arrêter de m'inquiéter.

« Qu'est-ce qui ne va pas, Let ? » Il tend la main par-dessus la table et je ne peux m'empêcher de lever la mienne pour qu'il puisse la prendre. Ses sourcils se froncent alors qu'il me regarde.

« J-je— » J'expire, en me sentant ridicule de me sentir si bizarre à propos de tout ça. « Ce n'est rien. C'est juste... inattendu. J'ai du mal à comprendre. »

Il me sourit et je suis soulagée de voir qu'il comprend.

Il enroule son autre main autour de la base de ma chaise et me tire plus près de lui.

Il met une mèche de mes cheveux derrière mon oreille, et son nez court autour de mon lobe en envoyant des frissons le long de mon dos.

« Arrête de tout analyser, Princesse. Fais simplement ce qui te semble juste, » murmure-t-il.

« Ce qui m'a toujours semblé juste, c'est d'être le plus loin possible de toi. »

Il rit. « Les choses changent, Letty. Les gens changent. »

« Ah bon ? », je demande, en me tournant vers lui et en soutenant son regard, en crevant d'envie d'y trouver quelque chose qui confirme qu'il me dit la vérité, qu'il y a vraiment quelque chose entre nous, qu'il ne fait pas seulement en sorte que je m'attache pour attendre le moment idéal pour me laisser tomber de haut.

Sa main trouve le côté de mon cou, son pouce caressant ma joue. Mon corps veut s'incliner vers lui à son contact mais je suis tellement terrifiée par ce qui pourrait se passer si je baissais trop ma garde.

Je regarde ses yeux bleus passionnés, mon cœur bat régulièrement dans ma poitrine et j'accepte pour la première fois la vitesse à laquelle tout a changé pour moi.

Est-ce que tout a vraiment changé ou y a-t-il toujours eu quelque chose entre nous ? Était-ce juste masqué par la haine et l'envie de se faire du mal ?

« Oui, » confirme-t-il après une longue pause. Il me faut quelques secondes pour me souvenir de la question que je lui ai posée, mes pensées tournant à mille kilomètres heure dans ma tête en me faisant perdre le contrôle de la réalité.

« Quoi qu'il se passe entre nous, Princesse. C'est tellement bien, tu ne penses pas ? »

Je hoche la tête parce que je sais déjà que je ne peux pas lui mentir. Il m'a déjà prouvé qu'il pouvait lire en moi comme dans un livre ouvert.

Il se penche un peu plus près. « Et je ne pense pas être capable de m'arrêter, même si je le voulais. » Il prend ma main dans la sienne et la porte à son visage. « Tu es ici depuis des putains d'années, Let. » Il tapote mes doigts contre sa tempe. « Rien de ce que j'ai fait ne t'a fait sortir de là. Et je crains que quelque part en chemin, tu ne te sois aussi faufilée ici. » Il pose sa main sur sa poitrine, juste au-dessus de son cœur et mon souffle se coupe.

Son cœur bat aussi vite que le mien sous ma paume alors que son regard soutient le mien et pour la première fois de ma vie, je crois que je regarde le vrai Kane. Pas le joueur de foot, pas le membre des Hawks, pas le garçon essayant de faire ses preuves à Creek. Juste

Kane. L'homme qui a été blessé encore et encore. L'homme qui veut avoir une vie meilleure que celle qu'on lui a donnée. Le Kane qui ferait n'importe quoi pour sa famille, pour son frère. Le Kane qui, oserais-je le dire, veut juste avoir une vie normale, de l'amour, un avenir.

Je hoche la tête, la boule d'émotion devenant si énorme dans ma gorge que je n'arrive pas à dire quoi que ce soit.

« Vous avez choisi ? » Le fort accent grec me fait sursauter et quand je regarde, je trouve une jeune femme avec un carnet à la main et qui regarde droit vers Kane.

Je lève les yeux au ciel et je le regarde mais au lieu de regarder la serveuse, ses yeux sont toujours fermement rivés sur moi.

« Oh, je n'ai pas encore regardé, » j'avoue.

« Puis-je ? », demande Kane en jetant un œil au menu.

En sachant qu'il est déjà venu ici, j'acquiesce et je l'écoute alors qu'il énonce rapidement notre commande, en forçant la serveuse à nous laisser rapidement, à sa grande déception.

Kane attend qu'elle soit partie et se penche à nouveau sur moi.

« Je suis désolé, Letty. »

Un rire incrédule sort de ma bouche. « D'être si sexy qu'elle n'a pas pu s'empêcher de te lorgner devant moi, » je laisse échapper, en regrettant instantanément mes mots quand je vois le sourire arrogant sur son visage.

« Eh bien, non, mais c'est bon de savoir que tu penses que je suis sexy. »

« Tu penses que je serais assise ici si tu n'étais pas agréable à regarder ? », je demande.

Il secoue la tête et revient à ce qu'il disait. « Non, Let. Je suis désolé pour tout, pour le passé, pour toutes les choses que je t'ai reprochées. Pour tout ce que je t'ai fait subir. De t'avoir laissé penser que je te détestais tellement que tu n'as pas pu me dire q— » Précipitamment, je porte mes doigts à ses lèvres pour couper ses mots.

« Pas ce soir. OK ? J'ai passé toute l'année dernière à y penser. Pas ce soir. »

« OK, » dit-il contre mes doigts avant d'incliner la tête et de capturer mes doigts entre ses lèvres et de les aspirer.

« Oh, » je soupire, mes yeux verrouillés sur ses lèvres. Mes dents s'enfoncent dans celles du bas alors que je regarde sa langue les lécher. « Kane. » Je voulais que ça ressemble à un avertissement, mais c'est tout sauf ça.

« Je te veux, » dit-il, en relâchant ma main et en croisant nos doigts. « Je t'ai toujours voulue. »

Mes lèvres s'entrouvrent pour répondre mais je n'ai pas de mots.

« Laisser Riley t'avoir a été la plus grosse erreur de ma vie. »

Je lâche un long souffle devant sa confession.

« Mais— » Il imite mon geste précédent et me coupe la parole.

« On ne parle plus du passé. Pas ce soir. Ce soir, nous oublions toutes les conneries qui sont derrière nous et nous... nous sommes juste nous. Ici. Dans l'instant présent. Juste deux personnes qui ont hâte de sortir d'ici pour pouvoir se déshabiller. »

J'éclate de rire. « Tu ne viens quand même pas de dire ça. »

« Tu peux le nier tant que tu voudras, Princesse. Je sais pertinemment que si tu portes effectivement une culotte, alors elle est trempée. »

Maudit soit-il.

« Exactement, » dit-il en souriant quand je ne réponds pas.

CHAPITRE VINGT-TROIS

Kane

« Je dois vraiment y aller, » dis-je en l'embrassant.

En réalité, enfiler des vêtements et aller m'entraîner avec un groupe de mecs en sueur est la dernière chose que j'ai envie de faire en ce moment alors que j'ai une Letty nue dans mon lit, mais j'ai décidé à l'entraînement hier que j'allais prouver à l'entraîneur que je suis de nouveau en pleine forme et que je peux jouer samedi.

J'ai fait plein de choses pour ce connard pour en arriver là, je ne vais pas rater les putains de matchs parce que mon corps me fait un peu mal. Carrément pas.

En plus, je n'ai toujours pas décidé comment j'allais gérer les choses avec Alana plus tard, donc selon la façon dont cela se passera, samedi pourrait être ma première et dernière chance de jouer un match avec les Panthers si Victor apprend que j'en ai fini d'être son petit chien.

« Non, encore dix minutes, » supplie Letty avec sa voix matinale grave et rauque.

Elle s'approche de ma bite et enroule ses doigts autour de mon érection en acier.

« Encore ? », demande-t-elle en haussant les sourcils, en sachant qu'elle vient juste de me faire jouir.

« Tu es dans mon lit, Princesse. Il y a des conséquences que tu vas devoir assumer. »

« Hmm... je suis sûre que je pourrai y faire face. »

« Bien, parce que ça ne changera pas de sitôt. » Je parviens à me dégager de sa prise et à sortir du lit à contrecœur. « Retourne te coucher, je reviendrai te chercher quand nous aurons fini. »

Je la regarde se blottir contre mon oreiller, en respirant mon parfum, et mon cœur se serre.

Je pense que je deviens un peu trop obsédé en la voyant ici.

J'enfile des vêtements et je jette mon sac sur mon épaule.

« Fais de beaux rêves, » je murmure, en imaginant qu'elle s'est déjà rendormie vu qu'elle ne me regarde pas. Je dépose un baiser sur sa tête et je me dirige vers la porte.

« Kane ? », chuchote-t-elle avant que je n'ouvre la porte.

« Ouais, bébé ? »

« Vas-y doucement avec Luc. Au-delà de toi, c'est difficile pour lui en ce moment. »

Je la regarde un instant. Elle est ici. Elle est dans mon lit. Et elle va attendre que je revienne. J'ai exactement ce qu'il veut. Peut-être qu'il est temps d'arrêter notre petit jeu.

« Tout ce que tu voudras, Princesse. »

« Eh bien, j'aimerais que vous soyez amis, mais une étape à la fois, n'est-ce pas ? »

« C'est probablement mieux. »

Je me glisse hors de la pièce, en la laissant se reposer. Dieu sait que nous n'avons pas beaucoup dormi quand nous sommes finalement revenus ici hier soir.

Une partie de moi avait envie de s'arrêter sur une route sombre et de répondre à sa demande de la baiser à nouveau sur le capot de ma voiture, et de la faire jouir cette fois, mais j'ai décidé de ne pas le faire. J'avais envie d'elle dans un lit, encore et encore après la façon dont elle m'avait taquiné toute la soirée avec cette petite robe noire et la possibilité qu'il n'y ait rien en dessous. J'ai découvert que finalement elle portait une culotte en dessous, même si elle était si petite qu'on pouvait se demander si ça comptait vraiment.

Sans surprise, je suis le dernier à entrer dans les vestiaires après avoir mis du temps à m'éloigner de Letty.

Luca et Leon me regardent tous les deux quand je me précipite vers la porte mais ne disent rien, à la place ils partent dans la direction opposée pour commencer à s'échauffer.

« Tu as passé une bonne soirée ? », demande Zayn.

« Ouais, merci, mec. Et toi ? »

« J'ai bu un verre avec les gars. »

J'enlève mon sweat à capuche, change de baskets et je suis les autres vers le gymnase.

« Legend, je voudrais te dire un mot, » aboie l'entraîneur alors que je passe devant son bureau.

« Oui, monsieur, » dis-je, en me glissant dans la pièce et en me laissant tomber sur la chaise devant son bureau.

« Comment vas-tu ? »

« Super, en fait. J'espérais vous parler de samedi. »

« Tu ne joueras pas. Ce sont les ordres du médecin. »

« Entraîneur, » dis-je en passant ma main sur mon visage. « Je vais bien. Honnêtement. »

« J'ai besoin de toi en pleine forme, Legend. Je sais ce que tu es capable de faire, et je te veux à cent pour cent de tes capacités. »

« Ça marche. »

« La semaine prochaine. »

« Non, allez, Entraîneur. S'il vous plaît. J'ai travaillé trop dur pour rester sur le banc. » J'essaie d'argumenter mais je peux voir à la dureté de son visage que ça ne va pas marcher.

« Bouge tes fesses d'ici et prouve-le-moi alors. »

Je suis debout avant qu'il n'ait fini de parler et je prends la porte.

Je mets tout ce que j'ai dans notre séance pour essayer de prouver que je suis de retour et en forme, même si je sais intérieurement que je ne le suis pas. Putain, pas moyen que je laisse quelqu'un d'autre voir ça.

Quand je rentre à la maison, la seule vue des escaliers me fait mal aux muscles.

« Hé, je suis là, » dit une voix douce et familière depuis le salon.

En tournant sur mes talons, j'entre pour la trouver assise avec les gars à la table à manger avec des cafés.

« Hé, je pensais que tu allais m'attendre dans ma chambre, » dis-je, mes yeux fixés sur Devin qui n'a pas l'air impressionné par mon invitée.

« Je sais, mais Ellis a frappé à la porte. Il m'a fait du café. »

Je souris à Ellis qui l'a finalement acceptée après ce qui s'est passé et il hoche la tête en retour.

« Bien, j'ai acheté des bagels, donc si quelqu'un veut me faire un café. »

« J'y vais, assieds-toi, » dit Letty, en se levant et en courant vers la cuisine.

J'étends mon bras et je l'attire contre moi.

« Hé, » dit-elle en me souriant.

« Tu m'as manqué, » je murmure, même si ce n'est pas assez bas parce que Devin imite le son de quelqu'un en train de vomir et je lui fais un doigt derrière le dos de Letty.

En laissant tomber mes lèvres sur les siennes, je lui démontre combien elle m'a manqué, principalement pour irriter Devin, mais aussi parce qu'elle est super sexy et qu'elle est toute à moi.

Je lui donne une tape sur les fesses alors qu'elle se dirige vers la cuisine avant de s'asseoir sur le siège qu'elle a quitté avec un sourire satisfait.

« Oh, va te faire foutre, » marmonne Devin.

« Tu es jaloux, Dev ? », je demande en étirant mes jambes. « Ça fait un moment, n'est-ce pas ? »

« Tu es un putain de connard, Legend. Elle sait ce que tu fais dans la vie ? »

« Ce que je faisais ? », je corrige, mais vu que j'ai un 'rendez-vous' avec Alana ce soir, j'imagine que c'est un mensonge.

« Oh ouais. Est-ce que Vic est au courant parce que la rumeur dit que— »

Il s'arrête de parler lorsque des pas s'approchent de nous.

Nous regardons tous les deux Letty se diriger vers nous avec une tasse à la main avant qu'elle ne me la tende.

« Fais attention avec celui-là, Letty. Il mord. »

« Oh. » Elle rit. « J'en suis plus que consciente. Merci. »

Elle soutient le regard dur de Devin pendant un instant avant de se tourner vers moi et de s'asseoir sur mes genoux lorsque je lui fais signe de le faire.

***

Quarante-cinq minutes plus tard, nous sommes assis dans ma voiture et regardons le bâtiment Anderson où le cours de psycho de Letty se tient en attendant qu'Ella apparaisse.

« Est-ce que nous faisons quelque chose ce soir ? », Letty demande et mon estomac tombe jusque dans mes pieds.

« Je ne peux pas ce soir, Princesse. J'ai des trucs à faire avec les gars. » Le mensonge a un goût amer sur ma langue mais je ne peux pas lui dire la vérité. Et j'essaie toujours de me figurer comment je vais me sortir de cette histoire. Je n'ai pas envie de voir Alana, et encore moins de devoir la toucher.

Elle me regarde avec de la déception dans les yeux.

« Tu as un travail à faire ? »

« Rien d'officiel. Je ne travaille plus pour lui. »

« C'est le cas pourtant, n'est-ce pas ? »

Je souffle longuement. « Nous avions un accord mais— »

« Laisse-moi deviner, il ne l'a pas respecté. Quelle surprise ! C'est presque comme s'il n'était pas digne de confiance. »

J'ai envie de rire mais la réalité est que c'est tout sauf drôle.

« Tu dois trouver un moyen de t'éloigner de lui, Kane. »

« Fais-moi confiance, Princesse. Tu n'as pas besoin de me le dire. C'est ce que je pensais faire. »

« Si tu veux vraiment ça. La fac, le foot... » *Moi.* J'entends ses non-dits haut et fort. « Alors, tu dois trouver un moyen de te sortir de là une bonne fois pour toutes, ou tu peux aussi renoncer à tout ça et retourner à cette vie-là. »

« Je veux tout ça, » je lui promets, en tendant la main pour prendre la sienne. Je porte ses articulations à mes lèvres pour les embrasser partout. « Je te veux. »

Ses yeux se ferment lorsqu'elle entend mes mots. Lentement, elle hoche la tête mais je ne vois pas beaucoup d'espoir dans ses yeux.

« Je ne veux pas être connectée à ce monde, Kane. Certainement pas. Que ce soit via mon père ou toi. Je ne veux pas m'approcher de tout ça. Et si cela signifie devoir couper les ponts avec Papa et oublier ce qui se passe entre nous, alors je le ferai. Je suis partie de cet endroit, je refuse d'y être ramenée. »

« Je ne veux pas de cette vie pour toi, Let. Tu mérites tellement mieux. »

« Je sais, » déclare-t-elle et sa confiance et sa force dans le fait de vouloir faire ce qui est juste me font gonfler la poitrine de fierté. Cela renforce également ma volonté de trouver un moyen de m'en sortir. Je dois trouver quelque chose qui forcera Victor à me libérer.

Je m'enfonce dans mon siège en soupirant.

« Je vais trouver un moyen. Je ne veux pas perdre tout ça maintenant que je l'ai. »

Elle me sourit. « Ella est là-bas. Je devrais y aller. »

« Que vas-tu faire ce soir ? »

« Travailler, vu que tu as monopolisé tout mon temps ces deux dernières nuits. »

« Oh, comme si tu t'en plaignais. »

« Peut-être pas, mais je suis en retard dans mes devoirs. »

« On se voit demain alors ? », je demande, en tirant sur son bras et en la forçant à se pencher sur la console centrale pour pouvoir l'embrasser.

Je crève d'envie de lui dire que je la verrai après en avoir fini ce soir, mais je ne peux pas. Je ne peux pas lui faire ça.

« Tu passes me chercher pour le cours de statistiques ? »

« Ça marche, Princesse. »

En la prenant par l'arrière de sa tête, je ramène ses lèvres vers les miennes et lui donne un baiser qu'elle n'oubliera probablement pas d'ici demain matin.

Après de longues minutes, elle recule et s'essuie les lèvres.

« Demain. S'il te plaît, sois prudent. »

« Tant que tu m'attends. »

Elle sourit, ses yeux lâchant les miens et retombant sur mes lèvres comme si elle essayait de se convaincre de ne pas rester ici et de continuer à m'embrasser au lieu d'aller en cours.

« OK. Je dois vraiment y aller. »

Je lève les mains. « Je ne t'en empêche pas. »

« Peut-être pas. Mais tu es toujours coupable, n'est-ce pas ? »

Elle sort de la voiture et prend son sac à l'arrière.

Plus que tu ne le penses, Princesse.

CHAPITRE VINGT-QUATRE

Letty

Mon estomac est noué en sachant que Kane est quelque part en train de faire quelque chose pour Victor. Je sais que c'est dingue. Il a travaillé pour lui pendant des années et il aurait pu lui arriver plein de choses et avant je n'y aurais même pas pensé. Mais après les dernières semaines, après la nuit dernière, je mentirais si je disais que je n'avais pas peur pour lui.

Creek est rempli de veuves de membres des Hawks, et je sais que nous sommes loin de ça, mais je ne veux pas savoir ce que ça fait de perdre quelqu'un qui commence à compter pour moi à cause d'un stupide gang.

Argh, de qui je me moque en disant 'qui commence à compter pour moi' ? Je lève les yeux au ciel. C'est plus que ça. Et je pense qu'après ce qu'il m'a dit au restaurant la nuit dernière, il se pourrait que, pour lui, ce soit plus que ça aussi.

J'ai détesté ce que j'ai ressenti lorsque nous sommes arrivés dans cet endroit, ce sentiment qu'il aurait pu y emmener d'autres personnes, que tout pourrait être comme une blague pour lui. Mais ce qu'il m'a dit sur ce qu'il ressentait. Cela signifiait tout pour moi. Je sais que je devrais être plus prudente, je sais que c'est dingue parce que c'est de Kane Legend dont je parle. Le garçon qui m'a détestée d'aussi loin que je me souvienne et qui m'a tenue responsable de toutes les mauvaises choses qui lui sont arrivées au fil des ans, mais en le regardant dans les yeux alors qu'il me disait que je m'étais frayée un chemin dans son cœur, putain. Cela me donne des picotements rien que d'y repenser. Je pouvais voir à ses yeux qu'il me disait la vérité.

Mon cœur bat la chamade alors que j'ai le regard dans le vide dans la bibliothèque silencieuse. Je devrais travailler, c'est pour ça que je suis venue ici. J'ai essayé de me concentrer dans ma chambre mais les gars étaient là avec la musique à fond et s'amusaient, et à chaque fois que je regardais mon lit, je me souvenais de la présence de Kane et j'avais juste besoin de sortir. J'avais besoin d'un endroit calme où je pourrais me vider la tête et me concentrer. Seulement, je ne peux pas parce que je m'inquiète pour lui.

Je suis toujours dans ma bulle en train d'imaginer toutes les choses dangereuses et illégales qu'il pourrait être en train de faire en ce moment, donc je ne remarque pas que quelqu'un s'approche de moi jusqu'à ce qu'elle pose ses fesses sur ma table.

En me tournant pour découvrir son identité, je vois une Clara avec un air suffisant qui me fixe.

Je réussis à éviter de gémir de frustration et j'attends qu'elle dise quelque chose. « Qu'est-ce que tu veux ? », je finis par demander sèchement quand elle semble contente de rester là à me regarder.

« Ton *petit-ami* n'est pas avec toi soir ? »

« Nous ne sommes pas toujours collés ensemble, si c'est ce que tu veux dire, » je marmonne, en regardant mon ordinateur qui est en veille et m'empêche de prétendre que je faisais quelque chose avant son arrivée.

« Alors où est-il ? »

« Avec des amis, » je dis sèchement, en ayant vraiment pas envie de me laisser embarquer dans ses conneries.

« Es-tu sûre de cela ? »

« Oui, tu as fini ? »

« Tu penses que tu es spéciale, n'est-ce pas ? »

Je secoue la tête de surprise. « Non, pas vraiment, » je réponds honnêtement.

« As-tu regardé ses réseaux sociaux ? Tu penses qu'il est à toi— » Elle rit comme une tarée. « Tu n'as pas idée, ma chérie. » Elle tend la main et lisse mes cheveux comme pour me consoler et je la repousse.

« Si je voulais ton avis concernant ma vie, je te l'aurais demandé. Maintenant, aurais-tu l'amabilité de me laisser tranquille ? »

« Bien sûr. Mais un petit conseil amical, » dit-elle, en finissant par se lever. Je ne dis rien pour l'encourager de peur de lui montrer accidentellement mes vrais sentiments envers elle. J'aimerais être la plus mature et ne pas m'abaisser à son niveau. « Laisse les gars comme Kane Legend à des filles qui savent comment les gérer. »

Mes dents grincent et mes poings se serrent sous le bureau. Je suis une fille de Creek, je pourrais la démolir et terminer par ses jolies extensions blondes si je le voulais, mais je ne le ferai pas parce que je suis meilleure que ça.

« Super, merci, bonne soirée. »

Je la regarde s'éloigner, la colère tourbillonnant en moi comme une tempête mais je refuse de laisser ses mots me perturber. Ce n'est pas comme si c'était nouveau pour moi de savoir que Kane a eu beaucoup de femmes. Il avait déjà été avec quelques nanas avant que je ne quitte Creek, je ne peux qu'imaginer son tableau de chasse aujourd'hui.

Je refoule ma jalousie. Elles ont peut-être existé, mais j'étais la seule dans son lit la nuit dernière. C'était ma paume qu'il tenait contre son torse quand il m'a dit que j'étais en train de me faufiler dans son cœur.

C'était moi. Pas Clara, ni aucune des pétasses coureuses d'athlètes, ni les filles de son passé. Moi.

Et je n'ai aucune raison de penser qu'il n'est pas en train de faire ce qu'il m'a dit ce soir. S'il comptait me mentir, il aurait dissimulé qu'il travaillait pour les Hawks ce soir. Mais il ne l'a pas fait, il me l'a dit ouvertement en sachant que ça ne me plairait pas.

Je refoule ses allusions concernant les réseaux sociaux et me concentre sur ce pour quoi je suis vraiment venue ici, ma dissert de littérature, pas pour traquer Kane sur toutes les plateformes sur lesquelles je pourrais le trouver.

Cela étant dit, au moment où je rentre dans mon dortoir plus tard dans la soirée et que je sors mon portable pour découvrir que je n'ai aucun message de sa part, ma curiosité prend le dessus.

En ouvrant Instagram, je le recherche, puis je regarde ses photos et vidéos taguées.

Il y a quelques photos et vidéos des gars à l'entraînement et d'autres taguées par Ezra où ils sont tous en train de traîner à la maison, mais celle que je remarque est une vidéo où il y a une blonde que j'ai eu le déplaisir de voir ce soir.

En sachant que je ne devrais pas faire ça, j'essaie de me forcer à refermer l'appli et à l'oublier. Clara est une salope, et je connais les filles dans son genre. Je me souviens d'elles toutes accrochés à Luca et Leon au lycée. Et de tous leurs petits jeux pour essayer de mettre leur grappin sur les joueurs. Mais même en sachant cela, je ne referme pas l'appli et à la place, j'appuie sur Play.

Mes lèvres se crispent de dégoût alors que je m'oblige à la regarder le toucher, en faisant courir ses doigts le long de son biceps comme si elle le possédait.

Mais ce n'est rien comparé à la façon dont il la regarde et se penche vers son corps.

« Putain de merde, » je souffle, ma main couvrant ma bouche alors qu'il se penche vers elle.

Finalement, après une minute ou deux de trop, je referme l'application.

Je me dis encore et encore que ce n'est pas ce à quoi ça ressemble. Je me souviens de son air sincère quand il m'a dit qu'il n'avait été avec personne depuis son arrivée, et je le crois. En plus, nous ne sommes pas réellement ensemble, n'est-ce pas ? Je n'ai pas le droit de lui reprocher ce qu'il fait. Il a peut-être dit plein de choses qui m'ont fait fondre la nuit dernière, mais ce truc entre nous a à peine commencé.

Mais rien de tout cela n'a d'importance parce que l'image d'elle avec lui, la façon dont il s'est penché sur elle, est maintenant gravée dans mon esprit en alimentant mes doutes sur ce qu'il fait avec moi et mes soupçons qu'il se joue de moi pour le plaisir.

Assise sur le bord de mon lit avec mon portable toujours à la main, j'ouvre notre conversation précédente et lui envoie un message en lui demandant comment s'est passée sa soirée.

Je reste assise là pendant dix minutes mais il ne s'affiche pas comme lu et finalement, je me ressaisis, le repose et me dirige vers la douche.

Je n'avais reçu aucun message quand j'ai à nouveau checké mon téléphone hier soir, et la première chose que j'ai faite ce matin quand je me suis réveillée a été de regarder à nouveau. Mais là encore, rien, et qui plus est, le message n'a toujours pas été lu.

Alors que je suis allongée en train de fixer le plafond, mes inquiétudes concernant ce qui aurait pu se passer continuent de me submerger .

Et si quelque chose s'était mal passé la nuit dernière ? Est-ce que quelqu'un sait où il est ?

Mon cœur bat la chamade alors que je reste là à imaginer le pire. Au final, je cède et j'appelle son numéro.

Ça sonne plusieurs fois et je finis par atterrir sur sa messagerie vocale.

Je raccroche. Il verra que j'ai appelé, il n'a pas besoin de m'entendre paniquer. En supposant qu'il soit encore en vie.

Je ne devrais pas m'inquiéter, me dis-je pour la millième fois.

Mais c'est le cas. Je m'inquiète plus que je ne veux l'admettre et je suis terrifiée à l'idée que cela puisse se terminer avant même d'avoir vraiment commencé parce que finalement, en dépit de toutes ces conneries, les choses commençaient à s'améliorer.

Finalement, en regardant l'heure, je réalise qu'il doit être à l'entraînement. Il est probablement rentré tard la nuit dernière et puis s'est levé tôt ce matin. Il n'a probablement pas regardé son portable.

Je me prépare pour les cours en me disant qu'il sera là comme il l'a promis, et quand je finis par sortir du bâtiment un peu plus d'une heure plus tard, je suis pleine d'un espoir que je ne ressentais pas tout à l'heure, mais à la seconde où je regarde autour de moi, je ne trouve personne.

Mon cœur se serre à nouveau, la peur que j'ai ressentie à mon réveil revient en force et une boule me bouche la gorge.

« Salut, je pensais que Kane te rejoignait, » dit Ella lorsqu'elle me suit hors du bâtiment peu de temps après pour me trouver assise sur le mur qui longe le trottoir dans l'espoir qu'il apparaisse.

« Ouais, moi aussi, » je marmonne tristement.

« Eh bien, les gars ne sont pas encore rentrés alors peut-être qu'ils ont été retenus à l'entraînement, » dit-elle, l'espoir scintillant dans ses yeux. Elle a vraiment l'air de croire que cette chose avec Kane pourrait être réelle, qu'il pourrait y avoir une issue heureuse et magique entre nous. Là tout de suite, je ne me sens pas optimiste.

« Ouais, peut-être. Allez, allons-y. »

Je vois West et Brax se diriger vers notre cours du matin.

« Scarlett, » appelle Brax quand il me repère et il écarte ses bras comme s'il allait m'engloutir dans une énorme étreinte.

« Que vous est-il arrivé à tous les deux ce matin ? », dis-je en m'écartant un peu pour éviter son trop plein d'enthousiasme.

« Argh, l'entraîneur n'arrêtait pas de parler du match de samedi. Je pense que, littéralement, mes oreilles saignent encore. »

Donc Ella avait raison.

« Allez, tu as encore une journée de cours à écouter, » je plaisante, en passant mes bras dans les leurs et en les traînant dans la salle.

« Qu'en est-il de ton mec ? », West demande.

« Eh ben quoi ? Je suis sûre qu'il est assez grand pour aller en cours tout seul, » dis-je avec un sourire comme si les mots ne me faisaient pas mal au cœur.

Nous trouvons trois places côte à côte et même si je me bats pour ne pas le faire, je ne peux m'empêcher de regarder au fond de la salle à l'endroit où Kane et moi nous sommes assis la dernière fois.

Les autres étudiants arrivent derrière nous, en remplissant rapidement les sièges avant que le professeur Richman n'apparaisse et ne commence le cours magistral.

« Kane était à l'entraînement ? », je demande à West.

« Ouais, il ressemblait à une loque, cela dit. Peut-être qu'il est malade et qu'il est retourné se coucher. »

Je retire discrètement mon téléphone de mon sac à main pour voir s'il a répondu. Toujours rien.

La peur pèse lourd dans mon estomac et elle ne fait qu'empirer à chaque minute qui passe. Je crève d'envie de sortir de la salle et de l'appeler pour savoir ce qui se passe.

Mais à la seconde où je le fais, l'appel est à nouveau redirigé vers sa messagerie vocale.

Connard.

La journée s'éternise, et cela ne fait qu'empirer lorsque je percute Devin en sortant de la bibliothèque où je me cachais de tout le monde.

« Merde, je suis vraiment désolée, » dis-je quand je vois qu'il s'est renversé du café sur lui.

C'est le meilleur moyen pour qu'il m'apprécie, bien joué, Scarlett.

« Pas de souci, » il marmonne, clairement énervé contre moi.

« Euh... Dev ? », je demande quand il s'écarte de moi, de toute évidence en ne voulant pas rester là et avoir une conversation avec moi.

« Ouais ? »

« O-où est Kane ? Il a raté le cours et— »

« Il est avec Reid. »

Eh bien, je ne peux que supposer qu'il est vivant.

« Pourquoi ? »

« Dieu sait. » Il hausse les épaules. « En train d'apporter des changements dans sa vie de merde, j'imagine. » Son ton me montre de manière évidente que tout cela est ma faute.

« Je ne lui ai jamais demandé de changer, Devin. » *Non, tu lui as juste demandé de choisir son camp, est-ce que c'est mieux ?* « Fais-moi confiance quand je te dis que je suis aussi choquée que toi par tout ça. »

« Je ne suis pas choqué, Letty. Kane te désire depuis longtemps. J'étais de ton côté, je lui ai dit de rester loin de toi et de te laisser mener ta vie, mais ensuite tu nous as trahis. »

« Pas par choix. Victor a menacé ma famille. »

« C'est bon, je comprends. Surveille juste tes arrières parce que tu nous as clairement montré que nous devons surveiller les nôtres. »

J'expire un long souffle de frustration et il en profite pour partir et disparaître à l'intérieur de la bibliothèque.

En ne me sentant pas vraiment mieux concernant

cette situation quand je me dirige vers notre cours de littérature, je garde la tête haute, et je souris lorsque je m'approche de Leon qui traîne devant l'amphi.

« Hé, tu attends quelqu'un ? », je demande en regardant par-dessus mon épaule.

« Ouais, toi. »

Je le regarde et j'ouvre les lèvres pour dire quelque chose mais il me devance.

« Est-ce que ça va ? »

Des larmes me remplissent les yeux alors qu'il me regarde avec de l'inquiétude dans les siens.

« Ouais, tout va bien. »

Ses sourcils se lèvent en signe de suspicion.

« Est-ce que je dois déjà lui botter les fesses ? », demande-t-il avec un sourire narquois.

« Non. Tu n'as pas besoin de t'impliquer. Comment va Luc ? »

Un sourire triste s'étire sur les lèvres de Leon et c'est toute la réponse dont j'ai besoin.

« Il ira bien. Tu rentres ? »

Je regarde par-dessus mon épaule au cas où il serait sur le point de franchir la porte et de me prendre dans ses bras. Je sais déjà qu'il ne viendra pas, mais quand même, je soupire de déception.

« Allez, Cupcake, » dit Leon, en enroulant son bras autour de mon épaule et en me faisant pivoter vers la porte.

Il m'emmène à nos places habituelles mais au lieu de me retrouver assise entre les jumeaux, Leon prend ma place, en m'éloignant de Luca.

Je le regarde, mais même si je sais qu'il est conscient de ma présence, il ne me regarde pas. C'est comme ce lundi qui se répète et je déteste ça.

« **T**u as des nouvelles ? » Ella me demande quand je la trouve en train de traîner devant la salle de mon cours de littérature prête à retourner au dortoir.

« Nope. » Son visage se tend jusqu'à ce qu'un mouvement par-dessus mon épaule attire son attention.

« Nous devrions y aller, » dit-elle en venant se placer à côté de moi et en passant son bras dans le mien.

En jetant un coup d'œil par-dessus mon épaule, je vois Leon, Luca et Colt qui sortent de l'amphi.

« Il y a quelque chose que je devrais savoir ? », je demande quand nous sortons sous les derniers rayons de soleil de la fin d' après-midi.

« Absolument pas. Donc, les gars sont à l'entraînement, tu stresses à cause de Kane. Allons nous détendre. »

« El, j'ai une tonne de travail à faire. »

« Ça peut attendre. Allez. » Elle tire sur mon bras plus fort pour me faire aller plus vite.

« Où allons-nous ? »

« Surprise. Prépare ton sac, prends un maillot de bain et mets tes problèmes derrière toi. »

J'aimerais pouvoir dire que l'excitation qui brille dans ses yeux est contagieuse, mais tout ce que je peux ressentir dans mon ventre, c'est le poids de ma peur concernant Kane.

Quelque chose ne va pas, je ne sais peut-être pas de quoi il s'agit, mais je sais que ça sent mauvais.

Je suis dans la salle de bain en train d'essayer d'arranger mes cheveux quand mon portable sonne enfin. Ma brosse heurte le lavabo avant de tomber au sol alors que je quitte la pièce en courant.

Je laisse échapper un souffle quand je vois le nom de Kane.

« Bonjour, » dis-je dans la précipitation avant même d'avoir mon portable à l'oreille. « Est-ce que tout va bien ? Tu vas bien ? »

Il ne parle pas pendant une seconde et ma tête commence à tourner alors que mon cœur bat la chamade dans ma poitrine.

Mais quand sa voix se fait enfin entendre, je ne me sens pas mieux.

« O-ouais. Tout va bien. » Chaque poil de mon corps se hérisse en entendant le ton froid de sa voix. Il est glacial et c'est comme s'il n'était pas vraiment là avec moi en ce moment.

« Tu mens, » je crache, en ne voulant pas tourner autour du pot. Nous l'avons assez fait au fil des années.

« Non, je ne mens pas. J'ai juste quelques petites choses à régler. »

« Avec Reid ? »

« Euh— »

« Je suis tombée sur Devin, » dis-je, en comblant les trous.

« Bien, ouais. Je suis avec lui, nous sommes juste en train de régler des problèmes. »

« OK, bon. Tu seras en cours demain ? »

« Je ne sais pas. Écoute, je dois y aller. Je... Je suis désolé, Letty. Dès que tout ça sera fait, je serai à tes côtés. Je te le promets. »

J'hésite, en ne sachant pas quoi répondre, au final, ce que je dis n'est probablement pas la bonne chose. « Je pensais ce que j'ai dit dans la voiture hier matin, Kane. Je ne veux pas vivre cette vie, donc si toi oui, alors tu dois me le dire maintenant. »

« Princesse, » soupire-t-il, et je l'imagine passer sa main dans ses cheveux de frustration. « J'ai besoin que tu me fasses confiance. Tu peux faire ça ? »

Je mords ma lèvre inférieure. Mon réflexe est de dire oui, mais c'est dingue. Il m'a prouvé à maintes reprises au fil des années que je ne devrais pas, et je ne suis toujours pas convaincue qu'il ne se joue pas de moi.

« OK, d'accord, » dit-il tristement quand je ne réponds pas. « Mais je vais te prouver que tu peux me faire confiance. »

« OK. Bon... »

« On se voit bientôt, Let. Je te le promets. »

« Et qu'est-ce que tu attends de moi pendant ce temps ? Que je reste assise ici en train de t'attendre comme une pauvre meuf ? »

« Quoi ? Non. Je n'attends pas ça de toi. Amuse-toi, tu es à la fac. Je serai là très vite. »

« Bon, OK, très bien. » Il y a un léger coup à ma porte. « Je dois partir. » Je raccroche avant qu'il ne puisse répondre quoi que ce soit et je détends mes traits avant de dire à Ella d'entrer.

« Tu es prête ? », demande-t-elle mais j'ai la tête dans mon placard en train de faire semblant de chercher un maillot de bain alors qu'en réalité, je ne fais que lutter contre mes larmes.

Lui faire confiance, il a dit. Ouais, comme si c'était si facile.

———

Ella nous a emmenées dans un spa de l'autre côté de la ville. Apparemment, elle avait reçu des chèques-cadeaux pour son anniversaire en début d'année et n'avait pas eu l'occasion de les utiliser.

L'endroit était incroyable, et cela aurait dû être relaxant si je n'avais pas passé tout le temps à ressasser dans ma tête ma brève conversation avec Kane encore et encore comme s'il y avait un indice dans cet échange quant à ce qui se passe vraiment.

J'ai essayé de m'impliquer dans la conversation avec Ella et Vi, mais chaque fois qu'elles me regardaient, je voyais ma tristesse se refléter dans leurs yeux, et je savais que je n'y arrivais pas.

Le vendredi ressemble beaucoup à la veille. Kane n'est pas là pour m'accompagner en cours, et à part le fait de savoir qu'il était à l'entraînement parce que Brax l'a sous-entendu pendant le petit-déjeuner une fois qu'ils sont rentrés, je ne vois ni n'entends parler de lui de toute la journée.

Je m'assieds seule dans notre cours de socio, en essayant de me concentrer sur ce que dit le professeur mais j'entends à peine un mot parce que je m'inquiète de savoir où se trouve l'homme qui devrait être assis à côté de moi.

Je repense au cours de mardi où il a passé tout son temps à essayer de me peloter alors que nous étions cachés dans l'ombre, et je ne peux m'empêcher de souhaiter revenir à ce moment-là.

En ayant besoin de caféine, je me dirige vers la cafétéria et me commande un latte vanille sans sucre avec un extra vanille et un cupcake avec un glaçage coloré. Ce n'est pas la même chose que quand Luca et

Leon sont avec moi mais je vais devoir faire sans, avant de passer l'après-midi à essayer de me distraire avec mes devoirs.

L'endroit est bondé, mais heureusement pour moi, je vois un couple se lever juste en face de moi et je me faufile rapidement vers leur table.

Je n'ai même pas eu l'occasion de déballer mon cupcake quand quelqu'un prend la chaise à côté de moi.

« Est-ce que je peux ? », chuchote une femme blonde, en arrêtant la conversation qu'elle avait avec quelqu'un sur son portable et en pointant du doigt la chaise sur laquelle elle a déjà décidé de s'asseoir.

« Bien sûr, » dis-je et je la regarde alors qu'elle finit par s'asseoir.

« Je sais, » dit-elle, « Je vais devoir lui dire bientôt. Il va commencer à le remarquer. »

Je me concentre sur mon gâteau mais je ne peux m'empêcher d'écouter sa conversation, vu que c'est un peu comme s'il elle m'invitait à y participer.

« Treize semaines. J'ai eu ma première écho mercredi dernier. »

La personne à l'autre bout du fil parle alors que mon cœur se serre en pensant à l'expérience incroyable que cette femme vient de vivre en voyant son bébé pour la première fois. Je me souviens bien de ce moment.

« Ouais, ce n'est définitivement pas celui de mon mari. »

Mes yeux s'écarquillent en entendant son aveu.

« Ça fait genre... six mois au moins, mais pourquoi ça me dérangerait quand j'ai un gars de l'université qui s'occupe bien de moi. »

Silence.

« Oh ouais, je vais définitivement le quitter. Je dois

juste le dire d'abord au père, pour être sûre d'avoir un endroit où vivre. »

Ils discutent pendant quelques minutes sur les projets de cette femme et je fais de mon mieux pour arrêter d'écouter, mais finalement, je renonce à essayer d'arrêter, c'est mieux que de regarder la télévision.

Je suis en train de finir mon cupcake quand elle termine enfin son appel et pose son portable sur la table.

« Je suis vraiment désolée, j'avais vraiment besoin de m'asseoir. »

En réalisant qu'elle me parle, je lève les yeux pour voir ses yeux bleu clair et je découvre son visage parfait pour la première fois. Elle est d'une beauté à couper le souffle et je ne peux m'empêcher de me demander ce qui ne va pas avec son mari pour ne pas l'avoir touchée pendant des mois.

« O-oh, ça va. Je n'attendais rien ni personne. »

« Génial. J'en bave avec les nausées matinales. » Elle sort une bouteille d'eau de son sac et en boit une gorgée. « C'est épuisant. »

« Eh bien... euh, félicitations ! »

Elle me sourit, la tête penchée sur le côté comme si mes mots la touchaient vraiment. « Merci. Je suis vraiment ravie. »

Je parie que les autres ne le seront pas, me dis-je.

« Je devrais y aller. Merci beaucoup pour le siège. »

« De... de rien, » je marmonne quand je réalise qu'elle est déjà partie.

« Hé, » dit Ella, en bondissant vers moi. « Tu t'es fait une nouvelle amie ? », demande-t-elle en regardant la femme disparaître par la porte.

« Nope. »

« Argh, on vient de me donner un devoir démentiel.

Ça va me prendre tout le week-end, » se plaint-elle, en jetant ses sacs sur le sol. « Tu en veux un autre ? » me demande-t-elle en faisant un signe de tête vers mon café.

« O-ouais, carrément. »

Elle bondit pour rejoindre la file d'attente pour aller nous chercher à boire et après quelques minutes seulement, elle est de retour.

« Alors pas de fête ce soir ? », je demande, l'air un peu trop optimiste à en juger par son front levé.

« Ha, bien tenté. Nous sortons ce soir et tu vas t'amuser. Que ce putain de Kane Legend aille se faire voir. Nous allons nous saouler et danser toute la nuit. »

***

Comme promis, quelques heures plus tard, c'est exactement là que je me retrouve avec une vodka très forte à la main en train de regarder Ella et Vi danser sur la piste.

« Tu ne les rejoins pas ? », dit une voix familière derrière moi.

Micah se tient à côté de moi pendant que nous les regardons danser et rire.

« Tu l'aimes bien, hein? », je demande, la vodka déliant ma langue.

Micah se raidit un peu avant de se remettre du choc de ma question.

« C'est si évident ? »

« Je vois certaines choses. »

« Cela n'a pas d'importance. Elle n'est pas intéressée par un gars comme moi. »

« Micah, tu es un type formidable, » dis-je, en

arrachant mon regard d'elle et en me tournant pour le regarder.

« Je ne suis pas un joueur de foot, hein ? »

« C'est juste un fantasme. »

« Ah bon ? »

« Parfois, nous ne voyons tout simplement pas ce qu'il y a sous notre nez. Peut-être qu'elle a besoin d'un petit coup de pouce pour la faire regarder dans la bonne direction, » dis-je en lui donnant un coup d'épaule.

« Je ne peux pas. Si je bousille la dynamique de notre dortoir, je ne me le pardonnerai jamais. »

Mes lèvres s'entrouvrent pour argumenter, mais je décide de ne pas le faire. J'arrive à peine à gérer ma vie amoureuse en ce moment, la dernière chose que je devrais faire est de donner des conseils à quelqu'un d'autre.

Comme s'il pouvait lire dans mes pensées, Micah se place devant moi, en s'assurant que mon attention est fermement rivée sur lui. « Tout ira bien, tu sais. »

Je plisse les yeux vers lui. Je n'ai toujours aucune idée de la profondeur de sa connexion avec Ellis, mais avec le temps, je commence à me demander si ce n'est pas plus que je ne le pensais au départ.

« Qu'est-ce que tu sais ? »

Il lève les mains en toute innocence.

« Letty, je— »

Je me penche vers lui et je pose la question qui me taraude depuis un moment : « Micah, es-tu un membre des Hawks ? »

Son corps se fige alors que le dernier mot sort de ma bouche.

« Non, » déclare-t-il. « Je ne suis pas l'un d'entre eux mais— »

« Tu as des liens avec eux, » je présume.

« Quelque chose du genre. »

« Tu dois faire attention. Ils sont— »

« Tu n'as pas besoin de m'avertir de quoi que ce soit, Let. Je sais quel genre d'hommes ils sont. Mais parfois, tu dois te frotter au diable pour obtenir les choses que tu veux. »

« Qu'est-ce que ça veut dire, bon sang ? », j'aboie.

Il me fixe, ses yeux disant tout ce que sa bouche ne dit pas.

« Kane ira bien, Let. Laisse-lui juste un peu de temps pour s'occuper de tout ça. »

Mes lèvres s'entrouvrent mais le bourdonnement de mon portable dans la poche de mon pantalon me distrait de ce que j'allais dire.

En le prenant, le nom qui s'affiche me fait battre le cœur.

Kane : Ne prévois rien après le match demain.

CHAPITRE VINGT-CINQ

Letty

La question de savoir si j'allais regarder le match ne se posait pas. Depuis que je suis devenue amie avec Luca et Leon, je n'ai jamais raté un match—enfin, sauf quand ils jouaient contre les Harriers, mais j'avais mes raisons.

J'enfile mon maillot violet des Panthers et je me mets devant mon miroir en regardant mon reflet.

La majorité des marques de ma nuit avec Kane se sont estompées, mais en dépit de son absence, les souvenirs, quant à eux, ne se sont pas estompés. Et durant ces deux derniers jours, ma frustration n'a fait que croître.

Je sais que j'ai dit que je ne voulais pas de détails sur les Hawks ou sur ce qu'il faisait pour eux. Je sais ce que je lui ai dit. Mais cela ne veut pas dire que je ne crève pas d'envie de lui parler et de le forcer à me raconter tout ce qu'il a fait au cours des trois derniers jours.

Il est venu s'entraîner avec les gars, donc il était là. S'il va bien comme il l'a prétendu au téléphone l'autre soir, alors pourquoi n'est-il pas venu me voir ? Qu'est-ce qu'il a fait qui l'oblige à se cacher de moi ?

La petite visite de Clara à ma table mercredi soir me revient à l'esprit, mais je refoule cette pensée encore une fois. Il n'a pas été avec quelqu'un d'autre. Je lui ai fait confiance quand il m'a dit qu'il n'avait été qu'avec moi, et je veux vraiment m'y accrocher. Kane représente beaucoup de choses, beaucoup de mauvaises choses, mais je crois ce qu'il m'a dit mardi dans ce restaurant.

« Argh, » je gémis, en m'énervant moi-même. J'ai analysé tout ça maintes et maintes fois au cours des quarante-huit dernières heures, et j'en ai marre de tourner en rond.

Ce dont j'ai besoin, c'est de lui. De lui debout devant moi en train de me dire la vérité.

Je lisse mes cheveux, je me maquille un peu avant de me vaporiser mon parfum préféré, et de partir retrouver les autres.

Ella, Vi, Micah et moi allons tous ensemble au stade. Je suis une boule de nerfs bien avant que nous ne nous arrêtions sur une place de parking mais ce n'est pas parce que je verrai Kane tout à l'heure, c'est à cause de Luca et Leon.

Ça a toujours été comme ça. Alors qu'ils sont d'un calme olympien avant un match, je suis toujours nerveuse comme pas possible.

Ella me jette un coup d'œil et réussit à interpréter l'expression de mon visage. « Tu sais qu'ils vont les écraser, » dit-elle avec un large sourire.

« Je suis sûre que oui. »

Nous trouvons nos sièges et regardons les pom-pom girls faire leurs routines sur le terrain, en ambiançant la foule, mais peu importe le nombre de personnes qui applaudissent autour de moi, je n'arrive pas à trouver l'excitation en moi.

Je suis nerveuse pour les gars et maintenant je suis là, et que j'imagine que Kane l'est aussi, je suis de plus en plus anxieuse concernant ce qu'il pourrait avoir à me dire.

Je scrute le stade pendant que nous attendons l'apparition des équipes, en regardant les vagues de couleurs noires et oranges des fans du Missouri qui ont voyagé pour le match. D'après ce que j'ai entendu ce matin au petit-déjeuner, les Panthers ont écrasé les Tigers l'année dernière, ils ont donc quelque chose à prouver et leurs fans semblent vraiment gonflés à bloc.

Je retiens mon souffle alors que les équipes émergent et se préparent pour le coup de sifflet.

Mes yeux se posent immédiatement sur Luca et Leon alors que je fais une prière silencieuse pour eux. Je sais à quel point ils veulent gagner tous les deux, à quel point Luca se met particulièrement la pression. Je veux vraiment que tous leurs efforts paient et qu'ils aillent jusqu'au bout.

Ella et Vi crient à côté de moi, emportées par l'excitation.

Je regarde l'équipe, à la recherche des autres, je trouve West, Brax et Zayn. Mon cœur se gonfle en voyant mon frère en train de réaliser son rêve. Mais je ne vois pas Kane.

S'il vous plait, ne me dites pas qu'il va aussi rater ce match.

Je sais qu'il ne devrait pas jouer mais je m'attendais quand même à ce qu'il soit là. Il m'a dit qu'il avait supplié l'entraîneur de le laisser jouer cette semaine après avoir raté le dernier match. Je ne pensais pas qu'il laisserait tomber facilement.

Mais soudain, la mer de maillots violets s'écarte, et tout l'air s'échappe de mes poumons quand je le vois apparaître.

Je ne l'ai pas vu sur un terrain de foot depuis... de nombreuses années. J'ai essayé d'éviter d'aller aux matchs de Harrow Creek High mais ce n'était pas toujours facile avec Zayn qui jouait. Mais le voir là maintenant me fait des choses étranges, sans parler du fait que cela démultiplie ma nervosité.

Les minutes passent alors que l'entraîneur leur parle et qu'ils se préparent, mais mon cœur se serre lorsque Kane se dirige vers le banc, le receveur de deuxième ligne prenant sa place.

Les gars se mettent en position, le coup de sifflet retentit et la foule autour de moi se déchaîne mais je reste assise sur mon siège à regarder. Même après toutes ces années à soutenir Luca et Leon, je ne comprends toujours pas pourquoi tout le monde autour de moi crie et hurle à ce moment-là, à moins bien sûr que nous ne marquions, ce qui malheureusement n'arrive pas souvent.

Alors que je regarde Luca aboyer des instructions à son attaque, je peux voir sa frustration prendre le dessus, en particulier contre le receveur remplaçant qui a manifestement l'air de merder.

À un moment donné, Leon finit par éloigner Luca de lui après qu'il ait raté une passe.

« Calme-toi, putain, » je marmonne, en craignant que s'il continue comme ça, il se fasse virer du match pour s'être battu avec sa propre putain d'équipe.

Le coup de sifflet siffle la fin du troisième quart et nous sommes menés au score de vingt points.

L'excitation de ceux qui m'entourent commence à s'estomper à mesure que la réalité s'impose à eux et qu'ils réalisent qu'ils ne vont peut-être pas gagner aujourd'hui.

« Qu'est-ce qui leur est arrivé, putain ? » J'entends quelqu'un dire derrière moi. « Ils ont déchiré l'année dernière. »

Quelques autres marmonnent des remarques du même genre pendant que je regarde Luca en train d'essayer de se ressaisir.

La culpabilité pèse sur mes épaules parce que j'en ai ajouté à la pression qu'il a subie cette semaine et je déteste me sentir responsable de cette potentielle défaite au début de la saison.

« Putain de merde, » halète Ella, sa main s'enroulant autour de mon avant-bras, en me faisant lever les yeux.

« Quoi ? »

« Kane joue. »

Mes yeux le trouvent immédiatement en train de mettre son casque et de se préparer à jouer le dernier quart.

« Merde. J'espère qu'il est prêt pour ça. »

« Il n'est pas stupide, Let. S'il ne l'était pas, il ne jouerait pas. Mais ils ont besoin d'un putain de miracle là tout de suite, alors j'espère qu'il est en forme. »

Je regarde Luca alors que Kane entre sur le terrain, mais il n'a pas l'air aussi heureux que je le pensais d'avoir un remplaçant en attaque.

Leon, de son côté, donne une tape sur l'épaule de Kane alors qu'il se dirige vers sa position de départ et les deux se font un hochement de tête avant de se concentrer sur la tâche à accomplir.

Le coup de sifflet retentit une fois de plus et tout le

monde s'avance vers le bord de son siège pour voir si nous sommes capables de nous en sortir à la dernière minute.

La différence dans l'équipe est presque immédiatement perceptible, même pour une néophyte comme moi.

Luca n'est peut-être pas content de ce remplacement, mais je commence à vraiment comprendre pourquoi Kane s'est vu offrir le poste de receveur parce qu'il est vraiment bon.

Je souris en moi-même en le regardant courir sur le terrain, heureuse que ceux qui auraient pu douter de lui, en pensant que sa venue dans l'équipe était purement due à ses liens avec Victor et les Hawks, réalisent qu'ils se sont trompés.

La fierté monte en moi alors que je regarde mes trois hommes préférés œuvrer ensemble comme s'il y avait peut-être un moyen qu'ils coexistent durant les prochaines années sans s'entretuer.

Je regarde mais je ne fais pas attention à ce qui se passe réellement devant moi lorsqu'un rugissement tout-puissant éclate autour de moi alors que nous marquons.

Je me lève avec la foule, en ne voulant pas avoir l'air d'être la seule à ne pas être excitée et j'applaudis alors que Luca rallie l'équipe dans l'espoir de pouvoir encore s'en tirer.

Les dernières minutes du match sont tendues, chaque mouvement des gars provoque des halètements, des 'ooh' et des 'aah' qui se propagent dans le stade.

<hr>

« **P**utain de merde, c'était serré, » s'exclame Ella alors que nous sortons du stade une fois le match terminé et les gars sortis du terrain.

« Ouais, carrément, » j'acquiesce, ma tête toujours perdue dans mes pensées.

« Je ne peux pas croire qu'après toutes ces années à soutenir les Dunn, tu ne comprenais rien à ce que tu regardais, » crie Micah, l'air complètement étonné.

« J'ai essayé, ce n'était pas mon truc. Je suis sûre qu'ils auraient fait la même chose si je les avais forcés à aller au ballet ou un truc du genre tous les week-ends. »

Il se moque de moi alors que nous nous dirigeons vers le parking.

En repérant la voiture de Kane, je dis aux autres que je les retrouverai à la fête plus tard et je m'éloigne d'eux pour l'attendre.

Je m'assieds sur le capot de son bébé et regarde tout le monde partir et l'endroit devient lentement désert.

Finalement, l'équipe émerge de la porte arrière du stade.

Il y a une foule assez énorme qui les attend, dont la plupart semblent être des femmes. Je lève les yeux au ciel, presque capable de sentir d'ici l'excitation des coureuses d'athlètes.

Je vois Luca et Leon émerger avant d'être engloutis dans la foule. Je suis trop loin pour qu'ils me repèrent. De toute façon, je suis presque sûre que je suis la dernière personne que Luca a envie de voir en ce moment.

Nous parlerons tôt ou tard, j'en suis sûre. Je veux juste le laisser gérer tout ça à son rythme. Le foot est la chose la plus importante sur laquelle il doit se concentrer en ce moment.

Au moment où j'aperçois Kane qui sort du bâtiment, tout mon corps se tend et je me lèv e de la voiture alors qu'il scrute le parking et me voit.

Un sourire se dessine sur ses lèvres alors qu'il accélère le rythme pour me rejoindre plus rapidement. Ses mouvements ne sont pas aussi fluides que d'habitude et je me demande combien il s'est fait mal en jouant ces quinze dernières minutes alors que nous savons tous qu'il n'aurait pas dû.

Il est presque à côté de moi quand je sens quelqu'un s'approcher de moi par derrière. Mais je ne me retourne pas, je suis trop perdue à regarder Kane pour me soucier de qui cela pourrait être.

Jusqu'à ce qu'il remarque cette personne et que son expression passe de l'excitation à de la pure horreur.

Je suis poussée de force sur le côté alors que la personne me dépasse. S'il n'y avait pas eu la voiture de Kane, je suis sûre que j'aurais fini par terre à cause de la force de l'impact.

« Kane, oh mon Dieu, tu étais incroyable. Je t'avais dit que l'entraîneur devait te laisser jouer. » Sa voix douce et mielleuse me fait grimacer mais un étrange sentiment de familiarité m'envahit.

En me redressant, je me retourne pour trouver une blonde qui se blottit contre Kane.

Mais pas n'importe quelle blonde. La blonde qui était à la cafétéria hier.

Un grognement de colère remplit mes oreilles et ce n'est que lorsqu'elle tourne ses yeux bleus vers moi que je me rends compte qu'il vient de moi.

« Oh, je suis désolée, ma chérie. Je ne voulais pas te bousculer, j'étais tellement excitée de retrouver mon homme. »

« N-non, Letty. Écoute— »

« Toi, » je grogne, en ignorant ce que Kane tente de me dire.

Elle a l'audace de me sourire gentiment. « Oh, tu es la fille de la cafétéria. » Elle fait semblant d'avoir l'air confuse mais je vois clair dans son jeu. Elle avait tout planifié. Tout.

Je me tiens debout alors que je la regarde, mes poings se serrent sur mes côtés alors que mon estomac se noue lorsque le souvenir de sa conversation téléphonique me revient.

Elle est enceinte, et pas de son mari. D'un étudiant.

Non.

Mes yeux se tournent vers Kane qui essaie d'écarter la femme loin de lui.

« Letty, non. Ce n'est pas ce à quoi ça ressemble. Nous ne sommes pas— »

Je le regarde dans les yeux, en lui laissant voir mon cœur se briser en mille morceaux.

« Non, Kane. C'est exactement ce à quoi ça ressemble. C'est fini. Putain de fini. »

Je tourne les talons et cours aussi vite que je peux, mais je ne suis pas assez rapide car j'entends des pas marteler le sol derrière moi avant que sa main chaude ne s'enroule autour de mon bras.

Il me fait tourner vers lui et halète quand il voit les larmes couler sur mes joues.

« Letty, s'il te plaît. Laisse-moi— »

« Elle est enceinte, putain, » je crie, ma voix se brisant sous le coup de l'émotion. « Elle est enceinte de toi. »

Il s'immobilise, les yeux écarquillés alors que mes mots s'enregistrent dans sa tête.

« Surprise, mon chéri, » dit-elle, en apparaissant à ses côtés et en confirmant mes pires craintes.

Cette fois, quand je cours, personne ne m'arrête. Et quand je finis par atterrir dans une paire de bras, je sais qu'ils me soutiendront toujours.

L'histoire de Letty et Kane se termine dans 'La trahison que tu alimentes'

À PROPOS DE L'AUTEUR

Tracy Lorraine est une auteure à succès de romans d'amour contemporain pour New Adults reconnue par USA Today et Amazon.
Tracy vit dans un joli village des Cotswolds en Angleterre avec son mari, sa fille et un adorable, épagneul springer qui est un peu fou. Ayant toujours été une accro aux livres avec la tête plongée dans son Kindle, Tracy a décidé de s'essayer à écrire une histoire qu'elle avait revé et elle n'a jamais regardé en arrière.

Soyez le premier à découvrir les nouveautés et les offres. Inscrivez-vous à sa newsletter ici.

Si vous voulez savoir ce qu' elle fait et voir des teasers et des extraits de ce sur quoi elle travaille, alors vous devez être dans son groupe Facebook. Rejoignez Tracy's Angels ici.

Restez à jour avec les livres de Tracy sur www.tracylorraine.com

DU MÊME AUTEUR

<u>Rosewood Boys</u>

Thorn #1

Paine #2

Savage #3

Fierce #4

Hunter #5

Fury #6

Legend #7

<u>Maddison Kings Université</u>

Les erreurs que tu commets #0.5

La vengeance que tu recherches #1

Les mensonges que tu tisses #2

La trahison que tu alimentes #3

La vengeance que tu convoites #4

La destruction que tu désires #5

Les ravages que tu engendres #6

Les représailles que tu exerces #7

www.ingramcontent.com/pod-product-compliance
Lightning Source LLC
Chambersburg PA
CBHW050748190726
48285CB00005B/1579